走路人

李小晓 / 著

中信出版集团 | 北京

图书在版编目（CIP）数据

赶路人 / 李小晓著 . -- 北京：中信出版社，
2019.6 (2021.12重印)
ISBN 978-7-5217-0391-7

I. ①赶… II. ①李… III. ①短篇小说–中国–当代
IV. ① I247.5

中国版本图书馆 CIP 数据核字（2019）第 071076 号

赶路人

著　　者：李小晓
出版发行：中信出版集团股份有限公司
（北京市朝阳区惠新东街甲 4 号富盛大厦 2 座　邮编　100029）
承 印 者：北京诚信伟业印刷有限公司

开　　本：880mm × 1230mm　1/32　　印　　张：11　　字　　数：225 千字
版　　次：2019 年 6 月第 1 版　　印　　次：2021 年 12月第 7 次印刷
书　　号：ISBN 978-7-5217-0391-7
定　　价：49.00 元

服务热线：400-600-8099
投稿邮箱：author@citicpub.com

目　录

推荐序

切出人生肉丝的拼盘
——读小晓的《赶路人》

刘墉

我花了四个夜晚，一口气看完小晓的《赶路人》，这是我近年少做的事。

首先因为书写得精彩，一波接着一波，看似故事结束了，又柳暗花明，别开生面，吸引我往下看。而且她从生老病死的城市写起，再把场景拉到全球；从省吃俭用的上一代，写到奢华的社会精英，尤其写后者的情感世界，是我很好奇的。

我也对小晓好奇，想深入了解这位在国内担任著名财经杂志记者，后来到纽约的新华社北美总分社工作，再从哥伦比亚大学研究所毕业，转往香港金融界发展，还曾经带着丈夫和孩子来长岛看我的才女。可是就像小晓本人显露的慧黠，她的作品也古灵精怪，让人看不到隐藏在后面的她。为此，我特别写信问她灵感的来源，她的回答是：

“有句话说‘所有创作都是自传’，例如村上春树的《挪威的森林》就是取材于他的真实生活，书中绿子的性格和他的夫人阳子是一样的。

“我的文章也是如此。文章的人物姓名、背景都是虚拟的，但每个人物都在真实生活中有原型。有的人物是几乎未经雕琢地还原了一个真实故事，但有的人物则是对应了两三个原型。

“往往最初我都是被生活中某件事打动，然后追根溯源去还原一个完整的故事。例如《我的父亲老何》，就是缘自一位年长的朋友讲起他父亲去世前，他总喜欢和父亲挤在一张病床上睡觉，长期失眠的他在父亲的鼾声和点滴声中总能安然入眠。听他讲这个情节时我非常动容，于是结合他父亲的故事，掺杂了我对自己父亲的理解，有了那篇文章。

“是的，写回外婆家过年那一篇几乎没有虚构成分，都是真实所见所感。”

按说一个小说家在作品中隐藏自己是对的，我之所以这样问，一是由于好奇，一是因为在她的作品中，“热笔”与“冷笔”交互出现。热的地方，譬如写姥姥的假牙、姨娘的褥疮，有血有肉，是深情的流露；冷的地方，譬如写婚外情，明明缠绵激情，却显露了出奇的冷静。像是：

中年男人和女人都是一座座孤岛，自给自足已是不易，还能时不时互相温暖就是荣幸了。无关爱情，无关财富，义气大于柔情。

但我情愿在我和黄芙的关系中增加一些物质的成分，仿佛这样就可以让关系变得更加简单，符合社会广义的情人模式。

……

她不仅不需要我对她负责，不仅不会寻死觅活地挽留我们的关系，甚至不觉得我们的关系需要一个解释。

她就这么轻描淡写的一句话，她要结婚了，不知道是和谁，更不知道是从何时开始的。

再也许，当我欣赏地望着她独立的背影穿梭在全世界，我就应当有预感，这样的女人，是应该送给我这样的结局的。

……

我想小晓的“冷笔”，应该得力于她的见识，年纪轻轻就能“却道天凉好个秋”；也得力于她从事新闻工作多年，能够冷静客观地记录。那种不疾不徐、娓娓道来的笔触，像把刀，慢工细活地切出“人生肉丝”的拼盘。

正因此，我被吸引，欲罢不能地看完整本书。而且在结尾处见到小晓描述她的家乡——西安，以及那段耐人寻味的话：

有浪漫遐想的故乡总能帮人招桃花。比如我认识一个姑娘，来自沈从文的故乡，偏又在国外念过书，湘西小镇的泥土气息和华盛顿的樱花香混杂成一种只闻其名便可为之倾倒的神秘感，让这姑娘这些年不知吸引了多少男青年。

西安也是招桃花的重镇。回想我寥寥可数的桃花史，多少可以归功于故乡的威名。

这或许是中国新一代精英的特色：古国的文化、泥土的气息，经过现代思潮的浸润、国际环境的冲击，在理想、梦想、创新、怀旧与现实之间撞击出迷人的气质。

这让我想到伊朗名导演阿巴斯·基亚罗斯塔米（Abbas Kiarostami）的影片《生生长流》，在天崩地裂的大地震之后，死里逃生的难民在空地上架起天线，看世界足球大赛。

人生短暂，就像小晓的书名《赶路人》，只是那样发生、那样发展、那样计较也不计较，然后那样结束 。

每个人都会走过那么一遭，很轻也很重，很壮丽也很淡远，很特殊也很平凡……

2019 年 4 月写于纽约

刘清莲的小奇迹

这个故事的讲述者叫王子禾，他的父母和我的父母是相熟的朋友。

王子禾的母亲叫刘清莲，为人很热情。我每次去她家串门，她都给我吃大白兔奶糖，还给我冲麦乳精。在我的印象中，她是慷慨而温暖的。所以当王子禾后来给我讲起他母亲的段子，例如每次吃火锅要专门端一口空锅打包剩汤，再例如为了省水在马桶水箱里放一块砖，我都半天对不上号，觉得他说的和我印象中的不是同一个人。

之后我又觉得惭愧。我们这代人的母亲都是在这样的社会大环境中走过来的，她们接受的教育告诉她们“学问勤中得，富裕俭中来”。时过境迁，她们所信奉的真理却突然成了年轻人调侃的段子，她们突然不知道如何正确地生活在这个已不属于她们的时代了。

这多么值得悲伤。

我突然想要写下王子禾家的故事。从这个故事里，看得到我们每个人的家庭，每个人的母亲。

80 年代初

我叫王子禾，生于 1980 年。

我父母都是西安高校的教职工。我的母亲刘清莲，1954 年生，一辈子都在校图书馆工作。

在我的童年记忆中，刘清莲是个风风火火的泼辣女人。

那时候我们住在高校分配给职工入住的筒子楼，左邻右舍都是父母的同事。20 世纪 80 年代初，粮票制度还没有取消，邻里们总会把粮票悄悄交给刘清莲，然后刘清莲隔三岔五夹着一包粮票神秘兮兮地出门，不知去哪儿把粮票换成钱。那时面值 1 斤的粮票能换 1 角钱，刘清莲再用换来的钱从远房农民亲戚手里买低价的新米，一斤新米只要 8 分钱，还额外搭送一纸袋的江米条。

一来二去，一斤米就省下了 2 分钱。

当时我家隔壁住的是孙教授。那时候的工资都是分级且公开的。孙教授家两口子每月 138 元钱，我父母加起来每月 126 元钱。刘清莲一直觉得孙教授家条件更好，每月多出 12 元收入，内心有了“阶级差异”。

刘清莲想方设法填补这 12 元钱的鸿沟。

那个年代，每月的开销中，吃占了大头。要省钱，只能从吃上做文章。

孙教授家每周都吃一次肘子肉，香味一直顺着走廊窗户飘进我的鼻孔。刘清莲也买肘子肉，但她会等傍晚时分肉铺即将关门时去买，这时用同样的粮票总能多换到一些边角料。然后她将肘子肉和边角料一起拿回家剁碎，腌制，风干。每次炒菜时抓一把碎肉放在铁锅里先泡再炖，锅内沸腾时再下素菜，热气扑面，竟也是和孙教授家同样的浓郁肉香。

刘清莲擅长动手。家里的鞋架是刘清莲用纸箱改的，蜂窝煤也是刘清莲自己用手捏了晾的。刘清莲最擅长的是缝纫。我记得我小时候有一身格子中山装，是刘清莲用窗帘布给我做的，穿了两三个秋冬，很多老街坊至今都说："那时候你像个小香港人咧。"

整个筒子楼的人都知道，老王有福，娶了个会持家的好老婆。

****

好老婆不等于好妈妈。我小时候没少和刘清莲较劲。

我们家住在北大街，街口有家十九粮店，里面卖的是果酱面包。我每次路过都被里面传出的奇香吸引，但刘清莲总是一句话"我给你做"，然后回家真的给我做了涂着果酱的油饼。

有些零食是她不会做的，比如跳跳糖、金币巧克力、大白兔奶糖，还有大大卷。

每次路过小卖部，我最想要的是有粉色盒子的大大卷。孙教授的儿子叫孙猴，他曾经把整盒大大卷一下塞进嘴里，然后吹出超级大的泡泡，当时所有的小朋友都无比崇拜地围着他。他觉得是因为自己吹泡泡的水平高，我觉得只是因为他有钱。我想，如果我有两盒大大卷，一定能吹出更大的泡泡。但这个雄伟霸气的梦想始终没有实现。因为无论我如何软磨硬泡，刘清莲每次去小卖部都只肯买一包无花果给我——大大卷要 4 角钱，而一小塑料包无花果只要 5 分钱。

"吃到嘴里没了就没了，这不是浪费钱？"这是刘清莲的口头禅。

有一次，孙教授给孙猴买了一个变形金刚，是个大力神，在学校引起了轰动。后来好几个男孩子都先后买了变形金刚，有声波，有擎天柱，有飞天虎。有变形金刚的男孩们很快成立了自己的“高端俱乐部”，课间休息的时候把几个变形金刚拿出来一起玩，放成一排，很是霸气。我非常希望加入这个组织，这是几十年后我花多少钱也买不来的高级会员身份。但刘清莲始终没有同意。

我 6 岁生日的时候，我非常渴望得到一个变形金刚，但最终刘清莲放在我床头的礼物，是一盒跳棋。当时我的眼泪唰地就下来了，直到今天，我都很烦跳棋。

逆转

我一直觉得自己家是全院子最穷的，直到 1986 年，一切突然改变了。

1986 年是刘清莲最自豪的一年，她后来足足念叨了半辈子。也从那一刻开始，我明白了刘清莲省吃俭用的意义。

那是一个夏天的午后，刘清莲和父亲的几个同事一起搬回了一个大箱子。放下箱子后，刘清莲慷慨地切一个大西瓜，分给在场的每个人。大家围着箱子一边吃西瓜，一边大声地聊天，感觉每个人都很兴奋。

后来我才知道，箱子里装的是一台彩电，一台带遥控器的 18 英寸的松下彩电。

据说那是刘清莲托了很多关系，从北京机场买的。当时院子里买电视机的有几户，但都买的是黑白电视机。于是我们成了全院子第一个有彩色电视机的家庭。

那个时候，电视机是最值钱的电子产品，可以说是“富豪”的象征。可不是嘛，一台彩电要 1000 多元钱，那可是全家一年的收入。

从那之后，我们家成了院子里最阔气的家庭。尽管灯泡还是 15 瓦的，但这并不影响我家门庭若市。

每到晚上 7 点，一些邻居就会带着孩子凑到我家，看《新闻联播》，然后是《警钟》，然后是《为您服务》。

后来爸爸不知怎么捣鼓出了闭路电视信号，有了电视剧和动画片。直到今天，我都记得那时的画面——男人们穿着白背心，女人们穿着花睡袍，七七八八坐在床上和地上，各个目不转睛地看 1983 年版《射雕英雄传》。我说我想当郭靖，孙猴说他想当杨康，因为他觉得穆念慈姐姐很漂亮。然后大人们就纷纷笑出眼泪，旁边的落地风扇吱呀吱呀地摇头来回吹着温暖的风。

此时的刘清莲，总是独自坐在缝纫机前，一边车线，一边时不时抬头看看电视信号是否清晰，如果有雪花，就赶紧起身去挪动一下天线。不论大家在我家看电视看到多晚，她都没有提过省电的事情。

每到夜深，邻居们散去的时候，总会再赞美几句彩电的效果，然后刘清莲就不厌其烦地告诉对方松下是日本最大的牌子，国产的金星牌就不会这么清晰云云。

后来几十年，刘清莲都为这台彩电感到自豪。

“孙教授家天天吃肘子肉，又怎么样？最后我们才是全院子第一个买彩电的。”刘清莲总要补上一句：“这就是节约的好处。”

90 年代

90 年代初，我的父亲评上了高级职称，终于拿到了和孙教授一样的工资，每月 400 元。刘清莲依然在学校图书馆工作，月薪 280 元。这些钱都被刘清莲小心翼翼地存在银行里。

我们搬出了筒子楼，搬进了单元房。孙教授一家依然住在我们楼上，我和孙猴依然是同学兼死党。

那时，我和孙猴就像是西安的两个混混。我们初中时在同一个班，放学以后就一起满城晃荡。

刘清莲每天给我 1 元零用钱，孙猴他爸每天给他 1 元 5 角。这可难住了我。我和孙猴每天中午都一起去游戏厅打街机，打一个小时差不多要 1 元钱，但那样我就没钱吃饭了。孙猴和我就是那时结下的兄弟情分。他原本可以用 5 角钱买一个花豆腐干夹馍，但为了我，他每次都买两个干烧饼，和我一人一个。

我们中午去游戏厅的事终究是穿帮了，在一个阳光灿烂的午后，我被刘清莲拧着耳朵从游戏厅里拽了出来。至今我仍然记得刘清莲圆睁的怒目，以及额头上暴起的青筋。

刘清莲治我的方法很简单，就是断了我的零用钱。从此我连那仅有的 1 元钱也没有了，取而代之的是一个铁皮饭盒，里面装着刘清莲亲手制作的爱心午餐。

其实刘清莲做的爱心午餐是很丰富的，有时候是煎鸡蛋夹馍，有时候是胡萝卜肉馅的饺子，有时候是煎饼卷土豆丝。

但我为了讨回那 1 元零用钱的支配权，只能鸡蛋里挑骨头地抱怨“吃的时候都凉了”。

刘清莲誓死捍卫财政大权，但又把我的话当了真。于是，刘清莲做出了一个惊天地泣鬼神的决定，就是每天中午骑自行车来学校给我送饭。

从家里到学校单程骑车要半小时，刘清莲就这么蹬着自行车，每天变着花样把热腾腾的饭菜送到我的面前，因为怕我吃不完把饭倒了浪费，她都会站在我身边看着我吃，我不吃了她再把剩饭和饭盒带着，蹬着自行车回去。

多年之后，很多同学都记得我有一个每天中午给我送饭的母亲。这在当时让我无比尴尬，觉得在同学面前丢了天大的人。等我年过三旬，才开始体味到其中的母爱和温暖。

也是多年之后我才知道，刘清莲为了每天中午给我做饭送饭，不惜放弃了去教研室工作的机会，而选择留在相对轻闲的图书馆。

那两年，她每天中午都用馒头就着我吃剩的残羹剩饭，花五分钟站在我们校门口吃完，然后匆匆赶回单位上班。据说门卫曾经把她当成新来的清洁工，还私下打听这个清洁工是不是家境特别不好，不然为什么每天啃干馒头。

****

尽管没钱去游戏厅了，但我和孙猴并没有因为贫困而放弃一起浪的决心。

1993 年，陈凯歌导演的《霸王别姬》上映了，轰动一时。据说平日 5 角钱的票价被炒到了 5 元钱都买不到。看过的人都说尺度很大，没看过的人都心急如焚，担心这部电影第二天会不会下映。

我和孙猴也急眼了。且不说 5 元钱对我们来说是巨款，而且就算凑到钱，我们俩也没有路子去搞票。

于是我们做了一个大胆的决定，逃票！

某天放学后，我和孙猴在电影开场时借着人流的掩护从地上摸着爬进了和平电影院的大厅。然而，进去以后并没有我俩的座位，我们就坐在逃生门口的地上，希望不要被发现。可惜管理员不是吃素的，电影还没开演，我们俩就被一束手电筒的白光照得睁不开眼，被活活生擒。

之后我们被管理员带到了他的办公室，让我们联系家长来接，否则不放我们走。看着管理员满脸横肉的黑脸，我们只能灰溜溜地给家长打电话。不久，刘清莲就出现了。

还没等我看清刘清莲的表情，已经被一个大巴掌打得眼冒金星。

“你长本事了，这次丢人丢到社会上了！”刘清莲指着我的鼻子骂。

“你不是最爱省钱了吗？我这不是帮咱家省钱吗？”我辩解。

“你还有理了？”刘清莲声色俱厉，“我省钱光明正大，你这叫偷鸡摸狗！”

我再一次被拽着耳朵拖出了房子，一路上刘清莲都铁青着脸。

晚上睡觉前，刘清莲推门走进我的房间，表情和缓了很多，手里还捏了 5 元钱。

“你真想看电影就买票去看吧。”她把钱放在我的桌上，说，“你记住，省钱和占便宜是两回事。”

她放下钱就转身出去了，关门时又留下一句：

“我是爱省钱，但我从来不占便宜。”

1999 年

1999 年，父亲已经是西安高校的正教授，月薪也达到了 2000 元。刘清莲依然在学校图书馆四平八稳地工作，月薪 1000 元。

这一年，我考进了中国人民大学。

孙猴考上了北京航空航天大学，孙教授全家出动送孙猴进京。孙教授借了一辆大 SUV（运动型多功能车），离开学还有两周就动身上路，说沿途还要去济南和天津观光。

我却完全没有孙猴的待遇。

父亲向来不操心家务事，刘清莲心里是想去送我的。但她算了算账，来回火车票加上住学校附近的旅馆的钱，去送我一趟恐怕要上千元的开销。她就又被惯性逻辑打败了：“你一学期生活费也就这个数，我去送你实在太不值。”

我就这么赤裸裸地被自己的亲妈标了个价格，丢上了轰隆隆的火车，奔向了未知的前途。

我手里拎着大蛇皮口袋，里面装的是刘清莲给我准备的酱菜、腊牛肉、烧饼，甚至还有油泼辣子和醋。当时我不想带这些东西，但她说北京什么都贵，能从家里带的就带上。

后来我下火车的时候，蛇皮口袋在地上磕了一下，瞬间涌出黑色的液体，浸透了蛇皮口袋的外层。空气中顿时充斥着酸溜溜的醋味，我知道，醋瓶子在里面磕碎了。

当时周围来往的人向我投来不屑的目光，我非常尴尬。原本就是初到京城的外地学生，配上这个滴答着醋水儿的蛇皮口袋，我觉得自己简直不能更狼狈了。

那一刻我怨极了刘清莲，在心中向她咆哮。

我就这么拖着滴答着醋水儿的蛇皮口袋，一路顶着旁人嫌弃的目光，硬着头皮挤上公交车，奔向了我的学校和梦想。

****

很快，我就沉浸在了大学自由愉悦的空气中。

我喜欢一勺池畔清朗的笑语和书声，我喜欢和兄弟们在球场上粗着嗓子喊“你丫”，我喜欢长安街一望无际的华灯，我也喜欢校门口酒吧里回荡的许巍的歌。

我忙于我的功课，我的篮球和啤酒，我的社会工作，还有那些分分合合的姑娘，炽热或冷漠。

我很快也有了经济来源。大一时家里还每月给我 300 元生活费，大二开始我就不需要了，我不仅有两份稳定的家教工作，而且还在中关村电脑城帮人组装电脑，装一台机器挣 50 元。

在一份真正属于我自己的生活中，原生家庭渐行渐远。刘清莲和她精打细算的生活，仿佛成了上辈子的回忆。只有在收到她寄来的酱菜或在寒暑假回家时，我才会意识到，原来她还在那里。

2002 年

大三的寒假，已经是院学生会主席的我回到西安，一起回去的还有我的女朋友，她顺便随我来西安旅游。

女朋友是土生土长的北京姑娘，和我同级，是学校合唱团的副团长，在学校也算风云人物。

我追她也花了不少心思，在她们宿舍楼下弹过吉他，在学校广播站点过歌，礼物更是没少送，她现在骑的自行车、用的诺基亚手机都是我送的。这次回西安也是我虔诚邀约，买好了硬卧下铺的票，她犹豫再三才同意。

我原本无限憧憬这个假期，结果却糟透了。这都怨刘清莲。

我和女朋友刚下火车，就见刘清莲在出口接我们，一如既往地穿着她的白衬衣和黑裤子。我开心地迎上去，寒暄过后，我问："爸的车停哪儿了？"

刘清莲说："没开车，火车站停车费太贵，咱们坐18路公交车直接就到家了。"

于是，我和女朋友拎着行李，跟着刘清莲去了公交车站。火车站的公交车站排队的人很多，还有很多抱孩子的人和抽烟的人。时不时有人大喊"借过"，然后狠狠撞过去。我一直小心护着女朋友，心中充满愧疚。

终于到了家，我一进门就闻到一股熟悉的味道，一股类似下水道和霉菌的味道。

我知道这味道的来源。刘清莲省水，她每次洗澡的时候都会把浴缸塞住，然后淋浴用过的水就存在浴缸里。她平时用这些水涮拖把拖地，再用涮过拖把的水冲厕所，可谓一水三用。此外，她还用淘米的水浇花，后来洗菜甚至洗鱼剩下的水也被她用来浇花。

"你阿姨环保，是节水节电标兵。"父亲对我女朋友说，"这都是你阿姨从电视上学来的生活小窍门。"

据父亲说，刘清莲从电视上学的"窍门"可多了。据说有一天，刘清莲突然神秘兮兮地不知从哪儿搬回一块砖头，然后打开抽水马桶的水箱，把砖头放了进去。结果砖头太沉，放进去的时候把阀门给压弯了，马桶坏了，工人来修了两次才修好。

"后来我问你阿姨为什么要往马桶水箱里丢砖头，她说可以减少水箱容量，省水！"父亲讲得笑出了眼泪，女朋友也跟着哈哈直乐，我却在一旁抬不起头。

刘清莲在一旁不在意地说："要是全人类都像我这样，地球可以多转一亿年！”

放下东西，父亲说要请我女朋友去下馆子。刘清莲在一旁说：“下什么馆子啊，在家吃吧！”父亲坚持，说：“人家姑娘第一次来，可不能怠慢了。”

父亲问我女朋友：“闺女爱吃什么呀？”女朋友也直爽，说：“我最爱吃火锅！”

于是我们就向楼下的竹园村火锅店进发了。

我负责点菜。按照老习惯，我点了一个鸳鸯锅底，又七荤八素点了一堆菜。一家人聊学校生活，聊西安这些年的变化，好不愉快。

在大学里当了一个学期的饿死鬼，我和女朋友战斗力都很强，把点的菜都吃得一干二净。我用漏勺在锅里捞了好几遍，确认再也捞不出东西才作罢。

买单前，刘清莲认真检查了水单，确认所有菜都上了，才点点头交给父亲。

然后刘清莲做了一个惊天地泣鬼神的举动，她从常背的环保袋里掏出了一口锅。没错，一口锅，就是那种带盖的大蒸锅。

然后她不慌不忙地将火锅连锅端起，将里面的残羹剩汤一股脑儿倒进了自己带的空锅里。盖上锅盖，双手端着，说：“走吧。”

“妈，你带这剩汤做什么？”我问。

“回家还可以下面条呢！”刘清莲言之凿凿。

“路上洒了怎么办？”我说，“当年你非让我带着酱油醋去北京，最后醋瓶子碎在包里，醋在大街上流得满地都是！”

“你知道你为了省点钱，会造成多大麻烦吗？”我终于忍不住说出了心里话。

刘清莲怔了怔，说：“我自己端着，不会洒的。”然后她端着锅，低着头往门外走去。

女朋友狠狠瞪了我一眼，说：“你怎么能那样对阿姨说话！不就是打包火锅汤吗，我们家出去吃水煮鱼还打包辣椒呢，你是不是也觉得我麻烦啊？”

她说完就出去追刘清莲了，父亲也指了指我，扭身往外走去，空余我一人站在狼藉的桌前，呆若木鸡。

2008 年

本科毕业后，我又留校读了研究生，后来留在北京的一家信息技术企业工作。

女朋友换了好几个，最终回归单身。

2008 年的我，在北三环租了一套每月租金 3000 元的房子，一室一厅，过着北漂生活。

从 1999 年到 2008 年，我在北京度过近十年光景，刘清莲竟从未来看过我。

2008 年初，刘清莲退休了。她告别了她三十年如一日守望着的校图书馆，以每月 1800 元的工资阔别了她安静的职业舞台。

退休后的刘清莲并没有经历什么心理上的过渡期。她迅速进入了居家模式，猫在家里的单元房内，每天早起锻炼，煮粥下榨菜吃早餐，打扫房间，做简单的午饭，午休打盹，买菜，做简单的晚饭，看电视，睡觉。

她的每一天在方圆几百米的范围内简单地重复着，重复得如此自然，仿佛她之前三十年的职场岁月只是一场梦，退休后这深居简出的老人生活才是她真实的样子。

但我很担心，这样的刘清莲是否会迅速地衰老。

我想，让刘清莲来北京看看。

我在网上抢到了两张奥运会比赛的票，拳击比赛四分之一决赛，属于很热门的比赛。

我兴奋地给刘清莲打电话，我说这个夏天你们来北京吧。刘清莲却拒绝了。

“我不去。奥运比赛我从电视上看得更清楚。”随着年纪的增长，刘清莲越来越固执和难以说服。

我让父亲帮我做工作，但几天过去，父亲的劝说工作毫无进展，刘清莲死活也不愿意离开西安半步。

正当我一筹莫展准备约别的朋友去看奥运比赛的时候，刘清莲突然主动给我打了电话，说她要来北京。

她突然的转变让我惊呆了，我想一定是发生了什么。

“孙教授去世了。”父亲在电话里沉痛地告诉我。

孙教授几十年来一直是父母的近邻和挚友。相对于我们家的节约，孙教授一直比较想得开，老两口这些年常常出门旅游，从新马泰到俄罗斯，南北跑了个遍。孙猴有时也会跟着，他们家有不少全家旅游的照片，全都摆在他们家的博古架上。客人来了，孙教授总会指着照片口若悬河一番。

孙猴在北京结了婚，虽然没买房，但在通州租了套120平方米的房子。孙猴的老婆前不久怀孕了，孙猴马上就要变成猴爸爸了。孙教授老两口听到好消息就冲到了北京，陪着儿媳妇去产检，看到了B超里那个黑白的小人儿形状，激动得不能自已。他们回到西安就拿着B超图片到处给人看，那么模糊的一团，他们就生生看出了哪个是鼻子哪个是嘴，还能看出鼻子长得像孙猴。

正当准备享天伦之乐时，孙教授的身体却不好了。赶到医院一查，肺癌晚期。

从确诊到去世，一共只过了两个月时间。

去世前两天，刘清莲和父亲去探望孙教授。

也许是回光返照，孙教授那天红光满面，撑着精神聊了很多。

孙教授说他患病这两个月通读了《金刚经》。

他说，凡所有相，皆是虚妄。事到如今，已不畏死。所幸在此前也没有辜负了岁月，吃也吃了，玩也玩了，再无遗憾。

“我最庆幸的事，就是在我查出生病之前去了趟北京，和儿子一起住了几天。”孙教授拉住刘清莲的手说，“小刘啊，世间万物，生不带来，死不带去，唯有家人团圆难再得。”

这句话成了孙教授留给刘清莲最后的话。

刘清莲回家后发了两天呆。“生不带来，死不带走”这句话她听了千百遍，从一个弥留之际的人口中道出，却是别有一番震动。

两天后，孙教授停止了呼吸。听到消息的那一刻，刘清莲喃喃地对父亲说：“我要去北京。”

****

2008 年 8 月初的一天，刘清莲启程进京。

父亲要帮忙料理孙教授的后事，并未同往。我本来想给刘清莲买机票，刘清莲执意要坐硬卧，后来双方妥协，买了一张软卧票。

刘清莲的火车 8 点到，我害怕奥运期间道路戒严，天不亮就出了门，提前半小时抵达了火车站。我找了一个塑料椅子坐下，发了一条信息给刘清莲：“我在火车站南侧的肯德基门口等你。”

我没有收到刘清莲的回复，我想，是不是刘清莲的手机不能漫游，于是我买了一张站台票，进站去接她。

刘清莲的火车到了，我却没有看见她。我给她打电话，无人接听。

8 点半了，火车上的人都走光了，我却一直在站台前转悠。奥运期间安保严格，我觉得旁边的保安一直在盯着我，真怕下一秒他把我叫进小黑屋问话。

我看表，距离我抵达火车站已过去整整一小时。

我想，刘清莲的手机肯定是不能用了，我只能去车站广播站播放寻人信息找人了。

广播站在火车站的最南端，我又穿过偌大的火车站大厅。我一路小跑，心中开始有些恐惧，如果把刘清莲弄丢了该怎么办。正当我不知所措的时候，我的余光看到我刚才停留过的肯德基门口，站着拎着大包小包的刘清莲。

我赶紧跑过去，冲到刘清莲面前那一刻，我几乎要流泪了，刚才的焦急和委屈一下子涌上胸口。

“妈，你的手机是不是不能用，找不到你真急死我了。”我带着哭腔说。

“我的手机能用啊，你不是让我在肯德基门口等你吗？”刘清莲若无其事地说。

“能用？那你为什么不回我的信息？我怎么知道你收到没有！”我的脸一下气得涨红。

“你发了我肯定能收到啊，干吗要回复。漫游短信每条一块钱呢。”刘清莲理直气壮。

我一时语塞：“那你怎么也不接电话？”

“漫游接听每分钟一块五呢，你都说了在肯德基门口等，我在这儿等着不就行了吗！”刘清莲继续理直气壮。

我彻底被噎得说不出话了，深呼吸了两下，说：“走，咱回家。”

****

那是我和刘清莲难得的一周时间的二人世界。

身边很多生了儿子的女同学都说，她们最憧憬的画面就是将来身高一米八的儿子搂着自己逛商场，然后自己买裙子，儿子在后面买单，那多么有面子。

我也想让刘清莲拥有这样幸福的时刻，我也希望成为让她骄傲的那个人。

周末我带刘清莲来到崇文门新世界商场。

我搂着刘清莲瘦小的肩膀，刘清莲将我甩开，说："不会自己好好走路啊。"我只能耸耸肩，把手插在裤兜里，走在她的身边。

我能看得出她是快乐的。她脸上表情舒展，安静地走在我的身边，那一刻我想像得出她当年走在父亲身边的样子。

剥去岁月的老茧，原本的她，应当是个冰雪聪明的女子。据父亲偶尔提起，当年第一次见到刘清莲的时候，她穿着白棉布衬衫，齐耳短发，笑起来会出声。

而我面前的刘清莲，依然是白棉布衬衫，齐耳短发，只是衬衫边缘都发黄了，短发里夹杂着灰白色。在新世界商场熙攘的人群里，她心无旁骛地关注着自己的脚步，关注着身边的我，而不是橱窗里的任何陈列。

我想买东西给她。我多么希望她能透过橱窗看到一条心仪的裙子，然后走进去像个孩子一样举着裙子在镜子前面旋转，爱不释手。然后我就可以在一旁夸赞她不输岁月的美丽和优雅，再潇洒地掏出信用卡，在收款机上方划出一道任性的曲线。

但现实总是事与愿违。

每当我看到一家适合她的店铺，试图带她进去，她就会用一股强大的力量把我拽回来，说："不看不看。"

我们就像视察建筑空间一样把商场上上下下走了一遍，一家店都没有进，不到一小时，就已经没地儿可去了。

我想带刘清莲坐下喝杯果汁，刘清莲从环保袋里拿出一个保温杯，说："我自己带水了。"

后来刘清莲说："等我去一下洗手间，然后就回家吧。我给你做羊肉汤面。"

趁她去洗手间排队的空隙，我的一股不甘心涌上后脑，转身走进一家女装店，看到中央模特身上穿着的紫红色连衣裙，厚实的料子上镶着小黑珠子，我想刘清莲穿上会多么端庄。我叫来营业员，简单形容了一下刘清莲的身高体型，然后就付了账，甚至在付钱的时候我才知道这条裙子的价格，好像是 1000 元出头。

刘清莲从洗手间出来，我把装着裙子的纸袋递给她。她的脸一下涨得通红。

"你疯了吗？你的钱多得能烧了吗？"刘清莲看了一眼纸袋，"你什么时候见我穿过这么艳的颜色？赶紧拿去退了！"

"不能退。"我说。

刘清莲气得一时语塞，半晌说不出话。

"你这不是在孝顺我，你这是在气我。"刘清莲冷冷地说，"这件衣服我一辈子也不会穿的。"

一路上，刘清莲都没怎么和我说话。我也没有和她说话。

****

两天后，我买了票的比赛即将开始。比赛时间是晚上 7 点，我和刘清莲 4 点就出发了。抵达工人体育馆已经将近 5 点，四周洋溢的欢乐气氛令人振奋。穿着蓝色 T 恤的赛会志愿者们将我们引导到队伍里，同时笑盈盈地向我们介绍了比赛内容和场次。

“有这么多外国人来看比赛啊！”刘清莲悄悄对我说。

看着四周来自五湖四海的观众，我作为一个在北京生活了十年的人，突然感到深深的自豪。

“那当然，这可是奥运会！好多人跑半个地球来看呢。”我骄傲地跟刘清莲说。

5 点半的时候开始过安检区，我们都是按照志愿者的引导，先查票、对着摄像头照相，然后把随身带的小包放进传送带，手机和钥匙等金属物品拿在手里待检。

“您的钥匙可以带进去，但这把瑞士军刀按规定不能带入场馆。”工作人员很耐心地对刘清莲说。

刘清莲配合着把瑞士军刀放在桌子上，工作人员又说：“我们这里不能进行保存，所以请您以后重新购买。”言下之意，就是这把瑞士军刀要被丢弃了。

“那可不行！这是我老同事从瑞士给我带的，可好用了，我都随身带了好几年了！”刘清莲急了。

后面排队的人还很多，我赶紧劝说刘清莲：“这个不值钱的，我回头再给你买一把。”

“算了算了，我不看了，我在门口等你吧！”刘清莲情急之下居然准备打退堂鼓。

我当时脑子都要爆炸了，耐着性子说：“我的亲娘，赶紧入场吧，这门票可比瑞士军刀贵多了！”

我最后那句话好像奏效了，刘清莲一步三回头地被我拖进了场馆。

场馆分东南西北四个方向的座位，中央区域是拳击台，拳击台四周还有一圈裁判座席。在南面的空地上，正在进行欢腾的歌舞表演。

我们入座后，打开入场时发的小塑料袋子，里面放着可充气的加油棒。我把我和刘清莲的加油棒都吹起来，两个棒子互相击打，能发出类似金属的声音。我和刘清莲都高兴了起来，总算把瑞士军刀的事情忘到了脑后。

7点比赛开始，中国选手登场。我们随着啦啦队的引导，全场起立，大声呼喊：“中国加油！中国加油！”场上的气氛一下子就热烈了起来，我们也随着大家的节奏一起敲击加油棒，尤其在选手进攻的时候，大家的加油声和他进攻的节奏仿佛吻合了一样。比分在一分一分地累加，最后经过四个回合，比分变成了13比4，中国选手大胜，成功进入半决赛！

在裁判宣布中国选手获胜的时候，全场发出了雷鸣般的声响，太高兴了！场馆里还适时地奏起了欢快的中国民族音乐。在尖叫与欢呼声中，我回头看刘清莲，她竟然哭了。

散场时人很多，夜色晴好，我和刘清莲索性决定徒步回家。

伴着北三环的车水马龙、万家灯火，刘清莲打开了话匣子。

“我们这代人，从‘文革’走到今天，从农村走进城市，从筒子楼走进单元房。我们看着自己的生活一点一点在变化，看着国家一点一点在富强，看着自己的孩子生活在一个更好的时代，我们心里欣慰啊，觉得这么多年的愿望都实现了。

“我从农村考学到西安的时候，觉得生活已经到头了，没法更好了。谁知道如今还能来北京，还能亲眼看到中国选手获胜，这是我当年做梦也不敢想的。

“年纪越大的人越爱国，这个你们不懂。我们父辈都是老革命，你姥姥一针一线给人纳鞋底，你姥爷南征北战，还被子弹打穿过骨头。刚刚我就在想，如果他们能看到这一幕该多好，该有多激动、多骄傲。

“我们和父辈们吃过的苦，都值得。”

刘清莲絮絮叨叨讲了许多。我默默听着，心中万马奔腾。

那一瞬间我突然理解了她。

她所经历过的时代，目睹过的艰辛，我不懂。但从小到大，我看得到她用瘦小的身躯用心经营生活的样子。

那是一个女人，一个劳动者，一个母亲，怀着对未来的期许，甘愿对生活俯首的谦卑。

她们拖着包袱徒步了千万里，突然看到鼓乐齐鸣，百花齐放。她们知道，原来自己一直走在对的路上。

2012年

32岁的我已经是互联网公司的高级员工，年薪税前40万元。

我有一个未婚妻，叫娇娇，比我小5岁，浙江人。我们经朋友介绍认识，还算投缘。交往了近一年，到了谈婚论嫁的阶段。

娇娇父母都是浙江当地的工薪阶层，就娇娇这一个女儿，视若珍宝。他们见过我两次，相处融洽，他们也赞同这门婚事。

随着婚嫁之事提上日程，具体的问题也浮上水面。房子成了我们不得不面对的问题。

我知道在我的家庭中，金钱是一个障碍性的话题。所以这些年来，我索性不去触碰。对我而言，房子原本也是可有可无之物，何况我工资的涨幅远远赶不上房价的飙升。

当时我账上一共有近50万元存款。去掉家具、家电、装修和其他结婚开支，大约能够按揭一套总价120万元左右的房子。当时北京二手房均价在每平方米3.5万元以上，所以120万元只能买一个开间。

开间自然是不能用来结婚的。我曾经试探性地问娇娇能不能晚两年再买房，娇娇的母亲第二天就找我“喝茶”了。

娇娇母亲语重心长地跟我说：“小王，你要理解当妈的苦心。中国有句老话，安身才能立命。你们两个外地孩子在北京，如果连一个遮风挡雨的屋檐都没有，叫我们如何安心？”

我觉得她说的不无道理。但从大二就开始经济独立的我，无法接受向已经退休的父母开口要钱这件事。

没想到我还没去找，娇娇的母亲先我一步找到了刘清莲。

“子禾，娇娇的母亲昨天给我来电话了。”刘清莲给我打电话说。

“啊？她说什么了？”我问。

“她问我对房子的事情是怎么想的。你们准备买房了吗？”刘清莲问我。

“还没想好呢。北京现在房价太高了。”我说。

“我觉得娇娇妈妈说的有道理，结婚当然应该有套房子，以后就可以踏实过日子了。”刘清莲问，“北京现在房子多少钱？”

“一平方米三四万，假如买个两室一厅，首付就得一百多万。”我如实汇报。我想，听了这个数字，刘清莲恐怕也不会支持我买房的。这样的话，我就干脆去和娇娇摊牌，她愿意嫁就嫁，不愿意我也没办法。

刘清莲沉默片刻，说：“我和你爸商量商量。”然后就把电话挂了。

我感到很意外，她居然没有因这样的天价而咆哮和感到错愕，还说“商量商量”。他们准备商量什么？两个退休工资加起来不到5000元的老人，一辈子赚的钱用计算器摁几下就算得清。

第二天晚上，刘清莲的电话又进来了。

“子禾，我和你爸商量好了，我们俩出80万。着急的话明天就打给你，不着急的话就等下个月定存到期了给你。”刘清莲说。

我震惊了。我无论如何不能想象，月薪从未超过2000元的刘清莲，和月薪从未超过5000元的父亲，如何能够攒出这样一笔巨款！

我更不能想象的是，刘清莲这样连早市的新鲜菜都舍不得买的人，怎么会一下给我 80 万！

我恍然间仿佛成了韩剧里的男主角，当了半辈子混混，突然被人告知是大财团的继承人。

“你们哪儿来这么多钱？”我一时回不过神。

“你以为我这些年省吃俭用都省哪儿去了？”刘清莲得意地给我算她的小账：“我从 1980 年开始攒钱，刚开始每年攒 500 元，到现在每年可以攒 5 万元。然后我们买了国库券、保险，还有五年期定存，平均年利率都在 4% 以上。你算算，这样利滚利，三十年下来是多少？”

刘清莲说这句话时的神情，骄傲得像个斗士。

去看房的时候，我依然难以相信这是真的。这从天而降的 80 万元，让我突然对刘清莲刮目相看。

我总忍不住想起小时候家里的第一台彩电，想起在那个温暖的夏天，男人们穿着白背心，女人们穿着花睡袍，七七八八坐在我们家里看电视，旁边的落地风扇吱呀吱呀地摇头来回吹着温暖的风。

我突然总结出了些什么。

对于刘清莲来说，有两件事很重要，一是仪式感，二是传承。

她辛辛苦苦地积攒，最终争来的是一口气，一种具有仪式感的证明。当邻居们坐在我们家聚精会神看电视的时候，当我们有一天住在新房子里的时候，她能够给自己一生的付出一个交代，能够从心底感到宽慰和满足。就好比一个藏僧叩首徒步千里，最终希望看到圣山冈仁波齐一样。

同样，她的节约从来都不是吝啬，而是一种苦行僧式的执着。最终她希望她所积攒的财富和功德，能够通过血脉传承下去。她就是那种典型的母亲，自己省吃俭用一生，临末了则不介意将一张承载着一生辛劳的存折颤颤巍巍地交到后代手中。那一刻，她能够感到安全与圆满。

我用刘清莲和自己的钱作为首付，在望京买了一套总价 350 万元的房子，三室一厅，宽敞明亮，小区内有会所和亭台流水。

按照娇娇的要求，房产证上写上了我们两个的名字。

当时我为此征求了刘清莲的意见，她表示同意。她说，女孩子嫁进来就是咱家的人了，名字写在一起，日子也算绑在一起了。

婚礼在西安和浙江各办了一次。在西安的婚礼上，投影仪滚动投射着我和娇娇各自成长的照片。

我看到了我三岁时被刘清莲抱在怀里的样子，我手里捏着绿白条纹的不倒翁，刘清莲的脸贴着我的脸。

照片蒙太奇式地滚动，我看到自己三十年来的变化，从不谙世事的浑小子，长成了如今无趣的粗糙男子。

刘清莲始终是齐耳短发，白衬衫，神情淡然。只是从年轻挺胸抬头的姿态，到如今略显佝偻了。

最后一张照片，是我笑容满面地站在新房的门前。

我突然感到了强烈的戏剧性：仿佛刘清莲一点一点被岁月抽走的精力和体力，都注入了照片里的这个人，和这栋房子里。

2015 年

结婚三年，我和娇娇住在用父母一生的积蓄换来的房子里，平淡而安逸。娇娇是那种连煤气闸在哪里都找不到的人，不仅不会持家，爱好也都和花钱有关。她虽然不买什么奢侈品，但喜欢网购，喜欢去美容院，经常往家里背回五颜六色的面膜和化妆品。她是那种很典型的 80 后，喜欢看美剧和韩剧，还有综艺节目。我喜欢看她抱着薯片坐在沙发上的样子，她看电视的时候很专注，会时不时哈哈大笑。当我下班回家看到心无旁骛的她坐在那里，就会觉得很轻松。

后来娇娇怀孕了，2015 年春天，她生下了我们的儿子，七斤的大胖小子，眼睛还没睁开就会笑，我的心瞬间就被这小生命俘虏了。我给他起了个名字，叫笑笑。

刘清莲在西安早已摩拳擦掌。她退休后这么些年，一心就等着有了孙子孙女后一展身手。

她第一时间赶到了北京，抱起笑笑就不肯撒手了。刘清莲目不转睛地盯着怀中的孙子，一边看一边乐，直说："比你爹小时候好看多了，你爹小时候是塌鼻子小眼睛，咱们现在是大眼睛帅哥！"一边说一边惊叹："这孩子太灵了！小嘴一动一动想和我说话呢！"

孩子过完百天，娇娇就休完产假回公司上班了。

刘清莲开始 24 小时带孩子。我说请钟点工，刘清莲坚决不同意。白天刘清莲一个人又带孩子又做饭，晚上我和娇娇回到家，刘清莲就趁机洗衣服扫地。娇娇不愿意和孩子睡，觉得影响白天上班，所以晚上笑笑也跟着刘清莲。笑笑是天使宝宝的反义词，一晚上能醒七八次，刘清莲就一次次起来把他抱在怀里重新拍睡。

笑笑在刘清莲无微不至的呵护下越发得寸进尺，半岁大的时候，抱着拍着哄他睡他都不满意，必须要刘清莲一边唱歌一边抱着他在屋里走来走去。刘清莲累得不行，试图坐下，屁股一挨沙发他就大声嚎叫，刘清莲只得再站起来，继续踱步。

有时我半夜起来上厕所，就看见漆黑的客厅里有个人影在月光下往复游移。有时中午我回家取东西，看到刘清莲歪倒在沙发上，张着嘴睡得四仰八叉，笑笑躺在她怀里，也张着小嘴睡得东倒西歪。

原本宽敞的小家逐渐越堆越满，在刘清莲的努力归置下，玩具、奶瓶、纸尿裤都摆放得密集而有序。

刘清莲依然以最低的能耗运转着，全家属于她的只有一个很小的抽屉，里面摆放着基本的衣物。卫生间里只有她一个搪瓷杯的位置，杯子里插着我出差带回来的酒店牙刷和润肤露，还有一柄她用了二十多年的塑料梳子，边缘都起了毛。

****

娇娇心中感激刘清莲，但这并不影响她们在很多生活细节上无法达成共识。

有一天，我听到娇娇一大早就在孩子房间咆哮：“这纸尿裤都涨得透明了，为什么不给换！看孩子的屁股红成什么样了！怎么就不心疼呢！”

我跑过去一看，孩子的屁股通红，旁边的纸尿裤拎起来足有半斤重。

“妈，怎么回事？”我心疼孩子，口气带着责备。

“我昨天看这个纸尿裤的电视广告，说可以保持 10 小时干爽。”刘清莲说。但看孩子哭的样子，她也不再争辩。

“妈，您平时克扣我们，克扣自己，我都没意见。”娇娇气急败坏，打开了话匣子。

“我好歹是个喂奶的人，您给我买过新鲜鱼吗？每次都是超市最便宜的冷冻鱼，打折买十斤，天天做一样的，我现在看见那种鱼都想吐。

“我每次用电脑的时候，您总是二话不说就把我的灯关了，您不知道暗处看液晶屏伤眼睛吗？是电重要，还是眼睛重要？

“您给孩子接洗澡水从来就没接满过，孩子半个身子都晾在外面，着凉谁负责？”

娇娇憋在肚里的话一下全都倾吐而出。

我呵斥她：“行了，别说了！”

只见刘清莲呆呆地站在那里，脸上写满了惶恐，就像一个犯了错误的孩子。

娇娇抱着孩子去客厅了，刘清莲一言不发地愣着，我拍拍她的肩膀说：“没事儿，啊。”

她点点头说“没事儿，你去忙你的吧”，但眼圈分明有些发红。

后来几日，刘清莲变得少言寡语，小心翼翼。

桌上添了新鲜的罗非鱼，孩子澡盆里的水满得几乎要溢出来，家里灯火通明也不再有人去熄灯。

一切都那么祥和，但越是如此，我越是觉得哪里出了问题。

直到三日后的傍晚，刘清莲低着头跟我说："你能帮我买一张回西安的火车票吗？"

我心中一沉。刘清莲终究是被娇娇伤到了，伤心了，要打道回府了。

"妈，娇娇就那个脾气，都是鸡毛蒜皮的事情，一家人，过去就过去了。"我试图挽留。

"不行，我得回去。"刘清莲坚持。

我着急了："妈，你怎么这么不懂事呢？你这突然撂挑子，家里会乱套的。现在笑笑只认你，就算我丈母娘过来，也得过渡几天才行啊！而且你这突然要走，我怎么跟娇娇家人说呢？"

"我不懂事……"刘清莲突然眼睛一红，眼泪就下来了。

我一下慌了神，几十年了，我几乎没见刘清莲哭过。看来这次她是真的受了委屈了。

"行，那我给你买票。"我叹了一口气，心中也不痛快，没再多安慰她，转身回房了。

回房途中，我听到刘清莲从哽咽变成了啜泣，声音闷着，想必是躲在了被子里。

我想再回去看看，腿上却像灌了铅，推不开那扇门。

****

刘清莲回西安之后，如我们所料，家中乱作一团。

娇娇的母亲赶来顶班，但才忙了一天就说腰疼受不了了，催我们请个保姆。

娇娇的母亲睡眠不好，晚上孩子只能和我们睡。孩子一夜醒来七八次，到了后半夜娇娇受不了了，把我的被子整个掀开，说："我要疯了，你去哄。"

我把孩子抱在怀里，他完全不习惯我，索性放声大哭起来，娇娇的母亲也被吵醒了，披着衣服睡眼惺忪地到我们房间，帮我们哄。

当时我们三个大人大眼瞪小眼，简直不知道后面的日子该怎么过下去。

次日，我一起床就奔向劳务介绍所找育儿嫂，而且要求必须立即上岗。

一路上我疲惫不堪地想，这一切都是刘清莲的不懂事造成的。不就吵个架吗，怎么就突然甩手走人了，这简直是不顾我们死活，赤裸裸地给我们下马威。

但几分钟后，我就为自己刚刚的想法羞愧不已，恨不得抽自己大嘴巴。

父亲的电话进来了。

"喂，爸，什么事儿？"

"你妈病了，怀疑是乳腺癌。"父亲这句话，让我的脑子轰的一下。

我整个人都蒙了。我在劳务介绍所魂不守舍地找了一个当天就能上岗的育儿嫂，然后买了第二天回西安的机票。

那天我一直回不过神来，好好的一个人，前两天还在做家务带孩子，怎么就突然和癌症扯上了关系？

****

回到西安，刘清莲已经住在了医院里。病房是八人间，各个病人的家属进进出出，嘈杂得像个菜市场。

刘清莲想必也没有休息好，就歪斜着靠在床沿上，眼袋仿佛深了许多，脸上的肌肉也更加下垂了。

“子禾，你回来了，笑笑怎么办？”刘清莲焦虑地问。

“放心，娇娇她妈在，还请了个育儿嫂。”我说。

“育儿嫂？那得多少钱！”刘清莲一下提高了音调。

“你别操心这个了行吗？到底是怎么回事？为什么突然就病了？”我打断她。

“唉。”刘清莲叹了一口气，给我讲了原委。

刘清莲说，她去北京带孩子不久，就发现胸罩上有时有少量血迹。她刚开始有点担心，但后来时有时无，也没有痛感，她就习惯了，没放在心上。

“发现出血，为什么不去检查？”我心痛地问。

“我的医保在西安，我在北京看病就全部得自费，我就想有空回西安了再查。”刘清莲说。

“那为什么一直不回，突然决定回？”我问。

“那天不是和娇娇闹得不愉快吗，我心里也挺难受的，觉得没有把孩子照顾好。然后当晚也没睡着觉，第二天忙了一天，晚上洗澡的时候，搓到胸时，突然一股血就喷了出来，直接喷到对面墙上，溅得满墙都是，我用花洒对着墙冲了半天才把血迹冲干净。”刘清莲说的每个字都像针一样扎着我的心。

刘清莲说：“当时我也被吓坏了，我觉得我怕是得了要命的病。但这血淋淋的细节，我也不想给你讲，就觉得得赶紧回西安上医院了。”

刘清莲又说：“我这几天可操心你们了，我这突然一走，你们那边肯定乱套了。”

我当时真想抡块砖拍在自己头上。之前还在怨恨刘清莲不懂事撂挑子，如今看来，她是隐忍着用生命在照顾我们，而病情的突然恶化，显然是因为那场硝烟。

我恨我自己没有照顾好自己的母亲，没有在她需要的时候站出来保护她，而是在她委屈难过的时候选择了沉默。

如果有再来一次的机会，我希望在娇娇指责刘清莲的时候大声告诉她：“我不允许你这么说我的母亲。”然后带着刘清莲出去喝碗热粥，看个电影，云淡风轻。

但万事没有如果。当时我听到了身后刘清莲的啜泣，但我却选择了视而不见。

我从未觉得自己是个坏人，但到了具体的事情上，我却不知不觉成了一个坏人。

站在旁观者的立场上，我简直就是个混蛋。

****

造影检查发现，刘清莲的乳腺管道有米粒大的肿瘤，正是这个肿瘤导致了出血。

刘清莲的手术安排在两天后。

我想给刘清莲换一个人少的病房，却被告知病房全满。所以手术前后，刘清莲只能栖身在这嘈杂的八人病房里，熬着。

手术方案是，先在胸上开一个小口，通过纳米刀取出肿瘤，然后先不进行缝合，当场对肿瘤进行活检，如果是良性就缝合，如果是恶性就进行全乳切除。

整个手术需要全麻，上呼吸机和尿管。

刘清莲是敏感体质，容易对麻药过敏。她听说要全麻就开始担忧："如果我下不了手术台怎么办？"

刘清莲手术前可以自理，晚上我和父亲就没有陪床。

第二天早晨我带着粥到了医院，刘清莲一见我就严肃道："我有话要跟你说。"

她直起身，靠在枕头上，戴上老花镜，从枕头下面拿出一张信纸。

我看她严肃的样子，想必是深思熟虑后，对手术不放心，要交代很重要的事情了。

“您说，我听着。”我搬了把椅子坐到她床边。

刘清莲把那张信纸递给我说：“昨晚我一宿都没睡好，这是我半夜写的。”

我低头看，上面是刘清莲娟秀的字迹，认真列出了她手里的资金情况，我掐指算算，总共竟有近 40 万元，而这距离上次她给我 80 万元买房仅过去三年。

可以想象，这三年刘清莲和父亲又是如何省吃俭用，实践着她的奇迹。

“密码全都是你的生日。”刘清莲说。

我鼻子一酸。归根到底，任我成了多么独立和无趣的成年男子，我始终是母亲的儿。

刘清莲交代完了钱，长舒一口气，仿佛完成了重大的使命。

她闭了一会儿眼睛，然后睁眼望着天花板，开始自说自话。

“子禾，我不是个爱钱之人。钱乃身外之物，生不带来，死不带走。

“年轻时候节省，是为了在关键时刻拿得出钱，挣的是份踏实日子，是口骨气。

“岁数大了，自己花不了什么钱，也挣不了什么钱。就想着能省一分是一分，留给你们，你们还有几十年的好光景。

“我省，但我不需要你省。你过好你的日子，该花的钱别心疼。

“我这病能治就治，如果治不了就不治了，回家歇着。

“帮我给娇娇道个歉。”

我听着，突然觉得刘清莲像是在交代后事，又像是在总结人生。瘦小寡言的她，原来心里跟明镜似的，轻重因果，早就捋得清清楚楚。

我看着眼前这个熟悉又陌生的女人，潜意识里还是一厢情愿地觉得，她还是那个拉扯着我风里来雨里去、与生活苦斗的母亲。有她在，我永远不会感到无处可去，无所依托。

而今她轰然倒下，眼前一片残垣废墟。

我惊觉，她已经不再是那个能保护我的人。我堂堂八尺男儿，她缩成五尺小老太，我却从没回身去保护她。

我找个借口走出病房，靠在走廊的墙上，眼泪奔涌而出。

****

第二天一早，刘清莲被推进了手术室。

我和父亲守在门口，两个人都低头沉默着。

过了一会儿，护士出来了，我赶紧迎上去，护士说：“去买两包盐，要压伤口。”

我不敢相信自己的耳朵，堂堂省会城市的三甲医院，做手术居然还要患者自己准备压伤口的重物。

我只好下楼去买盐。

医院小卖部的售货员很熟练地丢给我两袋食用碘盐，一共 10 元钱。

我接过盐，看到其中一袋的塑料边缘折了，我想象这个折了的尖角放在刘清莲的伤口上，自己心里猛地疼了一下。

“麻烦给我换一包吧。”我抱歉地对忙着玩手机的售货员说。

售货员白了我一眼，重新丢给我一包，我仔细把边缘摸了一遍，确保没有折角或毛边，才小心翼翼地装进塑料袋拿回门诊大楼。

交进手术室之前，我又去洗手间把盐袋冲洗了两遍，用卫生纸擦干。

那一刻，我觉得这是我唯一能为刘清莲做的事了。我突然很害怕失去刘清莲。

脑海中飘过少年时读过的张洁的《世界上最疼我的那个人去了》：“她要是老了、走了，谁还能像她那样呵护我、疼我、安慰我、倾听我……随时准备着把她的一腔热血都倒给我呢？”

我用卫生纸一遍遍擦拭着盐袋的表面，眼泪不自觉地又出来了。

时间过得很慢，像一个世纪那么久。

两小时后，医生终于推门出来，宣布：“良性，已缝合。”

我 24 小时内第三次流下了眼泪。

我搂住父亲的肩膀，看到父亲的嘴角也在颤抖。

那一刻，我觉得“有惊无险”是世间最美好的词。

2018年

2018年3月，笑笑三岁了。

之前无论是百天还是周岁，家里都兵荒马乱，没有庆祝。这一次，我决定给他办个生日派对。

生日派对不是为了哄孩子开心，更不是为了攀比，而是我想明白了一个道理：

人生都要走过艰难与负重，也终将面对生老病死，骨肉分离。因此，当家人都健康地站在彼此身边时，应当去欢庆每件值得欢庆的小事，去享受每个向彼此绽放的笑脸——这比任何事情都更有意义。

我去了附近的两家酒店询价。物价飞涨，如今一桌包席少说都要三四千元。

“太贵了，有这钱我能做出一桌山珍海味。”说完这句话，我自己突然乐了。这句式，怎么这么熟悉？

恍然不觉间，我已从一个花钱大手大脚的年轻人，变成了一个简衣素行的中年男人。

此时的我，年薪已过百万。

收入提高，我消费的欲望却降低了。很多之前渴望达到的物质目标，如今唾手可得，却反而觉得它可有可无了。

我开始喜欢优衣库的衣服，戴最低配的苹果手表。我开始关注孩子的教育投资，甚至关注自己的养老储蓄。

我又购置了一套房子，在保险公司买了大额储蓄保险，用平时的闲钱买了些货币基金。

有时候我对着镜子，觉得自己越来越像刘清莲。

如今反倒是刘清莲经常教育我："抽空给自己买两件新衬衫。"

最终，我选择在自家小区搞一个户外派对。

我取得了小区物业的同意，花 3000 元租了一个充气城堡，放在小区中央的绿地上。

我们全家一起动手做了几大托盘的食物，有春卷、烧鸡翅、迷你肉夹馍、麻辣凉皮、蜂蜜年糕……当然，主要都是出自刘清莲之手。

我们将食物陈列在户外餐桌上，在现场布置了气球和鲜花。

笑笑生日派对当天，阳光异常灿烂，温暖得恍若到了夏天。

孩子们在充气城堡里欢笑着上蹿下跳，邻居和朋友们一边聊天，一边享用着我们准备的美食，赞不绝口。

刘清莲出门前让我们先下楼，说她稍后就来。

等我在楼下再次见到她的时候，我惊喜地看到，她竟换上了十年前我在崇文门新世界商场给她买的那件紫红色的连衣裙，那件她当时号称"一辈子也不会穿"的连衣裙。

虽然迟了整整十年，但她穿这条裙子的样子，和我想象的一样优雅美丽。

我看着她，无声地笑了。她看我看她，有些不好意思，走过来说："这裙子总不穿也怪可惜的，难得今天有个机会。"

"好看。"我拍拍她的肩膀。

我的发小孙猴也来了。他如今是一家国企的部门领导，我当着外人面都不能叫他孙猴，要叫他孙处长。

刘清莲才不管，见他迎面走来，冲着这位西装革履的国企干部大喊："孙猴子！"

孙猴屁颠颠地跑到刘清莲身边，夸张地说："刚才我远远就说，这边站了一位紫衣美女，走近一看竟是阿姨！"

"这裙子还是子禾十年前给我买的，现在还合适。"刘清莲笑成了一朵花。

岁月终将刘清莲和我之间的沟壑填平了。

我开始为有这样一位用心去经营生活的母亲而感到骄傲，并且对她自己觉得舒适的生活习惯予以理解。这种理解一旦建立，刘清莲也神奇地放弃了对我的抵抗，开始坦然地接受我的决定和安排。

我终于成了能够撑起一方屋檐的男人，我的母亲也终于可以彻底放松下来，做一个怡享天伦的老太太。

我倒了一杯气泡水，抿一口，很甜。

不远处的刘清莲被几位老太太包围着，正讲述她的理财之道。

老太太们纷纷点头，崇拜地望着刘清莲。

我忍俊不禁，回手搂住孙猴的脖子，说："安然若素，岁月静好。"

"文绉绉的，听不懂。"孙猴说。

我冲孙猴挤挤眼睛说："我觉得，我妈才是人类的第八大奇迹。"

我的父亲

老何

我一直认为，20 世纪七八十年代出生的这代人，经历了中国社会最翻天覆地的变革，因此这代人和他们的父辈之间，也有着最无法逾越的代沟。

而这批人中的男人们，和自己父亲之间，关系尤其微妙。

父亲们的人生充斥着饥荒、“文革”、国有体制、大锅饭。

儿子们的人生则伴随着留洋、创业、个体意识的觉醒。

在深深的沟壑中，父亲在努力维护他的地位和尊严，最终形成了一种不可理喻的矜持，以及随之而来的隔阂。这种无言的隔阂，在没有机会表达的情感积压下，最终总会成为一种深深的遗憾。

对于我们这代人而言，“子欲养而亲不待”不再仅仅关乎子奉榻前，而是能否在有限的人寿中，达到精神层面的和睦与和解。

我试图通过何以生的父亲，去还原一个典型的中国父亲。

我在这位父亲身上，看到了太多身边父亲的影子。

我看到了爱，尊严，阴影，执着。

我也看到了太多在职场上光鲜闪耀的男人，以及他们内心关于父亲的遗憾。

希望你不是何以生。

家史

我是何以生，男，1979 年生，现在在美国一所大学当教授。今天我要讲的故事是关于我的父亲，老何。

老何是陕西渭南人，小时候特别爱吃羊肉泡馍。据说他小时候，家门口有家泡馍铺子，他每日闻着肉香遥想一番，却只有逢年过节才能去打牙祭。

20 世纪 60 年代的一个冬至，老何家里一个人也没有。他捏着母亲留下的钱兴致勃勃地冲进泡馍铺子，自取一个缺了口的搪瓷碗，里面放两个半熟的馍，用脏兮兮的手指把白馍掰成满满一碗小黑球。像变戏法似的，搪瓷碗再上桌时里面便多了热腾腾的羊肉汤，上面还漂着一层油脂，用筷子往下翻，下面还藏着粉丝和木耳。老何喜欢放一大勺辣子，用筷子上下搅拌，待辣子均匀涂在每一块馍上，就着热腾腾的羊肉汤大口吞入。

但那顿泡馍老何只吃了一半。老何记得有邻居在门口喊："老何，你爸自杀啦！"老何蒙着脑子就跟着跑了出去。

老何的父亲老老何，也就是我的爷爷，曾经是一名小学校长，"文革"期间被归为"黑五类"，当时被红卫兵一脚踹进牛棚，脸陷在地上的泥泞中，抬起头，睫毛和鼻孔里都是牛粪，眼睛布满血丝。那是老何最后一次看见自己父亲的样子。

当老何从泡馍铺子赶到牛棚的时候，爷爷已经被运走。据围观的人说，爷爷用镰刀切断了自己的动脉，刚切脉时血流如注，在场的人用布缠住他的胳膊却无济于事，只能眼睁睁看他慢慢死去。

老何只看到了牛棚里的泥地上有一片惨淡的暗红。

那年老何 17 岁。后来我想，爷爷的死在老何心中留下了一个黑洞，一个可以吞噬掉所有强烈情感和欲望的黑洞。从我记事起，老何就是沉默和不苟言笑的，仿佛多说一句都是错的。

逝者已矣，生者还要继续生活。

****

六年后，爷爷已经平反，失去父亲的老何成了一个高大、沉默的年轻男子。每日穿着同样的白色汗衫、军绿色裤子，来往在同样的胡同中，但从不驻足与人搭话。

再后来，老何被招工去了西安，在一家国营机械厂当钳工。

老何终于可以离开那条深不见底的胡同。昔日的舒适圈，早已在扭曲的压抑下，变为牢笼。

他走出熟悉的巷口，遥望着当年牛棚的方向，长呼一口气，扭身向火车站走去，再不回头。

我的诞生

几年后，老何凭借异常的努力考上了电大，成了班上年纪最大的学生。

老何继续保持沉默和独来独往，成绩却异常优异。母亲后来回忆说，当时的老何稳重而带有神秘感，很多女生都会暗地里讨论他。

母亲是西安人，工人家庭出身，性格温和，擅长精打细算。那时候，老何每天上学都揣两个烧饼当午饭。有一天中午，老何打开铁皮饭盒，惊异地发现饼里夹了一层厚厚的酱肉。抬起头，隔壁座位的母亲慌忙将眼神转向别处。

听母亲说，那时候酱肉很贵，她都是骑自行车去长安县农民家买整猪剩下的边角肉，然后再带回家，自己用大锅炖煮，据说这样可以省下一半的钱。打那以后，老何每天的烧饼里都有了酱肉。

老何吃了母亲给的肉，便觉得对母亲多了一份责任。电大考试的时候，老何做了人生中最突破道德底线的一件事，就是在交卷前十分钟，和母亲交换了试卷。

在老何的帮助下，母亲成了当年考试中的一匹黑马，以全班第一的身份被西安最大的电厂录取。上班第一天，母亲在工地接受上岗培训，在人群的缝隙中，她看见了同样戴着安全帽的老何正冲着自己傻笑。

老何和母亲在同一个工厂，不同组。顺理成章，工友们次年就吃到了他们的喜糖。

1979 年的一天，正站在电线杆上修电缆的老何听到工友喊：“你老婆要生啦！”老何手脚并用从电线杆上下来，蹬上自行车就往医院奔。平时要走 20 分钟的距离，老何 10 分钟不到就到了。

但母亲在产房里迟迟没有出来。从不抽烟的老何在门口抽掉了一整包香烟。据奶奶后来描述，老何当时的手一直在发抖。

“难产，家属签字。”漫长的煎熬迎来了老何最恐惧的几个字。

老何当时整个人都瘫了，他哆嗦着灰白的嘴唇说：“快抽我的血，抽我的血救他们。需要多少就抽多少。”

老何总会把救人和输血联系在一起。仿佛只要身体中有血液流动，人就没有理由会死。

当时我的奶奶紧紧搂着老何，抚摸着他的脊背。奶奶后来说，她和老何在那一刻是心意相通的，她知道老何恐惧的是什么，她知道在那一刻他们都想到了我的爷爷，想到了他在牛棚里血流如注却无法挽救的生命，和之后数月擦之不去的一地暗红。

那一刻，我和母亲的生或死，于老何来说，便是拯救或毁灭。他情愿用自己的一地暗红，来换一个明净的新生命。

关于我出生的这段经历，我不知道是否真如他们描述的那般惊心动魄。但最终的结局是皆大欢喜的，我呱呱坠地，母亲安然无恙。

“男孩，六斤八两，母子平安。”

老何抱起我。怀中的骨肉，让他不用再承担着历史的阴霾，可以坦荡地走向更充满希望的未来了。

那天晚上，老何做了一个梦，梦见了童年的他追随着爷爷走在熟悉的老胡同里。沿着胡同的土路总是向左拐，又向左拐，最后终于走到桥头，桥上空空荡荡，一无所有，爷爷早已离去。正在落寞间，他蓦然转身，却惊见了童年的自己，他看见自己呼喊着：“爸爸，我终于追上了你。”

童年

也许是经历了两次生死，老何给我取了个略显厚重的名字——何以生。

臧克家有一首诗叫《三代》，是这样写的：

孩子
在土里洗澡，
爸爸
在土里流汗，
爷爷
在土里埋葬。

在我童年的记忆里，老何就像个高大而沉默的拖拉机，白天奔走在电厂和工地，晚上在家里叮叮当当总有干不完的活儿。

他不是一个会变着花样逗我玩的父亲。他和我在一起的时候，与其说我们是父子，不如说是将军和小兵。

西安东郊县城有个集市，小时候我常随老何去，有时是买花布，有时是打芝麻油。去集市的路遥远而无趣，坑坑洼洼的红砖地，每次都要走好几里。老何不怎么和我讲话，我总问什么时候到，老何就回答说，快了。

他对路边的各种小吃永远视而不见，总是直奔泡馍馆或饺子铺，我也只能硬着头皮默默和他坐在一群大老爷们儿中间，闷头吃掉食物，然后继续赶路。

后来有一次母亲也在，天气炎热，她就在路边给我买了一根雪美牌冰棍。冰凉的酸奶味溢满口腔，我吃得喜笑颜开，老何在一边看呆了。

老何第一次意识到，原来小孩是喜欢吃冰棍的。

后来他每次出门都会给我买一根冰棍。我们总是并排站在小卖部门口的台阶上，我汗流浃背地啃着冰棍，他就像日本电影《菊次郎的夏天》里的北野武一样站在我旁边，没有表情。

很多年后，我已经对冰棍不再感兴趣，他和我出门看到小卖部还总是问我要不要吃。我不屑地说“不要”，老何就呆呆的，感觉像是失去了必杀技一样失落。

毕竟，这是他掌握的为数不多的哄我开心的方式。

****

小时候我喜欢和老何一块儿洗漱。

每次，我一边刷牙，一边斜着眼睛看着他慢慢地将锋利的刀片装进刮胡刀里；然后，将毛巾在盛满热水的盆中浸湿，捂在脸上。等我刷完牙，他才开始慢慢地、仔细地刮着并不算多的胡茬儿。

有时候，我会禁不住趁他洗头的空当，拿起刮胡刀在自己脸上磨蹭磨蹭。那冰冷的刀片没有刮到一根胡须，却令我的寒毛都竖了起来。当老何带着满脸肥皂泡看见我正干的好事时，一只眼睛瞪得溜圆，另一只却被肥皂蜇得眯成一条缝，那表情颇为滑稽。他一边表示否定地发出"哎"的声音，一边迅速而并不莽撞地从我手中夺回刮胡刀，表情严肃庄重，言外之意是"这不是小孩子玩的玩具"。

但他一边瞪我，一边又认真将刮胡刀拆解开，把没有刀片的刀架递给我。

****

在我的童年记忆中，老何的形象是无趣的，但也是充满安全感的。

曾经有一次，我和老何走去集市，走到半途，我停下休息，老何去买水喝。突然，一只大黑狗向我走来。

那只狗瞪着幽绿的眼睛看着我，它上辈子一定是折翼的苍蝇，被我一拍子打死的。我很确定地知道，它要吃了我。

终于，任狗宰割的时刻到来了。它咆哮着向我扑过来。我张着双臂撒腿就跑，真希望自己能飞起来。它在后面紧追不舍，还不停地狂吠着，摧毁我的意志。

就在那一刻，我猛然间抬头，看见从那巨大的橘红色的半个太阳中间，走出来一个瘦长的身影。只见那黑色的人形在光晕的包裹中移动着，稳健而又沉着。顷刻间，天地为之变色，乾坤为之逆袭，《北斗神拳》的主题曲随即响起。健次郎总在最危难的时刻出现。

老何奋不顾身地冲了上来，他喉咙里发出深沉的咆哮："滚！"他就只说了一个字，然后站在我和黑狗之间直视着它，我想那一刻他的眼神一定能冒出火光。仿佛被施了魔法，那只黑狗顿时萎靡下来，悻悻地离开了。

我几乎是蹭着地来到老何身前的，泪水在眼眶中不住打转。

从那之后，我真的后怕了。只要再出门，我都紧紧抓着老何那洗得有些发黄的汗衫的衣角，寸步不离。

在家里楼下玩耍时，虽然我玩得很疯，但是余光总是会时不时瞟一眼三楼的阳台，看看他是不是在那里微笑着看我。只要他在周围，我就觉得是安全的、踏实的。

固执

周国平说，父亲是儿子的第一个偶像，而儿子的成长几乎必然要经历偶像的倒塌这个令双方都痛苦的过程。

除去那些小确幸的童年时光，随着年龄的增长，我逐渐成了从身高上和老何平起平坐的男人。我也逐渐发现，老何那高大沉默的身影背后，亦有局限。

我不知道爷爷自杀以前的老何是否也有过无知无畏的一面。我认识的老何一直是谨小慎微的，试图以一种鸵鸟式的方式替自己和家人规避掉外界所有潜在风险。后来回想，每当他面临选择或建议，他的本能反应都是维持现状，以不变应万变。

结婚后，老何的事业逐渐进入上升期。当时老何所在的电厂要派人去上海开办事处。上海对于当时的北方内陆人而言，就像是自由和梦想的代名词，遥远又充满想象。

当时电厂的领导欣赏老何踏实肯干，想派他去上海。周围的人都觉得这是极好的机会。老何内心惶恐，但也觉得没有理由拒绝。

就在他们整装待发的时候，一个让老何可以不去上海的理由终于从天而降——母亲怀上了我。虽然二者间未必有必然的冲突，但老何听到这个消息的第一反应就是“太好了，我们别去上海了”。然后第二天就去单位和领导申请了留陕。

母亲后来总忍不住念叨“如果当年咱们去了上海多好”。但老何则不以为然，而且是发自内心地不以为然：“金窝银窝，不如自己的狗窝。”

对老何来说，最理想的状态就是，生活不要发生任何改变。

最近二十年，老何和母亲也在购房风潮下先后买了两套房子，但都是装修好放在那里，他们还是住在电厂旁边的老楼里。

买第二套房子的时候，我已大学毕业。母亲仿佛终于看到了人生新篇章，撺掇老何拿出积蓄在西安曲江买了一套130多平方米的房子，然后全情投入，按照修祖宅的标准将它装修一新。

然而，从新房装修好那一天开始，老何就寻找各种理由拖延入住时间，开始是说上班太远；等了两年退休后，他又说老房子常有熟人和信件来，不能空着。就这样一拖再拖，后来母亲也习惯了，面对好事者好奇“你们怎么还住老破小”时，母亲就说：“我们的新房在曲江，两头住。”

新房的全部意义，就是母亲撑面子的工具，而里子，却还是和老何一起在贴满小广告的小旧楼里，每日和打不着火的燃气灶做斗争。

他一直像一只忠犬一般守在自己的老屋里，每天清晨同一个时刻苏醒，做运动，下楼取牛奶，回家把牛奶煮在粥里，就花生和榨菜吃，上班，下班，一边看新闻联播一边吃晚餐，看中央八台的电视剧，看完洗脸睡觉。

他试图将他对世界的理解画成一个圆，我在这个圆圈里，他便心中安稳。

我中学时学校组织夏令营去北京，我兴冲冲回家征求老何的意见，他就说了三个字：“不许去。”

我高中毕业和同学商量骑自行车去西藏，告诉老何，他说了五个字：“坚决不许去。”

我填报高考志愿的时候他一直在给我吹耳边风：“你都不知道西安交大有多好，多少人想进都进不去。”

我大三准备申请去美国读博士，老何就说了一句：“美国哪有那么好去。”

但他越是试图将我留下，我就越渴望离开。终于有一天，他睁开眼，发现我已经不在他的圆圈里。

最后，北京夏令营我还是去了，母亲给的钱；骑自行车去西藏我也义无反顾地去了，尽管后来在新都桥附近摔下山沟，遍体鳞伤；我最终还是报了北京的大学，从此阔别家乡；大学毕业后，我真的拿到全额奖学金，从此居于美国。

其实他一直明白，我想走，他拽不住。他潜意识里也明白，我终将去往一个他做梦也无法抵达的远方。

有一天他惊奇地发现，他所理解的险恶世界，居然成了我怡然自得的世外桃源。

那一刻我完成了我的自我证明，老何也终于离开了我的生活，成了那个在家乡守望我的父亲。

赴美

2003 年，我大学毕业后，满腔热血地去了美国读博。到了华盛顿，租好房子，办好入学手续，看着陌生的白人世界，我却突然陷入了惶恐和惆怅——未来六年的异国寒窗该怎么度过，其实我完全不知道。

我记得到美国没两日，有天傍晚我从超市采购了一大堆沉甸甸的生活必需品拎回住所，关上门，一人独面四壁。门外时而传来老美们夸张的笑声，我一个人瘫坐在椅子上，一时间一种类似傍晚综合征的孤独感深深笼罩着我。

我机械地打开电脑，突然看到 MSN（一种即时通信软件）上闪烁着好友申请，名字是“老何”。

我赶紧通过，老何居然在线，良久敲来几个字：“我是你爸。”

我心头一热，赶紧回复他：“爸，你会用 MSN 了！”

又过了一会儿，他终于有了反应，发来一个咧开嘴大笑的表情。

那是老何在现实生活中不会有的表情，但我相信这是他看到我时内心的表情。我面对那个笑脸表情呆了许久，回过神来的时候，发现自己竟然泪流满面。

我小时候每次在外面受了委屈都会憋着，一直憋回家，但见了老何，就会哇的一声哭出来。

原来长大成人还是一样。我就看着老何亮着的头像哭啊哭啊，宣泄了所有积聚胸腔的委屈。

只是老何永远不会知道。

打那以后，我常在 MSN 上见到老何。他话不多，时常发来的也都是各种表情符号，偶尔会发关于美国的新闻给我。

每次我看见他的头像亮着，我就知道他也看着我的头像亮着。我们就靠对方亮着的头像，完成无声的陪伴。

我在美国读书的那几年，每当我在电脑前工作，老何都以这样的方式陪伴着我，无声地存在在大洋的那一边。

老何偶尔也发文字，都是字斟句酌的金玉良言。我生日那天，打开 MSN，上面躺着一段精心措辞的颇为隆重和老套的文字：

“以生吾儿，值你生辰佳时，祝你在他乡胜友如云，发奋图强，严于克己，再创佳绩。”

落款是“老何”。

他打字很慢，但也不愿用视频。我特意买了摄像头，又请朋友去家里帮他连接好设备。但试了两次，我们就像“见光死”的网友，在屏幕上心有灵犀，面对面却无话可说。每次都是聊上两句，他就不耐烦地挂断，或者被母亲抢去座位。

我和母亲隔两天就会通电话或者视频，但父亲就像家里的家具，我知道他在对面，他却从不发声。

老何吝惜语言，却不吝惜体力。

不论从北京还是美国，每次我回西安，老何都会开车去机场接我。

他总会比飞机降落时间提早一小时到机场，甚至有一次我清晨7点落地，他5点多就到了。为了节省停车费，他就把车停在距离机场一公里的高速公路旁边，等时间差不多了再开到机场。

后来我每次看到快到机场的高速路边临时停靠的车辆，我就会很温暖地觉得那一定是去接孩子的父亲。否则，是怎样的力量，让他们提前那么久就守在冷风里等候。

我回西安从来不带驾照，尽管我早已车技娴熟（而老何开车则反应略显迟钝，常常错过路口或红灯）。因为我知道，驾驶员的位置对老何意义重大：第一，他有不可或缺的职能，他是被需要的；第二，他能够有机会和我坐在密闭的空间内，进行一年到头难得的、珍贵的家常对话。

他也喜欢开车载我和我的朋友。每次我和朋友聚会，他接我的时候都很热情地主动要送人家回家。他默默地听着我和朋友在车里的对话，只有在这种情形下，他的存在是合情合理的，不需要找借口离席。

即使是在自己家里的饭桌上，他也是会提前离席的。他总是花很多时间在厨房准备菜肴，但真的到了欢聚一堂的用餐时间，他却十几分钟就结束用餐，起身回自己的房间了。

其实他对他的老同事、老朋友也可以谈笑风生。但在我这里，多一点的亲近和陪伴就会让他感到不自在，仿佛我不是他的儿子，而是一位气场不合的老对手。

我试着去尊重他内心深处那份尊严和矜持。

于是我们就静静待在各自的房间里，听着屋外时而传来的对方的脚步声，完成着难得的团聚仪式。

美国父亲

聚少离多的岁月让我逐渐意识到，人生是一场孤独的苦旅，只身在异乡的我只能靠自己。

成年后的我越走越远，西安、老何，逐渐成了视野远处的小黑点。

以前读大学的时候，老何还时不时提起“毕业后可以回电厂工作”。后来我去了美国，老何逐渐意识到，我再也不会回西安了。

纪伯伦在《致孩子》的诗中说：“他们的灵魂属于明天，属于你做梦也无法到达的明天。”

在老何做梦也无法到达的时间轴上，我摸爬滚打着前行。

老何不知道，我曾经在纽约哈林区为了夺回被抢的钱包被黑人打到爬不起来。

老何不知道，我第一年的博士资格考试没通过，差点被取消博士生资格，我自己也差点患上抑郁症。

老何不知道，两个博导的政治斗争导致我的论文不能如期发表，我与进入美国国家实验室的机会失之交臂。

老何不知道，我曾经抱着我的科研成果飞了美国十几所高校，曾在某个系主任门口等了五个小时，最终还是遭到拒绝。

老何不知道，当我最终拿到乔治城大学副教授的任职通知时，我一个人在信箱旁的台阶上哭得像个孩子。而老何至今都叫不全我所在的大学的名称。

我还记得在美国的第一个感恩节，班上的白人同学乔邀请我去家里共度。

乔的父母住在华盛顿郊县的一个中产阶级社区，白色的尖顶房子，修建平整的花园里摆满了圣诞的灯饰，有麋鹿、雪人，还有天使。

乔的父亲在门口迎候我们，他穿着红色的格子衬衫，牛仔裤还打了背带。

“Hey，buddy！”（嘿，兄弟！）乔的父亲和乔就像老哥们儿一样热情地抱在一起，接着他父亲也给了我一个同样热情的拥抱。

进门后，乔的父亲给我展示了他们的家庭照片，还有地下室的架子鼓和吉他。原来乔和他父亲都喜欢重金属音乐，在家的时候经常一起演奏。

“他的电吉他总是差半个音准。”乔毫不留情地指着他的父亲笑道。他的父亲听了哈哈大笑，对我说：“没错，现在乔才是我们家的主键盘手，我是坐冷板凳的替补。”

那顿感恩节晚餐我们吃了三个小时之久。席间，乔的父亲一直在和我们讨论音乐、政治、理想。

聊到动情处，乔的父亲将乔的头揽过去，在乔的额头上狠狠亲了一口说：“You know I love you, right?”（你知道我爱你，对吗？）

乔拍拍父亲的肩膀很自然地笑道：“Of course, I love you too, old man.”（当然，我也爱你，老伙计。）

那一刻，我想起了我的老何。

他也会和我一起谈论音乐和政治，甚至理想。

但他永远不会吻我的额头，对我说爱我。

那一刻我不知道大洋彼岸的老何在做什么。他不知道这世上有个节日叫感恩节。此刻他应当已经起床，下楼取牛奶，然后在阳台上做一套五禽戏。

在他和我如平行线一般的世界里，我想他也在经历着不为我所知的困扰吧。

我偶尔从母亲那里听到只言片语。

听说老何最近被查出患有胆结石，要去做手术。过一段时间我再打电话回家，就听说手术做完了。当中老何吃了什么苦头，我一无所知。

听说老何的一个老家熟人问老何借了一笔钱，说是给母亲治病，年后归还。后来拖了一载又载，再无声息，老何特意去老家探访，发现此人已经搬家，人去楼空。

听说老何有高血压，长期服用的药突然有一天被划出了可报销范围，他坚持从进口品牌改服国产品牌，但随之而来的副作用导致他时常睡不好觉。

我和老何，在大洋的两端，专注于自己的战斗。

晚上回到乔安排给我的客房，我给老何拨了一个电话。

“爸，是我。”

“以生啊，有什么事吗？我正在超市买菜。”

我原本想说，今天是感恩节，我很感谢你所带给我的一切，我很爱你。

但我说出口的却只有：“今天是感恩节。”

“好，我正忙着结账，没事先挂了啊。”老何说，“对了，我昨天有个理财到期了，10 万元人民币，我已经换成美元汇给你了。”

老何挂了电话，我望着窗外的明月，突然觉得喉中哽住。

就是这个甚至不肯和我多讲一句电话的男人，这个在超市买最便宜的打折菜的男人，却总是不打招呼就寄大笔的钱给我。

我知道乔的父亲在他 18 岁以后就不再对他进行经济供给了，他现在全靠打工和奖学金生活。

这就是中国父亲和美国父亲的差别吧。

只是老何啊老何，我情愿今夜你不给我这 10 万元钱，而对我说一声，儿子我爱你。

葬礼

我和老何继续如平行线一般生活在地球的两端。

无论我在外面遭遇了怎样的挫折和创伤，我都对老何说一切安好。

我已经如此习惯他的不苟言笑和稳如泰山，正是他十年如一日的生活构成了一个无比安稳的家的根基，仿佛他会以同样淡定的表情，以同样的姿势，始终在老屋的同一张沙发上等我。无论外面几经风雨，回家看到他固有的姿态和神情，我就仿佛吃了定心丸，觉得似乎生活就会一直这样下去，永远不会改变。

因此一旦老何动容，我整个人就会跟着慌乱起来，不知所措。

在我近四十载的生命中，老何只在奶奶去世时哭过一次。

爷爷去世后，奶奶就成了家里的顶梁柱，在邻居的指指点点中默默守护着老何。老何见了我总是板着脸，但见了奶奶总会像变了一个人一样，上前深情拥抱。

2009年，听到奶奶死讯的时候，我的第一反应就是担心老何。

当时我恰巧在新加坡做一个学术交流项目，接到母亲的电话就慌忙去买机票，赶到机场时，手机就闪起老何的短信，说：“你回来给我添乱，不要回来。”

后来我想，他一定是不愿意我看到他脆弱的样子。

和以往一样，老何没能拦住我，我几小时后便回到了西安。老何看到我的瞬间眼前一亮，嘴角仿佛有了一丝笑意，但继而又陷入无尽的凝重中。

他一直沉着脸，没有表情。直到告别仪式上，姑姑一脸茫然地对我说：“以生，我和你爸爸从此就是孤儿了。”

然后哀乐响起。身边的老何突然大吼一声：“妈！”然后扑过去抱着棺木大哭，是那种像孩子一样的号啕大哭，哭到上气不接下气，我硬将他扶起来离开，但他依然在呜咽。

回到家，他一个人坐在床沿上发呆，我倒了一杯水坐在他身边，试图寻找合适的语言。

“奶奶走之前也没受什么罪，算是喜丧。”我说。

“是，算是喜丧。”老何呆呆地重复了这么一句，但眼泪又夺眶而出。

我轻轻拍着他的背，感觉到他在抽搐。他的身体越哭越倾斜，重量渐渐倚在我的肩上。我就那么一手端着水杯，一手搂着哭泣的他，以这个姿势僵在那里，我也不记得是怎样结束的。

曾经有朋友的孩子依偎在我怀中，也曾经有女孩倚靠在我肩头。但这一刻，靠在我胸前的却是我的父亲。

我闻到的不是孩子的乳香也不是洗发水的清香，而是那种头油和汗水混合起来的倾颓的气味。那一刻，怀中的老何那样熟悉又那样陌生，这种角色错配让我不知所措。

也许就是那一天，我们完成了男人之间力量的更迭，在后来帮忙料理奶奶后事的过程中，我也不断意识到“一家之主”四个字的内涵与深意。

第二天起床后，老何的眼睛还是肿的，但他还是一如既往地面无表情。

探亲

2012 年，我的女儿在美国出生。母亲和丈母娘先后来帮忙照顾，但老何一直没有来，因为“看孩子是女人的事”。

但我知道他是想见孙女的。我太太常在全家人的微信群里发女儿的照片，老何很少发言。但有时老何会私下发给我一些建议，例如“孩子看着脸发黄，给她喂些红枣”，或者“给她吃米糊糊和蛋黄，只吃奶身体不结实”。

老何的各种建议都在我这里被拦截住，从未传达到我太太那里，但我觉得应该让老何来美国看看了。

如果没有女儿的出生，也许老何一生都不会来美国。

在我的再三邀请下，在母亲的再三劝说下，老何终于和母亲一道踏上了赴美探亲的路。

老何和母亲乘清晨的飞机抵达了华盛顿。我从机场接到他们，一路上他们看着路边的风景，母亲一直在感慨："天真蓝，小房子真漂亮。"而老何则一直半眯着双眼，皱着眉头，偶尔往窗外瞟一眼，嘟囔说："这荒凉的，好像咱华县。"

"你爸爸就是这样，顽固不化。"我从后视镜看到母亲瞪了父亲一眼，我笑了。我的父亲母亲如今终于坐在了我的车里，我在美国终于有了一家团聚的这一天。

回到家，我安排老何住在我隔壁的房间。我路过客厅卫生间，看到他正在洗漱。于是我挤了牙膏一边刷牙一边站在他身边。我像小时候一样斜着眼睛看他慢慢将锋利的刀片装进刮胡刀里，然后将毛巾在盛满热水的盆中浸湿，捂在脸上。

"爸，我送你个电动刮胡刀吧，好用。"我吐掉口中的泡沫说。

"电动刮胡刀哪有刀片得心应手。"老何对着镜子用刀片仔细刮过下巴，仿佛在雕琢一件艺术品。

我不再争论，靠在门框上眯着眼睛看着老何每一个细微的动作。我突然想起我小时候也有过类似的画面。

正出神，女儿也蹒跚着跑过来，抱着老何的腿嚷着要看他手中的刮胡刀。我还来不及阻止，老何已经以迅雷不及掩耳之势将刀片卸下，把刀架放在了女儿手中，然后满脸肥皂泡地眯起眼睛说："你拿走了爷爷的刮胡刀，爷爷会变成大胡子怪兽！”然后伸手去抓女儿，女儿开心得嘎嘎直笑。

有个词叫“既视感”，形容眼前一幕似曾发生。那一刻，时光停止，我被浓浓的既视感包围着，眼前的老何仿佛变回了二十年前那个温暖可依的父亲。

老何却只有和我女儿在一起的时候是温暖可依的。当他面对我的时候，还是一如既往地板着脸，吃完饭还是会提前离席回到自己的房间。

我和太太白天上班，女儿也在朝九晚五的日托机构，我上班时送去，下班时接回。老何和母亲在家无事，就每日去附近的中国城超市买菜，做饭，其余的时间就在平板电脑上看国产电视剧。我说不要看太久，对眼睛不好，老何就冲我瞪眼睛：“你都把我流放到你这儿了，连电视都不让人看？”

我买了华语卫星电视频道，老何还是执着地抱着他的平板电脑，理由是电视有一个遥控器、机顶盒还有另一个遥控器，每次调节目太麻烦，他学不会。

周末的时候我会带全家出游。但对于我开车、他坐车这件事，老何耿耿于怀。

“你踩刹车太肉！”“转弯的时候要减速！”“你看旁边的车都比你开得快！”老何就像一个驾校教练一样一路指手画脚，我开得快也不是，慢也不是。

“美国的司机去了中国都上不了路！”老何最后得出这样的结论。

不能开车，谁也不认识，出门变文盲，国外的蓝天白云并不能安抚老何的焦躁。

“我在国内一天要干多少事！在你这里完全是在浪费我的时间！”这成了老何的口头禅，仿佛他在国内是个公务繁忙的企业家一般。

“你又没几个朋友，在西安不也是天天自己待着吗？”我忍不住反驳。

“谁说的！楼下的蜂胶店昨天还跟我说有赠品回馈老客户，我得回去领！我的老年公交卡过期了，我得回去补办！北郊出租的房子要收租金，我得去收！”老何说出一串他觉得很重要的理由，我竟无言以对。

一个月过去，老何的焦躁渐渐变成了沮丧。

他不再和我争辩“西安有多少重要的事”，而是每日除了看电视，就是弓着背冲窗外发呆。

他也不再过问我出去和谁吃饭，因为我说的名字他一个也不认识。

他和女儿玩耍，女儿时不时蹦英文单词，他听不懂，就尴尬地笑笑，女儿摇摇头独自跑开。

老何越来越多一个人待在房间里，有时我根本不知道他在家还是不在，醒着还是睡了。渐渐地，他的身体仿佛也消瘦了。

“你爸爸胸闷，怎么办啊？”有一天母亲焦急地跟我说。

我赶紧表示要带老何去医院，老何却摆摆手不同意。“我在这里连保险也没有，上次你那个同事来家里聊天，我可听到了，在美国看个病随便就要花上千美元。”

任我如何劝说，老何就是不肯去医院。最后他吐出一句话：“你让我提前回国吧，算我求你了。”

看着萎靡不振的老何，我突然想起心理学家武志红的“疆界”理论。

“疆界”理论的大意是，每个人内心的疆界广度不同，许多年轻人在任何国家都不会不适，但对许多老年人来说，他们的内心疆界已经萎缩成家门口的一尺见方之地。如果强行将他们拖离舒适圈，他们的身体和精神就会产生类似器官移植后的排异反应，后果严重。

原来老何已经不再年轻，我的生活已经在他能够接受的疆界以外了。

我买了机票送他和母亲提前回国了。回国后不久，母亲打电话告诉我，老何的精神状态比在美国时好了很多，人也胖了。

那是老何一生唯一一次来美国。

那一刻我意识到，对于游子而言，父母和事业终将成为悖论，无法两全。而我们这代背井离乡的中年人，对父母终将有所亏欠。

我们给父母寄钱也好，偶尔探望也好，不定期组织家庭出游也好，都只是治标不治本的解决方案，是隔靴搔痒般的自我慰藉。对于无法赡养父母这个“家庭病症”本身，我们也许从未打算根治，也无法根治。

我们的父母恐怕比历史上任何一个时代的父母都伟大。自古养儿防老，但唯有这个时代，父母对我们的付出只是为了让我们飞向离他们更远的地方。对于老无所依，他们早已无所畏惧。

光鲜

随着微信的普及，我逐渐没有了给家里打电话的习惯，就只是每天在微信里发几张女儿的照片，简明扼要地说一下我工作生活中的大事。老何有时会在微信上转发一些军事题材的新闻，很少打字。

我们继续像平行线一样生活在地球的两端。

2014 年，随着我多年的研究逐渐开花结果，我在《经济学人》杂志上发表了几篇反响强烈的论文，又荣获了几个学术奖项，一时间我突然变得“红”起来，不断接到各种会议的邀请，还有一些中国的论坛也请我回去做演讲嘉宾。

于是我和老何见面的机会变得多了起来，一年能见到三四次甚至更多。

有时我会回西安去探望他，有时我会邀请他去北京或者上海。

老何那段时间特别喜欢张罗亲戚一起吃饭。热闹的席间，亲戚们总会询问我美国的事情，请教我关于理财和孩子出国的问题，我总会耐心回答，然后亲戚们便回头夸赞老何有一个多么优秀的儿子。即使老何在席间很少讲话，看我和亲戚们觥筹交错，他脸上便也洋溢着少有的满足安逸。

但每当亲戚散去，就剩下我们一家三口时，气氛就又变得尴尬起来。

母亲总会刻意留出时间让我们父子交流，而这种交流逐渐形成了一种模式，一种像领导人会面的固定外交套路。我们的话题不外乎三类：第一类是我女儿和我在美国的日常生活，这个话题在两个男人之间很难维持太久，很快就会切换到下一个主题；第二类话题就是老何训话，他会针对我的个人发展，用心良苦地给我提出各种（其实没什么用的）建议；第三类是我寻找老何感兴趣的话题例如军事和养生，保证我们的对话可以持续下去。

尽管我当了教授，但老何心中始终有危机感。他总有一些杞人忧天，担忧我被学校炒鱿鱼，担忧我身体吃不消，担忧我犯政治错误。所以他总会给我很多严肃的建议，例如逢年过节给系主任送些烟酒，例如每天早晨起来练一套五禽戏，例如回到国内不要和“社会上的人”过多应酬。

老何语重心长，我便俯首倾听。老何不知道的是，其实我从未采纳过他的任何建议。

随着我年近四十，老何从我儿时眼中的英雄，逐渐变成我势均力敌的对手，又逐渐变成需要我哄着的老爷子。我不是不想采纳他的建议，而是他的想法过于主观，过于背离我的生活现状。我的聆听本身，也只是对他的“哄”。

有一次我把母亲和老何接到北京，并让他们到现场听我在一场财经媒体论坛上的主题演讲。母亲和老何虽是城市老干部，却极少出入商务场合。丽思卡尔顿酒店宴会厅里从天悬挂的流水灯，打在两侧墙上的巨大的会议标志，觥筹交错、西装革履的嘉宾们，还有激昂的背景交响乐，这过度绚丽的场面让母亲和老何却步，站在门口不敢进去。我领着他们找到座位，离开前老何还嘱咐我："你待会儿讲话不要紧张！"其实他心里比我要紧张百倍。

我在台上就中国货币供给和硬着陆问题发表了演讲，我猜想老何是听不懂的。但我内心希望他为我感到骄傲，我相信他会的。我也曾经看自己的女儿在台上表演，激动得热泪盈眶。我理解一个父亲看到自己的孩子站在舞台中央时，那种内心难以名状的成就感与自豪。

果然，演讲结束后，我看到老何明显比平时兴奋，一直在称赞会场精美华丽的装饰，以及免费的茶点和水果。我带他们去吃饭，老何点菜的时候也显得比平时大气："点多宝鱼！你这工作费脑子，要多补脑！"

他没有直接评价我的演讲，却给了我很多"建议"，例如上场时应当鞠躬，演讲过程中可以加入一些类似咏叹调的语气等。"你语气四平八稳，讲的内容又无趣，台下的观众怎么能爱听！"老何总结道。

我苦笑。也许对老何而言，今天的学术演讲和儿时的诗朗诵并无本质区别，身为教授的我也依然是那个满身缺点的顽童。我默默点头，见老何的观点发表完毕，我便赶紧将话题切换到了他感兴趣的、不痛不痒的领域——军事、太极、五禽戏。

在子女成年之后，交流的主动权往往会从父母手中转移到子女手中。我一直在问自己，在漫长的岁月中，我为什么没有尝试和父亲做哪怕一次的深入交谈，更多地了解他一生中的悲欢，也让他更多地了解我呢？

我希望我是一个更善于表达的人。我希望我能大笑着指出他的迂腐，然后搂着他的肩膀亲昵地唤声“老爷子”。

但我是老何的儿子，在我四十年的人生中已然逐渐成为一个和自己父亲同样矜持和不善表达情感的男人。

我们之间早已筑起一道墙，一道关乎男人那匪夷所思的尊严的墙。我们之间注定不会有言语的煽情或肢体的亲密。我们君子之交般的关系，便是我们的默契。

作家三毛曾在书中写：“你们向我显明最深的爱的时候，也好似恰巧都是一次又一次的背影。什么时候，我们能够面对面地看一眼，不再隐藏彼此，也不只在文章里偷偷地写出来，什么时候我才肯明明白白的将这份真诚在我们有限的生命里向你们交代得清清楚楚呢。”

也许永远不会。

末了

老何生病了。

去年的一个深夜，我被母亲的电话叫醒，电话里面是母亲慌张的声音。

“以生，你爸爸晕倒了，头撞在沙发棱上，现在我们在车上。”母亲一直问我：“怎么会晕倒呢？好端端的人怎么就晕倒了呢？”

太太安慰我说："没事的，可能是老人家贫血。"但我自从接到母亲的电话后就再也没有睡着，心中凌乱异常。天刚亮，我便买了次日的机票。

飞了 23 个小时，转机两次，我终于赶到西安。打开手机看到母亲的信息，老何昏迷了 7 个小时才苏醒，现在还躺在医院。

我拖着行李赶到医院，医生将我和母亲叫到办公室："你们是病人的家属吗？"这不是一个好的开场白。那一刻我预感到，我原本以为可以恒久的平衡生活要发生改变了。

医生最初一直在用专业术语解释手中那张抽象的 CT（计算机层析成像）图，大意就是脑部发现了一个肿瘤，阻碍了血液的输送。母亲一直死盯着那张 CT 图，几乎没有和医生对视过。医生最终还是说出了我们最不想听到的那个字，癌。这个词母亲听懂了，我也听懂了。母亲浑身一颤，扭身哭倒在我肩上。我搂着她战栗的肩膀，努力在心中理出一个头绪。我需要一个头绪，但是脑子里却一片空白。

像大部分中国式家属一样，我们对老何选择了隐瞒。诚然，他有权知道自己的病情，但我想他同样有权维持自己那份安然的希望。

老何最初以为自己只是跌倒摔伤了脑袋。我对他说我只是回国出差。他看到我并没有掩饰自己的惊喜，开心地拍拍我的肩膀说："你现在是国际型人才啦，满世界飞。"继而又自责地说："可惜不巧赶上我碰了脑袋，让你还没回家就跑到医院来了。"

我帮他削平果，拿起刀子，却削得笨拙。老何笑了，说："你这辈子啥时候削过苹果。"继而接过刀子，熟练地把苹果皮一丝不断地整整齐齐削了下来，习惯性地递给了我。

我拿着原本是我想要削给老何吃的苹果，想要咬，却觉得牙齿颤抖使不上力气。我找了个借口拿着苹果冲进卫生间，泪水狂涌而出。

我习惯了接受老何的照顾，他可以很自然地为我削平果、做饭、洗衣服。我习惯了他以父亲的姿态不苟言笑地存在，训斥我、嘲笑我，仿佛他永远是正确和不被打倒的那一个。

而如今我要强迫自己面对他大厦将倾，却连一个苹果也削不好。或者他也不希望我削好，因为一旦他吃了我削的苹果，就相当于缴械投降，正式交出了一家之主的权杖。

多么可憎的自尊，可憎的矜持，可憎的男人的面子。

我第一次发现，我原来如此像我的父亲。我最终也只是一个匮于陈词的木讷男人。

三天后我返回美国，回去料理好做了一半的工作，然后请长假回西安照顾老何。

不记得在哪里看过，人在千米高空中更容易分泌肾上腺素导致流泪。

在回美国的红眼航班上，黑暗的客舱中只有发动机的轰鸣声，我坐在四面环包的公务舱里，独自泣不成声。我试图抑制，却只能听到自己从喉咙底部发出的沉重的哽咽，那是我第一次听到从自己身体里发出这种原始的声音。

除了母亲外，我还请了护工 24 小时陪在老何身边。我也向学校请了长假回到西安，每日来探望老何。

老何最初是抗拒护工的，后来经过几次疼痛和昏迷，他逐渐意识到自己的病不那么简单，也便默许了护工的存在。他可以让母亲或护工端尿盆和擦身体，却绝不允许我插手，仿佛这样他便能维持一个父亲起码的尊严。

每次看到我来到病房，他会客气地坐起来说："来啦。"

"嗯，来了。"每天都是这样的开场对白，继而我会搜肠刮肚寻找一些话题，比如我太太又说了女儿的什么趣事，比如当天又发生了什么社会热点事件。我们就像两个相互尊重的老同事，进行着不疼不痒的话题。

每次聊不到半小时，老何就会催促我去忙我的事情。我说我现在在休假，他就会催我回美国。有时他干脆扭过身去，告诉我："我困了，想睡一会儿，你走吧。"

但第二天一早，他又会早早巴望着，问护工有没有收到我的信息，几点过来。

老何的病情发展很快，最初他还医院和家里两边轮着住，后来疼痛的频率越来越高，医生也不再准许他回家。他就在安静而精致的单人病房里，任时光如抽丝一般从生命中流去。

我以为老何会在病情严重的时候说一些情绪化的话，或者交代一些身后事。但他始终保持着若无其事的淡定，始终每日只和我聊一些不疼不痒的日常话题。即使疼痛，他也默默隐忍着，只让医生给他开药，疼得面部扭曲也很少发出呻吟。

他用一种自我压抑的淡然捍卫着自己最后的尊严，仿佛一旦流露出真实的情绪，就如同被剥掉皮囊一般，他也将不再是完整的自己。

就这样，他包裹着自己的尊严逐渐衰亡着。终于有一天，他被插上了呼吸管，不能再进食，需要每日鼻饲。

失去表达能力的他反而对我空前依赖了。每天他若醒着，便用眼神到处寻找，如果看不到我，就失望地闭上眼睛。

如果看到我，他就会用布满血丝的眼睛望着我，一直望着我。那眼神我一直都记得，里面有太多内容，有太多在他可以讲话的时候拒绝流露的情感和情绪。所有的痛苦、遗憾、爱与期许，他可以拒绝告诉我，却无法阻挡眼神的表达。他不曾留下什么刻骨铭心的遗训，但每当我想起老何，他最后那段时间看我的眼神，都让我的心揪着疼痛。

不会说话的老何，在各种塑料管的背后变得那么无助和真实。他的眼神终究是出卖了他。他的眼神有时是痛苦的，有时是在求助，但我却救不了他。

我突然想到爷爷在牛棚里因失血过多而死的画面。我心中嗡的一下。在那一刻，我突然变成了少年时的老何，看着自己的父亲在眼前消亡，恐惧而绝望，最后只看到血流淌在泥里，留下一片暗红。

之前，死亡对我来说一直是个遥远的概念，在我和死亡之间隔着一道屏障，隔着一个老何。而看着老何即将离去，仿佛那道屏障突然被移开，从此我成了新的老何，成了直接面对死亡的那一个。

这种感觉令我不寒而栗。也让我更加无法接受老何的即将离去。

在一个深夜里，病房一片死寂，偶尔传来隔壁病人的咳嗽声，或是走廊上医疗器械车推过的金属声。

我突然做了一个令自己感到惊讶的决定。我起身走到老何的床边，悄悄地爬到他的床上，挤在他的身边躺下。

我靠在老何的背上，闭上眼睛，仿佛回到了小的时候，听着父亲的心跳，感受着父亲的温度，心中安然。我不知道老何是否醒着。他一动不动，我就那么靠着他，索性把脸埋在他的背上。

我就在他的身边那样躺了一宿。

早晨起来，老何看着我，眼神里竟没有疼痛，全是安宁祥和。

这么多年，作为在中国社会变革影响下代沟最深刻的两代人，我和老何始终别着一股劲儿。

而如今所有的隔阂和执拗，都在他生命即将走到尽头的这个早晨，获得和解。

后来，每天晚上我都爬到他的床上靠着他睡觉。他总是那么安静，一动不动，但似乎从那天起，我没有再从他的眼中读到过恐惧。

他在这场无声的父子和解中完成了最后的心理建设，可以泰然地接受即将到来的死亡。

三天后，老何身边的监护仪上的曲线变成了直线。

“我突然意识到，对于业已从这具躯壳中离走的那一个灵魂，对于使我的生命成为可能的那一个生命，我了解得是多么少。父亲的死带走了一个人的平凡的一生，也带走了我们之间交流的最后希望。”后来读到周国平这段文字，我失声恸哭。

太太带着女儿从美国赶了过来。女儿像大人一样抚摸着我的头发，包容着我的失控和脆弱。

我在心里告诉自己，这是我最后一次在女儿面前哭泣。我从此成了一个没有父亲的孤儿，我从此成了家里那个必须坚强的人。如果我需要用最大的淡定来保护我所有的内心活动，我想我可以这样做。

我终究理解了老何内心的惶恐，以及他执念般的坚持。

那天晚上我做了一个梦，梦见了童年的自己追随着老何走在去往集市的路上。通往集市的土路总是向左拐，又向左拐，最后我终于走到集市，却空空荡荡，一无所有，老何早已离去。正在落寞间，我蓦然转身，却惊见了童年的自己，他冲我呼喊着："爸爸，我终于追上了你。"

低头，我穿着发黄的汗衫、布鞋。我不再是我，我终于变成了老何。

春节喜筵下的真实人生

大年初五的早晨，我已经像平日一样坐班车抵达中环，走进写字楼。大堂的小妹熟练地帮我摁亮电梯，扶住门等我进去。我从兜里掏出早已准备好的红包递给她，她开心地说："恭喜发财。"

电梯里响着极具春节气氛的旋律，电视里彭博财经频道的下方提示着写字楼举办舞龙舞狮活动的时间，满满都是斗志昂扬的返工气氛。

电梯里遇到内地同事，我问他过年回家了吗，他说就在香港过的年，孩子太小，不折腾了。

我嘴上说着"是啊，怪折腾的"，心里却忍不住替他遗憾。

你的外公外婆、祖辈血亲，他们过去一年在过着怎样的生活，你未曾知，不曾想。

有些人，看不到，便仿佛不存在；看到了，便生出揪心的爱与疼痛。那种深入骨髓的血缘，老人紧紧握着你的手时颤抖的温度，那熟悉又陌生的乡土，自小一起长大的不再年轻的人们，再过一年，又不再是今年的模样。

几天前我回西安过年的场景历历在目。

****

大年二十九，我从香港回到西安。

其实我是有意晚些回去的。父母常来香港，西安除了有姥姥和一些亲戚发小，对我来说已不再是家的概念。我的家在北京，在美国，在香港。西安，只是一个故乡的符号罢了。

回西安时我住在父母家，诚然是舒服自在，可以瘫在沙发上，但我是个特别讲究的人，有很多细节让我住不惯。

父辈住的房子，总是硬件有余，软件不足。房子装修华丽，每个开关都穿上了粉嫩的小纱裙，马桶边的墙上挂着凡·高的向日葵。但细节却惨不忍睹：家里水压低，偏配了巨大的天浴花洒，导致在下面站半天头发都冲不湿；洗发水是乡镇品牌的，倒半瓶在头上都不起沫；吹风机倒是有，但风又小又烫，与其说是吹风机，不如说是个挂烫机。一个澡洗下来，气不打一处来。诸如此类的事不胜枚举。我在心里安慰自己，我就是回来看姥姥的，看完姥姥就可以撤了。

说到我的姥姥，她是我的四位祖辈里唯一在世的。

姥姥今年 90 岁了，平时在西安和偏瘫的大姨住在一起，两个老人配两个保姆，拼伙过日子。

姥姥有五个儿女，儿女又有了儿女。但四世同堂并没有让姥姥家变得更加热闹，反倒是让各个小家变得越发独立。每到过年，各家有各家的安排，有的去岳父母家过年，有的孩子小要早早睡觉。所以最近几年，姥姥家的年夜饭逐渐改成了年午饭，大家中午聚了，晚上就各自在家看电视了。

****

大年三十早晨，各家一早就忙碌了起来，追着孩子穿新夹袄、教吉祥话，数着钞票整理红包，清点待会儿要送给亲戚的礼品。

姥姥起得格外早，早上不到 8 点就给我们打电话，说她已经准备好了，问几点去接她。

中午 12 点，我们抵达酒店餐厅时，姥姥已经坐舅舅的车提前到了。姥姥穿着一件大红毛衣（说是保姆硬让她穿的），毛衣外面穿着羽绒夹袄。我不知道舅舅舅妈是如何把姥姥抬上酒店台阶的——姥姥两个月前摔了一跤，怀疑是骨折，又不敢去医院，怕年纪大了感染其他病菌，于是就在家卧床静养，这是两个月来她第一次出门。

姥姥坐在轮椅上，一直满面笑容。大人们纷纷去拉她的手，夸句“老太太气色不错”，姥姥就乐呵呵地和大家寒暄，一直说“好，好得很”。

见到重孙辈，姥姥就招手唤过去，抖抖索索地从夹袄口袋里摸出一个个红包塞到重孙们手里。家里几个孩子都小，拿了红包被大人逼着说一句“太姥姥新年快乐”就转身跑掉了。姥姥就看着他们的身影傻笑。

两大桌子人，她坐在正中央。吃饭的时候，大人们都各自寒暄聊天或者照顾孩子。她听力不好，也插不上话，就在保姆的照料下抖抖索索地夹食物默默地吃着。

她的存在是有仪式感和象征意义的，意味着一个大家庭的完整和兴旺。家有老人是一宝，大家看她端坐正堂，心中便是安定的。她也知道自己存在的重要性，整顿饭下来，始终笑吟吟地弓着背窝在轮椅上。她比较胖，每次冲孩子们招手，就会让我联想到招财猫。

团圆饭吃罢，大家去酒店门口拍合影。二十几口人进行各种排列组合，姥姥坐在轮椅上始终在正中央，脸上挂着慈祥的笑容。

****

吃完团圆饭，大家又一起涌向姥姥家，说要给姥姥补过 90 岁大寿。

一个巨大的双层寿桃蛋糕已经摆在姥姥家的客厅里。孩子们纷纷凑到跟前流着口水惊叹。

但此时的姥姥却撑不住了。

她脱下夹袄和红毛衣，被家人抬上床，恢复了一贯的卧床状态。

姥姥的房间光线很暗，屋子里充斥着一股中药和被褥上的汗水混杂的味道。不足10平方米的房间里塞了两张单人板床，一张是姥姥的，一张是保姆的。屋里其余的家具就是一个五斗柜，柜子上摆着一些药盒，还有我们几个孙子辈的老照片。姥姥每日就平躺着，手边仅有的物件是一个收音机、一块旧手表、一台无绳电话。

家人都聚在客厅里聊天，我平时不在西安，想和姥姥多待一会儿，就端了小板凳坐在姥姥床前。

姥姥躺下后，腿一动就疼得直吸冷气。她花了五分钟在床上蠕动着调整姿势，刚刚一丝不乱的银发在枕头上蹭得散乱。

我替她将头发重新捋到耳后。她的手伸在床边，向我晃动，我就握住她的手。

我发现，人上了年纪，就非常喜欢拉手。耳背了，视线也混浊了，也许只有这种最直接的肢体接触，才能让他们切实感觉到对方的存在。

然后她就一直拉着我的手和我聊天。她的假牙回家后就被保姆卸掉泡起来了，她满嘴只剩几颗黑黄的牙齿，吐字漏风，加上她原本就有的陕北口音，我要很努力才能听清她说的话。

“关上门，咱俩拉拉话。”姥姥让我把门关上。

我关了门继续回到她身边拉着她的手。

“你常年在外头工作，还有一家子人需要照顾，你不容易啊。”姥姥说得我好生羞愧，明明是一家人照顾我。也许在她像我这么大的时候，正是上有老下有小最艰辛的时候吧。

“我在外面好得很，逍遥快活。”我试图逗她开心。接着，我掏出提前包好的厚厚的大红包，放在姥姥手里说："姥姥，这是我孝敬您的。"

姥姥捏着红包，颤颤巍巍地说："怎么这么多钱啊，你挣钱也不容易……"

说着说着，姥姥居然就哭了。

她耷拉着的眼角涌出一滴眼泪，流淌过满是沟壑的面颊。

"我的儿孙都孝顺啊，我有福啊！"她感叹着，但语气明明是伤感的。

"但是儿孙孝顺却不得好命啊！"姥姥终于吐出了心声，开始抽泣着念叨。

"你大姨瘫在床上现在都不认识人了呀，身上都长褥疮了，我就希望她能在我前面死啊！"

"你舅舅糖尿病，看着挺精神，牙都是假的，谁知道哪天就撑不住了呀！"

姥姥哑着嗓子哭号，嘴痛苦地一撇一撇，浑浊的眼睛却干涩得再流不出眼泪。

原来看似平静的面容下，却是一颗从未安宁的波涛汹涌的心。

她孤独地躺在小床上的每一刻，心里都满是牵挂和忧伤。却谁也不能拯救，什么问题也不能解决。

越多子女，越多牵挂。越多爱，越多放不下。有多少让她感到荣耀的子女，就有多少让她感到痛苦的病痛离别。

****

保姆送进来了一块蛋糕。我说："姥姥，我喂你吃吧。"

她颤颤巍巍地张开没有牙的嘴，我小心刮下一点蛋糕配着奶油送进她口中。

她努力用舌头卷走勺子上的蛋糕，吧嗒着说："真甜，小花孝顺。"

我的眼泪突然就夺眶而出。

我们一年有 364 天在自己年轻的世界里过着浓墨重彩的生活。而在平行的时光里，我的长辈，却在不足 10 平方米的房间里望着天花板数着剩余的日子。

"是我不孝，我无法两全。"我不知是说给姥姥，还是说给自己。

室外的家人聊得热闹，完全没人留意到小房间里老太太在和孙女絮叨什么。或者即使留意到了，也不会来打断。

后来妈妈告诉我，姥姥精神状态一直都不好，经常和人通着电话就哭了。她们几个儿女每周都来探望老太太，对她的现状也见怪不怪了。

我知道我离开这个房间后，又会回到我熟悉的生机勃勃的人世间。

而我身后的姥姥，又将长久地困在这满是中药和被褥上的汗水混合的味道的房间里，看着天花板，还有对面五斗柜上那些一年到头不得相见的年轻人的相片。

每年团圆饭的喜筵，是终于盼来的团聚，亦是又将面对的分离。全家福上每个人绽放的笑脸，也许就是祖辈们一年中最光鲜明媚的瞬间。

我们在各自的生命中度过着不同的阶段，曾经有过亲密的交集，但终将渐行渐远，最终生死相隔。

****

和姥姥道别时，我顺便去隔壁房间看看偏瘫的大姨。

大姨比我想象的更严重。十年前她确诊患上帕金森病，现在不仅失去行动力，意识也不清了。

她的房间在姥姥的斜对面，也是一个房间里有两张床，一张是她的，一张是保姆的。

她被保姆用轮椅推出来。她的手腕向内弯曲着，脖子和嘴都无法控制地向右侧歪斜。

妈妈跟我说，已经不断叮嘱保姆多翻身，但大姨还是长了褥疮。背上黑黑的一大片，后来涂药护理，黑黑的一大片缩成了一小团，但中间始终有个血窟窿，无法愈合。而这个血窟窿，让大姨痛不欲生，会挣扎着发出“疼”的发音。

“看看这是谁？”妈妈在她耳边大声问她。

她张了张嘴，看着我，又仿佛没有看着我，目光游移到窗外。

问了几遍，她也只是嘴一动一动的，没有发出声音。

我突然想，在觥筹交错的团圆饭背后，不知有多少黑灯瞎火的屋里，都藏着这样一位行动不便的病人。

我向家人道别，准备出门离开。最后看了一眼大姨，她看似呆滞的眼睛里，似乎有东西在闪烁。

“小……花。”

我在出门的一瞬，依稀听到背后有人喊我的名字。

我心中翻江倒海。

我知道，在大姨那已不受控制的皮囊下，住着的仍是那个熟悉的人。

只是在她可预见的人生中，注定要被困在这具无用的皮囊中了。

对她而言，每一个张灯结彩的新年，都只是来自另一个世界的声响。

****

除了姥姥和大姨，我在其余可支配的时间里，见了几位自己的朋友。

大家都知道我在西安待的时间短，就都依着我说的时间和地点随叫随到。我感念大家对我的迁就，但我也知道，对他们而言，见一个生龙活虎远道而来的小花，远比待在清冷的家中要有吸引力。

大年初二，我见了一个一直帮我预览稿件的读者。他平时在上海工作，也是只回西安三日。

“我不回家吃饭了。”他和我聊天的途中接了父亲的电话，草草告知。

几小时后，他就将踏上离开西安的飞机，去美国西部滑雪。

他是那种很炫酷的人。他会滑单板，会风筝冲浪，会水肺潜水，前不久还参加了为期两周的环台湾岛骑行。

在我们繁忙的生活中，有太多地方需要花时间了：有工作，有朋友，有爱情，有孩子，有兴趣爱好，却唯独没有故乡的老人。

我们一直在奔跑，不舍昼夜。我们努力奔向所谓的热忱梦想，那些看似更有温度的方向。我们也在努力远离我们没有勇气承担的灰暗，却不肯承认这是逃避。

这也是人之常情。谁不喜欢充满镬气的喜乐人间呢？

候鸟都是奔着南方的生机去的，人活一世，谁不希望每日都是繁花似锦。

每一次当身边有人衰老，我们都像在排演自己的衰老。在自己真正衰老之前，我们为别人哭了一次又一次，也为自己不可逆转的时光而哀悼。

我们也能够料想到，终有一日，我们也将成为儿孙勉强光顾的清冷之人。到那一日，我想我也能够理解他们。

但我们应该尽力而为吧。

****

大年初一的夜里，万家灯火，炊烟四起。

我坐在爸爸的车里，望向窗外，路上异常清冷。清冷了好啊，说明大家都在家过年了。

在某个街角和路口，我看到人影和火影闪烁。

我看到裹着棉袄的中年人围着火堆，弓着背蹲着，拿着火钳，将一沓沓中间镂空的冥币丢进火中，嘴里一直嘟囔着，念叨着。旁边蹲着的女人低着头，偶尔用棉袄的袖子抹一下眼睛。

嘟囔多少，念叨多少，逝者已逝，再也听不见了。

在这团圆喜乐的新年夜里，是怎样的怀念与遗憾，才能让他们在寒冷的街头燃冥钱。

与其有一日我们沉溺于对逝者的追忆，与其让距离和死亡将我们隔开，留下再也无法弥补的遗憾，不如在活着的光阴里多给一些关怀与陪伴。

与其等到我们自己老去，老到无法自理，望着天花板却无法挣脱皮囊的束缚，不如在年轻的时候就坦然面对生活的另一个侧面，去学习如何处理病痛与并不令人愉悦的家庭琐事。

青春终将逝去，我们终将直面那些需要承担的重量，是为成长。

成长并非都是在鲜花与掌声中欢腾。用沉默的脊梁去撑起家里的每一个人，用深沉的目光去关注每一个弥留的生命，能如是，足矣。

忘在乞力马扎罗的情人

这是一个真实的故事，记载着男女主角十几年的喜乐纠葛。

他可以站在哈佛广场为她歌唱，他可以拉她登上乞力马扎罗，却终究不能为她离婚。

苏菏是我工作中的客户。她40岁左右，五年前自己募资成立了对冲基金，现在管理着几十亿美元的资产。她的照片赫然张贴在她公司网站的主页上，轻仰的下颌和素净的面孔写满自信。

作为这样一只新锐基金的掌门人，苏菏气质干练却不失女人味。她平日不太化妆，但会佩戴很夺目的首饰。

她说她关注了我的公众号，很喜欢那篇《别爱曼哈顿》，因为她和我一样，在纽约客居多年，衣柜里习惯性地挂满了黑色的战袍。

我们相谈甚欢，很快成了朋友，和另外几个金融圈的女人成立了微信群，偶尔在群里闲扯几句。

她有时会在群里贴自己女儿的照片，不满一岁的小胖丫头，满脸灿烂傻笑。

不久前，苏菏突然在群里宣布："我结婚了！"

当大家还在嘀咕“她竟没结婚”时，她发到群里的结婚请柬再次惊到了我们。

点开她的电子请柬，映入眼帘的是一幅婚纱照，但这幅婚纱照上一共有五个人。除了她、新郎迈克、他们的女儿外，还有两个白人混血孩子。

“我们下周请大家吃饭，一定要来呀，吃完饭迈克就要送他和前妻的两个孩子回德国念书了，未来几个月他都会在那边陪孩子。”苏菏说。

我忍不住发私信跟她说：“尽管迈克看上去是个很好的人，我也不得不崇拜一下你的豁达和开明。”

苏菏说：“豁达吗？那也许是有原因的哟。”

“你不是喜欢写故事吗，想听我的故事吗？”隔了一会儿，苏菏突然发私信问我。

我受宠若惊，立马答应。

约见

我们约了在中环一家酒店顶层的酒吧，周末的夜晚，她穿着一条印花连衣裙款款而至，一如既往地素颜，但手指上戴了好几枚亮闪闪的宝石戒指。

我要了一杯琴汤尼，她要了一杯红酒。

“什么故事啊？”我迫不及待地问。

“不急，先喝酒。”苏菏晃了晃手里的杯子，红色的液体在玻璃壁上轻轻摇荡。

“婚礼准备得如何了？”我问。

“我一个人带着闺女去美国出了趟差，刚回来。”她轻描淡写道。

“天哪，你是超人吗？迈克和菲佣在做什么？！”我惊掉了下巴。

“我这样好强的人，什么都想亲力亲为做好。工作，孩子，感情。”她笑笑说，“这些年我都是这么过来的呀，确实有点累就是了。”

酒过三巡，她说：“好了，我们开始讲故事吧。”

“听了我的故事，也许你会明白为何我对婚姻这么豁达。”苏菏说，“但这个故事的男主角不是迈克，他叫骆烨。”

苏菏的自白

初识

2003 年，24 岁的我来到波士顿，成为哈佛商学院那届最年轻的 MBA（工商管理硕士）。

MBA 听起来洋气，但当时的我不仅不时髦，甚至还有些邋遢。从小都是女学霸的我，16 岁进了中科大少年班，20 岁进了四大会计师事务所之一，我的人生就是一条笔直而毫无粉饰的线，我从来不曾关心衣着打扮，更没有交过男朋友。

后来骆烨回忆初次见我的时候说："我仿佛看到了一只小猫头鹰，头发乱蓬蓬的，穿着咖啡色的亚麻背带裤，唯有一双眼睛明净无比。"

第一次见到骆烨是在哈佛商学院的中国学生迎新会上。说是迎新会，其实因为中国学生人数很少，不过是在一家中餐馆包了两桌菜罢了。我当时恰好在餐馆附近办事，办完事就提早到了，我正坐下准备喝口水，听到有人和我打招呼。

"这是哈佛迎新会订的桌吗？"我抬头一看，一个穿着蓝色衬衫和牛仔裤的男人站在我面前，身材高大，棕色皮肤，眼窝很深。他是用英文问的，我一时竟无法判断他的人种。

看我点头，他立刻露出洁白的牙齿，笑容灿烂地伸手用中文说："你好，我是骆烨，07 级 EMBA（高级管理人员工商管理硕士）班。"

后来大家陆续到来，落座聊天。商学院的学生聚会，开场的话题无非是华尔街的八卦和上届学生的求职情况，骆烨作为在场为数不多的 EMBA，职场阅历比我们丰富得多。很快就成了桌上的中心人物。

酒过三巡，大家渐渐熟络起来，开始互相放肆地开玩笑。可能因为我和骆烨开饭前单独聊了几句，在陌生的喧嚣中便多了几分亲近，觥筹交错中，坐在我身边的骆烨几次帮我挡酒，在朦胧的氛围下，我们之间仿佛结成了某种同盟。

酒席散去，大家纷纷拦出租车回宿舍。我和另外几个女生坐同一辆车，骆烨特意扶着车门低下头对我说，回去早点休息，然后帮我们关上车门。

苏菏对我说，后来回忆那晚的情形，骆烨在替她挡酒的时候，她隐约看到他手指上有戒指，但当时并未在意。

“我就是觉得他很聪明，很成熟，和别人不一样。”苏菏说。

了解

第二天早晨，我酒醒起床，打开电脑，看到邮箱里躺着一封电子邮件，是骆烨发来的。

“我今天去哈佛广场买些东西，你要去吗？我的电话是××××。”

我几乎没有犹豫地就拨了这个号码。后来回想，骆烨对我而言就是有一种魔力，让我没有能力抗拒。

骆烨很快如约出现在了我宿舍楼下。今天的骆烨和昨日看上去又很不同，他戴着墨镜，穿着一件纯黑色的T恤。

哈佛广场距离我住的地方不算近，沿途我们一直在有一搭没一搭地聊天。

沿途地上已经铺满了秋日的落叶，阳光明媚得使人睁不开眼睛。

有时我会有一瞬不知自己身处何地。直到看到四周高色彩饱和度的蓝天橘墙，看到透亮的玻璃窗里金发碧眼的路人，听到街头艺人演唱的悠扬的英文歌曲，嗅到咖啡店里真实的飘香，我才知道，我已经在美国了。而此刻在我身边的人我认识还不到24小时。

骆烨不算是个话多的人，但很有趣。聊天的过程中，我得知他中学就随父母移民美国，本科就在哈佛读的。

“哈佛的本科可比我们 MBA 难进多了！”我惊呼。

“亚洲孩子嘛，要维持‘亚洲天才’的形象。”他挤挤眼睛。

他比我大 10 岁。现在看来，10 岁不算什么，但当时真的是大人和小孩的区别。我还只是不谙世事的学生，他当时已经是一家顶级风投公司的合伙人。

风投公司合伙人是个很有魅力的职业，和资产地位无关，当他讲起最近看的科技项目时，总会眼睛发亮，就像小孩看到了糖，特别可爱。

我们那天并没有买什么，随便逛了逛，就走进一家星巴克。

那是我人生中第一次走进星巴克，以致在后来的人生中，每当我看到这个标志，就会病态地想起骆烨。

“我要一杯美式，”骆烨回头看看我说，“给她来一杯焦糖玛奇朵。”

端着两杯咖啡，我们坐在哈佛广场附近一个街心花园的长椅上，花园里有小喷泉正在喷水，一个弹吉他的艺人正在唱《祝你生日快乐》。旁边的小男孩举着红色的气球兴奋得满脸通红，四周他的父母和小伙伴温柔地冲他微笑。曲罢，所有的人为小男孩拍手喝彩，小男孩的爸爸将他高高举过头顶。那一刻，整个街心花园仿佛在举办一场温馨的派对。

“好美，要是有人这样为我唱一首歌，我一定会幸福死。”我由衷地说。

骆烨突然放下手中的咖啡，说，“你等等”，然后跑到刚刚唱歌的艺人身边，跟他说了些什么。

艺人回头宣布，“这位先生要送一首歌给他的新朋友，苏菏”，继而拨动琴弦。

“There’s a new kid in town. Just another new kid in town…”（镇上又来了个新小子，另一个新小子……）骆烨合着艺人的拍子，唱起了老鹰乐队的歌。

他唱得很诙谐，和艺人的配合又异乎寻常地默契，我看他手舞足蹈的样子，笑得前仰后合。

可能就是那一刻，他如此轻易就将我打动了。

那次之后，我们就熟悉起来。但和普通的朋友不同，我们俩之间似乎从一开始就笼罩着一种暧昧、回味和无法坦荡。

后来我留意过他的左手。上面再也没有出现过戒指。

我想，初识那晚，我一定是眼花了，看错了。

又也许，我只是在自我蒙蔽。

苏菏掏出手机，给我看她去年在哈佛晚宴的照片。晚宴上，苏菏站在哈佛副校长身边，长裙上星钻闪烁。

如今的苏菏，已经是哈佛校友会的董事，每年都给哈佛捐助不菲的数目。

“我当校董，我的孩子以后会被优先录取。”苏菏自己可能也觉得这个理由很好笑，毕竟她的孩子刚满一岁。她顿了顿，重新说：“可能因为哈佛有我最美的记忆吧。落叶，咖啡香，青春，和爱情。”

苏菏讲到这里，垂下眼帘，说，我给你看我十年后写给他的邮件。

2013年3月20日，北京星巴克：

十年了，我还记得你站在波士顿星巴克咖啡店里，一边给咖啡加奶和加糖，一边跟我说："我要加双份。"

这句话，我一直记得。每次买咖啡加奶加糖的时候都会想起来——那就几乎是，每天。

"那就几乎是，每天。"我默默读着这几个字。作为旁观者，我竟动容。

寥寥数语，承载着一个女人十年如一日的眷与恋。

"其实何止是星巴克。太多东西是骆烨教我认识的。是他手把手教我调制焦糖玛奇朵。是他带我认识拉赫玛尼诺夫、霍洛维茨、克拉拉。"苏菏说，"他就像我人生的开蒙者。"

一个女人爱一个男人，是不能缺少仰慕的。只有这个男人足够强大，女人才能心甘情愿被他征服。

当时的骆烨对苏菏来说，就是这样一个无论年龄、阅历还是工作背景都足以让她仰望的人。

而正是这种仰望和追随，让骆烨成了苏菏的劫难。

真相

哈佛中国学生的圈子本来就很小，商学院尤其如此。上下两届的中国学生几乎天天混在一起。骆烨是EMBA，但也喜欢在周末不上班的时候参加我们组织的活动。

我是在认识他两个月之后知道他已经结婚的事实。

那是一个秋日的周末，商学院的小伙伴们相约去登奥本山。

深秋是波士顿地区最美的季节，奥本山上漫山红叶，色彩层层叠叠，美得像童话世界。我们一群年轻学生在树林中嬉笑打闹，夸张地奔跑，就像一群快活的麋鹿。

午后，大家聚在一起野餐，开始聊未来的畅想。有人说希望在这奥本山上买一栋木屋，钓鱼打猎。有人说希望能去西海岸工作，办公室里有桌球，出门就是沙滩。

骆烨的回答很现实，他说："我过几年想去中国看看，听说中国机会很多。"

"过几年你老三都能打酱油了！"一位和他关系甚好的男生笑着来了这么一句。

骆烨没有接茬，大家也似懂非懂地跟着笑了一会儿，就岔开了话题。

回程的路上，大家都疲惫了，三三两两走得更加松散，前后的人距离都拉开得很远，只有骆烨走在我的身旁。

我终于忍不住问他，刚才那位男生的话是什么意思。

骆烨顿了顿，仿佛下了很大的决心，终于说："我结婚了，有一儿一女，在纽约。"

我的心嗖地凉了下去。

虽然当时我和骆烨只是朋友，但可能在我心中的某一处，早已对这个男人怀有某种认同和希冀。

其实我早该料到，一个大我 10 岁的男人，这么优秀，十有八九都结过婚。但我偏偏就一直蒙蔽自己，不让自己去细想这个问题。

直到这一刻，他亲口告诉我，他有那么完整的一个家庭。瞬间，我觉得对这个世界来说，我只是个局外人。

激情

骆烨也许感觉到了我的介意，从奥本山回波士顿后，再也没有主动联系我，我更不可能主动联系他。

如果事情就这样淡下去，也许骆烨只是我一个普通的旧友，也许我们毕业后再也不会想起对方的存在。

但冥冥中的一种关联，一个男人对一个女人那种命中注定的吸引力，导致那种清白的结局不可能发生。

两周之后，我又在一个同学的派对上见到了骆烨。

狂欢过后，大家又各自晕晕乎乎散去。

骆烨来到我身边说："要不要去我家坐坐？聊聊天，醒醒酒。"

我居然想都没想就答应了。

后来回忆，当时他的用意很明显。但我一方面真的没有多想，只觉得也想和他聊聊。另一方面，可能就像我前面提到的，我骨子里对骆烨是天然没有抵抗力的。

佛家说因果相连，所有的因，在你没看到之前，已经聚合了。

他家在距离哈佛不远的贝尔蒙特区，是一间有阳台的公寓，窗外就是查尔斯河。客厅很空旷，大件摆设除了沙发、电视外，就只有两个落地音箱。

他随手放了一张《教父》的碟片，倒了一杯红酒给我。

"干杯。"他在地板上坐下，向我举了举杯。

我也端着酒在地板上坐下，靠在沙发的边缘上，突然不知道该和他聊些什么。

我们俩就默默地看着《教父》，电影情节仿佛很精彩，但我其实心不在焉。直到今天，你问我《教父》讲了什么，我也说不上来。

他坐在我身边，手扶在我身后的沙发上。过了一会儿，他很自然地低头开始吻我。

那一刻，我没有任何招架之力。

热恋

在和骆烨发生关系之前几秒，我心想，就当是一次一夜情，从此不再有瓜葛。

但那只是自欺欺人罢了。

后来我便经常去他的公寓。因为同一层楼住着其他同学，每次进出总是得小心翼翼，只有进屋后才感觉安全放松。

转眼秋去冬来，他的阳台对着查尔斯河，河面冻得坚硬，覆盖着白雪，对岸波士顿的天际线清晰可见，而屋里却温暖如春。

我们坐在地毯上看电影、听音乐，他给我做咖啡，给我做比萨，给我讲拉赫玛尼诺夫，给我讲很多美国的生活。

我们放着戴安娜·克瑞儿的音乐做爱，沉醉在她的磁性嗓音里。

有一天我去他家后，外面开始下暴雪，本来他要送我回家，下楼发现车库门被雪封住了，完全出不去。

于是那一次我在他家待了三天，我们三天足不出户，就一直待在一起，相拥着看查尔斯河，听戴安娜·克瑞儿的音乐，一起站在淋浴的蒸汽中洗澡，在家里的每一个位置，一次又一次地做爱。

有时我们会相约去法学院的图书馆看书。我们不敢坐相邻的座位，通常会坐在走廊两对面的沙发上，相距四五米，但抬头就能看到彼此。

有时我抬头，看他专注读书的样子，逆光下的身影在书架旁像一尊安静的雕像。然后我会看得出神，直到他无意间抬起头，与我目光相撞。

然后他会狡黠地冲我一笑，使个眼神，我便乖乖尾随他到背后的古典书区，在书架的掩护下吻对方，吻到不能呼吸。吻罢再若无其事地回到座位上，努力去读那本永远翻不到下一页的书。

天气转暖后，我们一起去了缅因州的国家公园。

公园刚开冻，人不多，我们在岩石海岸上欣赏海浪拍打石头，在林间湖畔的栈道上散步。走累了，他就坐在栈道上，躺在我腿上睡着了。那一刻，我看着他枕在我膝上的安详面孔，多么希望时间能够停止。

夏天的时候，我们常常一起开车去爬山。山里遍野苍翠，站在山顶能看见湛蓝的湖面。他会一直拉着我的手，唱他喜欢的英文歌给我听。他会停下来倚着大树吻我，吻到我不能呼吸，之后相拥躺在湿润的草地上。

后来有人问我为何爱骆烨，我想，其实在我学会判断一个人是否值得爱之前，他已经攻城略地般地存在了。

毕业

和他在一起的一年，我们的世界只有我和他。他偶尔几天不在，也许是出差，也许是回去看望妻小，我并不在意。

我始终怀着一种没有杂质的爱情面对他。我认为，我和他之间是没有任何世俗纷争的，我也从未打算让这乌托邦式的情感去影响他真实的生活。

问题在于，我做好了不拥有的准备，却没有做好失去的准备。

随着毕业的日子一天天临近，不可避免的话题开始出现。我问他以后怎么办，他总是以沉默来回应我的问题。我只能不断地问，他不断地沉默。于是我哭，倒在他怀里哭，他抱着我沉默，亲吻我，叫我不要伤心，然后做爱，但是依然没有结论。

这样的循环一次又一次，最后我连哭都没有力气了。

终于，毕业前的一天，我收到他的一封邮件。

邮件不长，只有一两段话，但内容很清楚。他说他无法放弃家人，只能放弃我。

没有电话，没有面谈。

只有一封寥寥数语的邮件，就结束了我视为信仰的爱情。

在处理感情问题时，女人总想采用最具仪式感的方式，而男人则总想采用压力最小的方式。

之后他就一直在回避我，全然不接我的电话。

我怎么也无法接受，为什么他连当面跟我说的勇气都没有，就这样潦草地，稀里糊涂地，中止了我们的关系。

但是我有我的尊严和傲气，我想找他闹，想对他死缠烂打，可我做不到。

那段时间我最后一次见他是在毕业典礼上。我看到他的太太推着孩子来给他庆祝。

他的太太与他年纪相仿，梳着整齐的短发，穿着乳白色的套裙，脸上始终挂着得体的微笑。

我在人群中强忍着泪水，视线模糊。

伤痛

毕业后，送走最后一拨朋友，我突然意识到我就剩下自己一个人了。

没有家人在身边，同学们都各奔东西，骆烨也离开我了，我只能回到宿舍号啕大哭。

那段时间，有个意大利女生还没有离开学校，于是她总是陪着我，听我回忆骆烨，听我哭泣。

有一次，我问那个意大利女生："骆烨是基督徒，他怎么可以这么对我，上帝不会惩罚他吗？"

意大利女生也是基督徒，她很坦诚地回答我："只要骆烨忏悔，上帝就会原谅他。"

我不依不饶地大叫："上帝怎么可以原谅他，你不要告诉我上帝会原谅他！"

意大利女生便不再说话，只是默默地望着我。

"跟我去意大利吧，你会好起来。"突然有一天，她说。

我眼睛都没眨，立刻打包行李，和她一起登上了去罗马的飞机。

我第一站去了许愿池，看到别人纷纷将硬币抛入池中，我却不知自己该许怎样的愿望。

第二天清晨，我来到梵蒂冈的圣保罗大教堂，清冷的日光从穹顶的中央洒下来，空旷高远。我坐在侧殿的长椅上，看四周的信徒虔诚地跪在那里，双手合十，真诚祝祷。

我想每个信徒都有着千回百转的人生吧，在一双双紧闭的双眼背后，都有渴求和遗憾。我只是芸芸众生中的一个，只是千万无所皈依的迷茫之人中的一个。

站在梵蒂冈博物馆的大殿里，我在西斯廷天顶画下情不自禁流下了眼泪。那么多看似完美的天神身影之间，细看能在一块破布上找到一张模糊的面孔，那是米开朗琪罗的自画像。那张凋谢的面孔写满沧桑，几百年后仍然让人感受得到，即使是这样伟大的艺术家，也走不出人性的挣扎。

我想，我今时今日的一份渺小爱情与哀痛，千年之后，不过是历史间的一粒尘埃。

我的心在旅途中渐渐打开。后面几日，我在意大利肆意地玩了起来。

我和当地的朋友会合，租了辆手动挡的小车，从罗马往那不勒斯开去。小车溜溜地奔跑在意大利乡间的高速路上，两个小时便开到了那不勒斯。整个那不勒斯的老城里都是些窄得不能再窄的小石板路，我们的小车灵活地在小巷子里穿行，差点就撞上人群。

我们跟着 GPS（全球定位系统）找当地最有名的比萨店，正是午餐时间，餐厅里挤不下，人们都挤在街上等位子。按照意大利人的传统，我们站着喝意大利浓缩咖啡，之后继续一路向南，最终抵达了阿马尔菲海岸。

阿马尔菲海岸是意大利南边沿地中海的一系列在峭壁上的小渔村。说是渔村，实际上这里更像纽约的东汉普顿，是意大利人夏天来避暑的地方。这里的山势特别陡峭，岩壁直插入咆哮的海水中，海浪冲击巨石，激起千重浪花。沿着峭壁，有几个小镇，由一条在峭壁上凿出来的窄窄的小路连成一串。在这条路上开车真是考技术，我这坐车的人也看得心惊胆战，每分钟都要转好几个弯，似乎一个不小心就要掉下悬崖。

为了放松一下紧张的情绪，我转头往窗外远处看去，不禁再度惊叹起来，因为眼前绝美的景色。正是夕阳西下的时候，蔚蓝的大海尽头是被夕阳染成橙红色的云和天空，近处小镇的房子错落有致地沿悬崖分布，落日的余晖罩着层层叠叠的红色小屋顶，唯一突出的是小教堂的圆顶和十字架。

我觉得我就是在那一刻释然的。

世界这么辽阔，任何个人的执念最终都会被忘却，我应该继续前行，成为一个更好的自己。

在意大利的最后一天，我一路狂奔赶上去机场的火车，坐到位子上还汗流浃背，上气不接下气。那年的罗马，给我最后的印象是，飞机腾空而起的那一刹那，从机窗看下去，地中海那一抹宝石般的湛蓝。

后来再去意大利已是十年之后。

投资银行生活

2005 年秋天，我来到纽约开始了在投资银行的工作。

作为一个中国毕业生，融入华尔街还是很困难的。全世界都一样讲究人情世故，其实美国人有时候不需要故意歧视和排挤你，但是在大家凑在一起聊天的时候，对于很多文化、习俗和生活习惯，作为一个刚来没多久的外国人是很难有共鸣的，自然就难以做到完全融入他们的圈子。

有时同事们在一起讨论棒球赛，有人说，这不就和 19×× 年那场球的第几个投得一样吗，其他人纷纷点头称是，而我就不知所云，总是插不上话，结果大家都认为我是个不爱说话的人，甚至有人认为我的英语沟通能力有问题。

万事开头难，虽然心里不好受，我也只能默默地把垃圾活干好。终于，以华人特有的拼命精神，我逐渐和美国同事们熟悉起来，在工作上也赢得了主管们的信任和信心。

之后的两年，我就像投资银行这辆巨大机械装置上的一个螺母，跟着整个系统始终高速运转。

董事经理们都是“空中飞人”，通常白天都和客户在一起，等到下午五六点钟，终于有时间审阅经理们做出来的计划书草稿。他们通常花十几分钟看一遍计划书，指出哪个图表传达的信息不够清晰，哪个页面不够漂亮，最后加一句，明早 7 点前放到我桌上 / 送到我家里来。

这就导致我经常加班，干通宵也是家常便饭。记得有一次，我在凌晨 3 点做完了一个计划书，交给秘书负责跟进打印，让他在 4 点前送到我家。我回家洗了个澡，换了衣服，拿上计划书，4 点钟出门赶飞机，9 点钟赶到另一个城市的客户那里。在客户处看见神采奕奕的老板，他说：“哎，你看起来不错嘛。”

我也曾经躲在洗手间里悄悄哭一场，但华尔街不相信眼泪，最终我只能把“努力”二字在纸上写得大大的，贴在电脑屏幕下面，还把一些鼓劲的话贴在自己的位子上，每天晚上加完班，在星星月亮的陪伴下走回家。

两年后，我成了最年轻的 VP（副总裁），2007 年底我拿到了 60 万美元奖金。28 岁的我在曼哈顿贷款购置了自己的房产。

我不再是青涩的学生。我成功地在社会上立足了。

但即使忙碌得昏天黑地，我仍然会在每个清晨和夜晚，想起骆烨。

这仿佛成了一种习惯，戒不掉。

我不知道那段时间的骆烨在哪里，过着怎样的生活。

重逢

转眼两年时光过去。我在纽约的投资银行过着忙碌又波澜不惊的日子。

直到有一天，我收到了骆烨的邮件。

“我下周去纽约出差，能一起吃个饭吗？”寥寥数语，却在我心里掀起轩然大波。虽然时隔两年，当再看到这个名字，我的心依然剧烈地跳动起来。

像过去一样，面对骆烨的邀约，我没有能力拒绝。

我们约在了曼哈顿中城的一家日本餐厅。我先到了，落座，在和缓的音乐里我连续喝下两杯热腾腾的清茶，但双手依然冰凉。

“苏菏。”熟悉的声音出现在半空中，我抬头，看到骆烨就站在自己面前。和四年前我抬头第一眼看到的骆烨相比，现在的骆烨消瘦了些，面孔棱角更加分明，嘴角出现了法令纹，多了种中年男子特有的清冷。

落座，四目相对，两人一时都不知从何话题开始。

“听哈佛的同学说你来了纽约，这两年你过得好吗？”骆烨率先开口。

“投资银行民工呗，挺好的，很忙很充实。”我说。

“那很好。我现在搬到上海了，还在原来那家基金，做中国区首席代表。”骆烨说。

“不错啊，上学的时候你说过想去中国工作。”我又咽下一杯茶，并未抬头。

两个人有一搭没一搭地聊着不疼不痒的话题，心照不宣，都只字未提当年的往事。音乐一直循环播放着，气氛清冷。

食罢，骆烨说：“走吧。”我们便起身取了外套出门，并未商讨下一步的去处。

步入电梯，电梯门缓缓合上。

骆烨突然回身，一把环住我的腰，用力吻了下来。

我整个人都蒙了，试图挣脱，却根本没有力气，只能任由骆烨疯狂地吻着，直到电梯开门。

我大脑一片空白地跟着骆烨上了出租车。在车上，骆烨一直吻着我，吻到我无法呼吸，浑身失去力气。

进了酒店房间，他直接把我拦腰抱起，放在床上。

“为什么我看到你，就感觉如此强烈，仿佛从来没有分开过。”骆烨在我耳边呢喃。

片刻后，我突然一阵反胃。

我突然非常痛恨自己，为什么这么贱，为什么被他挥之即去，招之即来。

于是我猛地一把推开正气喘吁吁的骆烨，飞快穿好衣服，逃出了酒店。

复合

第二天清晨，我打开电脑，看到骆烨的邮件。

“你还好吗？我很担心你。”

“我爱你。两年来，我从未停止爱你。”骆烨发来邮件，一直在表白，诉说着对我的思念。

我没有再回复。

一个有老婆孩子的男人，一个远在大洋彼岸的男人，这样的诉说，有什么意义？

时光继续飞速流淌，转眼又是数月。数月间，骆烨一直在给我发邮件，始终不曾放弃。

我去国内出差，第一站是上海。经过一段日子的联系，我们的关系有了缓和，于是再次相约喝咖啡。

这次的骆烨表现得很拘谨，经过了数月的冷落，骆烨在我面前变得小心翼翼。我们坐在外滩的咖啡厅，依然有一搭没一搭地聊着天。临走时，骆烨深情地望着我说：“我不想让你消失在我的世界里。”

去机场的路上，我心里五味杂陈。骆烨的每一句话、每一个眼神、每一个皱眉的动作，都刺痛着我，吸引着我，折磨着我。

“今晚你能到北京来吗？我明天就回美国了。”在上海飞往北京的飞机开始滑动时，我用黑莓手机发了这句话给骆烨。

骆烨看到这封邮件，立刻丢下手里所有的工作，出门打车直奔虹桥机场，追上了当天飞往北京的末班飞机。

当我打开酒店房门，看到他气喘吁吁地站在门口，我就不能自已了。

越洋情人

之后我和骆烨一直维持着越洋情人的关系。两人经常互发邮件，假如有机会去对方的城市出差就见面。

我们心照不宣，我从不问及他的妻儿，骆烨也从来不过问我是否有男朋友。

尽管一年只能见几次，但每次见面，两人都仿佛把自己装进了一个真空罐子，默契地关掉手机，隔绝与外界的一切往来，只享受和彼此在一起的时光。

我们大部分的时光是在酒店房间度过，但也曾一起去郊游，甚至去旅行。

我们在一起聊爱情，聊生活，聊事业。

骆烨总说，他最欣赏的是和我之间的智慧碰撞的火花。可不是吗，两个同样在金融圈拼命的人，坐在一起特别能惺惺相惜，对彼此的努力和成绩给予认同。

我也喜欢骆烨给我讲科技项目的样子，就像小孩看见糖，眼睛都在放光。

我想，骆烨在生活中有太多角色要扮演——两个孩子的父亲，一个女人的老公，另一个女人的情人。

也许只有聊科技项目时候的骆烨，才是最真诚的。而那份转瞬即逝的真诚，成了我的选择性记忆中这个男人全部的模样。

我问苏菏，骆烨是基金合伙人，有没有在物质上照顾你？

苏菏摇摇头说："完全没有。我是那种特别好强、要面子的女人，最初的时候是我自己介意，吃饭都要和他 AA 制，后来就成了习惯。可能在他心里我是个特别独立的人，他压根想不到为我花钱。"

"有一次旅游，我看上一块卡地亚的蓝气球手表，我说你买了送我吧，他居然拒绝了，后来还是我自己买的。"苏菏苦笑道。

我说："怎么可能？那时的骆烨身家上亿美金啊。"

"按照骆烨的说法，他希望保持爱情的纯粹，仿佛送了贵重的东西，就世俗了。"苏菏冲我挤挤眼睛说，"我的独立可能是我们长期关系的基础，但也是我们最终无法在一起的重要原因。"

苏菏总结道："后来我听过'爱情成本论'，从经济学的角度来讲，爱情是可以通过付出利益的多少来衡量的，也就是说，人们会珍惜自己投入更多成本的关系。其实当时如果对我付出多一点，他可能反而就知道珍惜了。”

“可惜我领悟得太晚了。”苏菏说。

婚姻

其实在和骆烨九年的纠缠中，我一直有自己的生活，不时有男人走进我的生活。有的短暂，有的长一些。大多是渣男，但也出现过挺理想的人选。

但每当理想人选出现，我都无法和对方走到最后。每次在我觉得开始认真的时候，骆烨就会冒出来，扰乱我的思绪，最终我一次次选择了他。

骆烨仿佛成了我头顶的一道诅咒。

男人天生是多配偶动物，女人天生是单配偶动物。我不太能在短期内同时和两个男人在一起。这是天性。

2008 年，我为了骆烨再次拒绝了一位大学教授的示爱。

这位大学教授是个华人，性格温柔，是个典型的单纯学者。他住在新泽西，家里养了两只金毛犬。

那个春天，我有很多个周末都在新泽西的绿茵草地上度过，和包括这位教授在内的若干华人朋友一起，在飞扬的柳絮间野餐、晒太阳、玩飞盘。两只大金毛就静静地卧在我身边，我喜欢它们温暖的绒毛轻轻拂在自己的胳膊上，隐约触得到它们的喘息和心跳。

教授总说这两只金毛爱上了我，其实是他自己对我动了心。

教授以很传统的方式向我表达着好感。有时会打包韩国豆腐汤或台湾奶茶，从新泽西一路送到曼哈顿。他每天清晨发信息说早安，每天晚上睡觉前道晚安。

但他却不知道，在同样的时刻，我期待的早安和晚安，却是来自远在上海的另一个男人。

教授希望我可以接受他，来新泽西做他的妻子，做两只金毛的女主人。他说想翻修房子和庭院，和我一起种满园的鲜花果蔬。他说他可以天天做饭给我吃，周末可以带我去湖上泛舟钓鱼。

但我还是拒绝了。我无法想象自己在新泽西的田园湖草中度过余生，我已在华尔街浸泡太久，无法回头。

更重要的是，我把这件事告诉骆烨以后，骆烨有一天突然哭丧着脸坐在我家门口，见到我就站起来抱住我，说："你不要和别人结婚。"

骆烨从来不曾给我送过奶茶，更不曾向我许诺过婚姻。

已经过去的五年时光，够多少恋人从恋爱走进婚姻，但对我和骆烨而言，婚姻竟是从未触及的话题。

和教授分手后，我终于忍不住问骆烨："你让我不要和他结婚，那我应该和谁结婚？"

骆烨就沉默。

骆烨有时也会吐槽他对现有婚姻的不满。

"我和我太太之间的话题只有小孩。"骆烨总这样说，"我特别喜欢和你之间的互动，你才是我的精神伴侣。"

“如果你真的如你所说的那般爱我，为什么不能像美国人那样，重新选择？”我终于忍不住问出了这句话。

当我问出这句话的时候，我突然觉得似曾相识。这是在多少电影电视剧里出现过的对白啊。男主角对现有的婚姻满腹怨言，然后女主角充满希冀地以为他理所当然会选择和自己奔向幸福的彼岸。

骆烨这位男主角的回答也非常标准。

“离婚是件很复杂的事，你要给我时间。”

这个话题一旦起了，便成了横在我们二人之间一个很现实的问题。

我们的对白也越来越老套标准。

“你到底是爱她还是爱我？”

“当然是你。”

“那你为什么不娶我？”

“你一个人过得很好，但我的家人离开我，可能会活不下去。”

最终，他的妻子和孩子才是他口中的“家人”，我终归只是个情人。

金融危机

数月后，金融危机爆发了。

2008 年的深秋，纽约的阳光依然明媚，街头玩耍的孩子们依然天真可爱，南腔北调的游客依然一脸惊喜。与以往不同的是，在华尔街来来往往的西装革履的人们脸上，不再有踌躇满志、天下唯我独尊的骄傲，换上的是紧锁的眉头和焦急的神情。

一场百年不见的金融风暴正席卷全球，而纽约，正是这场风暴的中心。

百年雷曼破产，美林被美国银行收购，美国国际集团被美国政府接管……道琼斯指数在一周里发生了将近2000点的变化。许多金融指标都出现了历史上从来没有过的读数。美国政府短期债券收益率一度跌到负值——投资者宁愿贴钱，也不愿意把钱放在他们曾经认为最安全的政府手上。

我所在的投资银行处于风暴的中心。我的工作也因此陷入了危机，每天身边都有人被裁掉。作为外国人，我一旦失去工作就必须在30天内离开美国国境。我当时还背负着几十万美元的房贷债务，这让我心乱如麻，无法想象如果失去工作，生活将何以为继。

那段时间，我每天早上起来，第一件事情就是打开财经频道，看看又有什么大事出现。每当市场有任何大变动和大消息，我就会和同事们聚集在交易楼的电视机底下，生怕错失了一点信息。

当雷曼银行破产的消息传出，媒体上铺天盖地的都是雷曼的员工收拾东西离开公司的镜头和照片，我站在电视机下，身边的同事有人哭出了声。

我在巨大的心理压力下几乎陷入抑郁。那段时间的日记，清晰记录着我恐慌的情绪。

那个时候，一直爱恋我的教授曾多次告诉我："没关系，我可以娶你，这样你就可以留在美国。”

但骆烨却只是发过几封邮件，泛泛地告诉我，一切都会好的。

我的人生中遇到过许多低谷困境，也有许多朋友和贵人在关键时刻帮助过我。但也许是巧合，也许是必然，每当我需要帮助的时候，站在我身边的，竟然从来都不是骆烨。

我想，不能在美国坐以待毙了，也许是到了回家的时候。

毕竟那段时间的中国并没有因金融危机受到太大冲击，市场正常运转。

有了这个想法后，我立即请了年假，当即买票飞往中国，在北京、上海、香港间穿梭，调动了几乎所有的社会关系，寻找新的工作机会。

我记得那段时间我去了一次雍和宫。刚刚结束两轮面试的我累到无法喘息，看到菩萨的瞬间，我突然感觉到了平和与安详。站在袅袅佛香中，我对自己说：“不要担心，菩萨会保佑你。”

几个星期后，我带着一个工作的承诺回到了纽约，几天后，我在新的聘用合同上签下了自己的名字。

深秋，我离开相伴了一千多个日日夜夜的哈德逊港，搬去香港。

纽约人不舍的是深秋的好天气，流连在阳光下、公园里、堤岸边；我不舍的是在这里度过的一千多个日日夜夜，流连在大街小巷中。

过去的日子里，我总是忙着从一个地方赶到另一个地方，在马路上，在地铁里，在出租车上，记挂着工作，记挂着今天是否和骆烨问好。

如今将要离开，才发现有那么多美丽的细节被我忽略了——SOHO 商业区里被行人踩得光滑的石板路，西村里各种小店云集的小巷，哈德逊河上的游艇和帆船，甚至唐人街里热闹喧嚣的市集。

我不经意看到一个走过无数次的卖耳环的小摊，第一次驻足观赏，突然觉得伤感——为什么总是在离开的时候，才突然想要珍惜。

“你很有魄力。”我钦佩地说。我一向相信性格决定命运，像苏菡这样雷厉风行的姑娘，注定会在市场上拥有自己的一番天地。

“那时的骆烨在干什么？”我问她。

“金融危机期间，几乎没什么关于骆烨的回忆。”苏菡说，那个时候的骆烨，远在上海，远在他自己的工作和生活中。他不会想到去拯救她，她也不会想到将他当作救命稻草。

这是一个过于自立的女人的悲哀，注定了要孤独前行。但自立也是她们这样的女人最终能够脱颖而出的原因，她们不是谁的女人，不曾为谁停留，她们夜以继日地朝着梦想奔跑，在她们生命的盛宴里，真正的主角只有自己。

差一点的婚姻

告别纽约的时候我就像一个走过血雨腥风的斗士，拿到香港的工作聘书那一刻，我仿佛走到了山顶，要插上旗帜。

而到了香港，一切从头开始，我仿佛又被打回原形，成了最不谙世事的小兵。

在钢筋混凝土的中环天桥间，来来往往的亚洲面孔没有表情。西装革履的男人和妆容精致的女人，都在这座拥挤的城市里忙于自己的战争，无暇搭理任何旁人的生活。

我以为我的新工作充满挑战，但却不然。在四平八稳的新岗位中，最大的挑战就是平凡。

每天搭着同一趟地铁去办公室，中午叫同一家餐厅的外卖，晚上在同一个位置打车回家，每天过得像同一天。

远在上海的骆烨和我见过两面，有时发短信给我慰藉。但他的只言片语远不足以填补我内心的空虚，已经三十好几的我开始感到前所未有的不安。

像抓住救命稻草一般，我轻易地接受了别人介绍的一个男朋友H。

H是我的老乡，常驻北京，但是经常来香港。我们通过朋友认识，互相都觉得对方是很好的结婚人选。他想找个学历高、能干、见过世面，但是价值观很传统的家乡女孩。我觉得他事业有成，长得也很帅。我们很快就在一起了。

那段时间的周末，不是H来香港，就是我去北京。H很有钱，在北京住银泰的酒店公寓，我在香港的房子小，他不爱住，每次来香港都住在四季酒店或者东方文华。我们的关系进展得很快，不久都各自带了对方回家见父母。

最初的热恋期很快过去了，到了真正谈婚论嫁的时候，H的态度却开始变得扑朔迷离。

H开始对我变得冷淡，不说分手，却又很少来找我。

后来我忍不住了，说我们分手吧，H立刻答应了。我问他我们之间的问题出在哪里，他给我的理由我到现在都记得。

H说："我觉得你是很理想的结婚对象，你聪明能干又有想法。但是你平时太不修边幅，总是穿着很老气的衣服，连美甲店的门都找不到。我还是想找个生活精致的女孩子。"

H的话对我打击很大。原来我所谓理想的结婚对象，不过是一戳即破的肥皂泡，原来我对他而言只是一个客观条件优渥的候选人，而他只是简单粗暴地想要个娇艳欲滴的美女罢了。什么才华性格都是浮云，其实男人想要的不过是长得漂亮。

那一刻我意识到，也许这才是大部分中国男人的真实想法。

好不容易趋于正常的生活再次成为一地鸡毛。我很伤心，又跑到上海，找骆烨。

我见了骆烨就问他："你有没有觉得我不够漂亮，不够瘦，打扮不够时尚？"

骆烨抱着我，很认真地说："我就喜欢这样的你，我就喜欢你清白的面容，喜欢你健康的身体。看到你，我就控制不住我自己。"

他的话让我热泪盈眶。我突然知道为什么这么多年来我一直无法放下骆烨。抛下所有的自私与伤害，我们始终是这世上最懂彼此的人。

只是最懂我的人，为何我偏偏不能拥有他。

2011 年春天，我很认真地给骆烨写了一封邮件。

我说，我给你一年时间。你用一年时间去考虑我们的关系，解决你婚姻的问题。我等你。

他说好。

乞力马扎罗

之后的一年，我和骆烨每隔两个月就会想办法见面，有时是借出差的名义，有时则去国外旅行。我们一起去了越南，去了日本，去了瑞士。但随着一年期限将至，我们将何去何从再次成为横在我们之间的沉重话题。

这时，他的两个孩子已经上中学。按照他的说法，他的妻子已经知道了我们俩的事情，反应很大，两人已貌合神离。

“跟我去乞力马扎罗吧。”在仿佛陷入了最深度困境的时候，骆烨突然提出。他说那是他一生梦寐以求的清净圣土，他希望和他同去的人是我。

我不假思索地答应了。我想，两个人如果连乞力马扎罗都能一起翻越，还有什么障碍无法逾越?

出发前，骆烨专门找了教练，他给我们提供了详细的体能训练计划：每周跑步三次，每次五公里；游泳两次，每次一千米。另外还组织了两次拉练。经过两个月的认真训练，我们打包行囊，动身启程。

2012 年 3 月 5 日，经过了各种交通工具的劳顿，我们一行十二人终于在凌晨 2 点到达乞力马扎罗山下的小镇莫西。入住房间前，我抬头一看，月光下有一座洁白的雪峰，心中突然狠狠地震动了一下，那不就是乞力马扎罗吗？

次日清晨，我们从海拔 1970 米的入口沿马兰古路开始攀登。第一天的任务是行走 8 公里，目标是海拔 2720 米的曼德拉营地。虽说行前拉练过几次，也加强了锻炼，但是一开始爬山，还是需要一点时间适应。估计是因为高海拔的原因，我还没走几步就气喘吁吁、汗流浃背，路上每隔一小时左右休息一次。

我们傍晚到达营地，营地的条件比我想象中好，有小木屋、自来水、公共洗手间，但是不能洗澡。一路上都尘土飞扬，到了营地的人就像土人似的，但也只能用配给的一小盆热水洗洗脸，然后用冰凉冰凉的山泉水洗手刷牙。我们整个团队十二个人就住在餐厅楼上的大房间里，上下铺，小木床。吃完晚饭才 8 点多，但是大家第一天爬山都累坏了，收拾一下就各自钻进睡袋睡去。

在十二个人的房间里，各种有节奏、没节奏的鼾声此起彼伏，还有根据各人膀胱大小决定的不同的上厕所时间。声音嘈杂暂且不提，夜里的营地非常寒冷，我裹着被子还觉得手脚冰凉。就当我无法入眠的时候，骆烨从行李里掏出他的防风棉袄，走到我身边，盖在我的被子上，吻了吻我的额头说："宝贝，我爱你。"

我突然觉得世界寂静，安然睡去。

第二天的攀登开始有点难度，是要从海拔 2700 米左右的曼德拉营地爬到海拔 3700 米的好伦坡营地，总共 12 公里。路径还是从树林里开始，一路上坡。渐渐地，路两旁的树木开始稀疏，变矮，慢慢变成灌木丛了。再过一会儿，我们已经行进在高山草甸中。天气也变化无常，前一刻还阳光灿烂，突然就有一片云雾涌过来，把前面的路都挡上了，吓得我大叫：“大师兄，妖怪来啦！”然后骆烨就举起登山杖说：“二师弟莫怕，若有妖怪，且看我的金箍棒！”

到海拔 3200 米以后，大家不再有欢声笑语，因为高原反应开始显现，走得快一点就喘不上气，头也嗡嗡地响。中间休息的时候，大家坐下来吃午餐，骆烨有在尼泊尔徒步的经验，事先买了杯面带上来，用热水冲开了递给我吃。那一刻，杯面的香气和随之而来的幸福感，是吃任何米其林餐厅的大餐都无法比拟的。

晚上吃完晚饭走出营帐，迎面而来的是令人震撼的星空。在这高山上仰望天空，一条硕大的银河横跨天穹，满天都是密密麻麻的星星，连平时熟悉的星座都变得难以辨认了。骆烨在星空下搂着我说：“宝贝，我爱你。”

到了第三天、第四天，我们的目标是 4750 米的基博营地。天气好的时候，可以看见乞力马扎罗的雪顶就矗立在眼前。随着海拔渐渐升高，路边渐渐没有了植被，只剩下风化了的石头和沙子。戈壁上刮起大风，连休息躲闪的地方都难找。越往上走，高原反应越厉害，稍微走快几步就喘不过气来。路上看见几个向导推着个小车飞奔下来，上面躺着个脸色苍白的人，估计是得了高山病急忙要往山下撤。我打个喷嚏，心里暗暗祈祷：“老天保佑，千万让我活着回去。”

在海拔 4750 米的地方，夜里我基本上睡不着，一翻身就听到自己的心脏扑通扑通地跳，只能勉强闭目养神。对面同行的队友已经被高原反应深度折磨，一上床就不断地嘟囔：“头疼！头疼头疼！”

骆烨已经不顾周围人多，夜里就把我搂在怀里，一下一下拍着我的胳膊，说：“没事的，我们就快要到了。”

“宝贝，我爱你。”他在我耳边说。因高原反应而剧烈跳动的心，突然就获得了宁静。

中间被向导叫起来吃晚饭。我往屋外一看，外面阴云密布，还下起了小雪。我在心里祷告：“神啊，求求你，请你给我一个晴朗的登顶之夜，让我能享受登顶的过程！”吃完晚饭，我继续闭目养神。

第六天，我们距离巅峰已经不远，索性开始通宵夜行。在星月交辉之下，我们撑着登山杖，一小步一小步地爬，坡上都是风化了的碎砂石，如果打滑就会滑下山去。周围不断有人呕吐，我不敢停留，怕看见别人吐自己也吐，经过的路上到处都是黑黑的吐出来的食物的痕迹。

我几乎要绝望了。看着这个坡真长啊，一个小时过去了，又一个小时过去了，我们还在这个看似不断长高的山坡上爬着。越往上，风越来越大，温度越来越低，脚趾头都冻得麻木了。陡坡上没有什么可以休息的地方，只是每爬一个小时左右，我们就找块石头坐一下。在休息的时候，骆烨总是紧紧抱着我，把我的头整个拥入他的怀中，但每次只能这样休息几分钟，否则脚冻僵了，就走不了了。

若在那一刻死去，也许我和骆烨就不用分开。

熬过了最漫长的夜，天开始慢慢亮起来了。我们背后的云层已经被染得通红。环视周围，到处都是冰川，这就是乞力马扎罗的雪。随着太阳升起，我们看到了，看到了梦中想象过无数次的乞力马扎罗之巅！

我和骆烨扔下登山杖，手拉着手走完了最后几步，在 2012 年 3 月 11 日早晨 7:05，经过总共 6 天的攀登，我们征服了海拔 5895 米的非洲最高峰！

沐浴在朝阳里，看着环绕着雪山的冰川和那个巨大的火山口，真是难以想象，我们居然做到了！

我和骆烨无声地拥抱在一起，泪流满面。他紧紧搂着我的肩膀一遍遍地说："我们做到了！宝贝，我爱你！"

在队友的招呼下，我们擦掉满脸的眼泪和鼻涕，站在雪山顶绽放笑容，拍下了在巅峰的合影。

那一刻我怎能想到，那却是我们的最后一张合影。

也许在骆烨邀请我去乞力马扎罗的那一刻，他已经心生去意。

我以为我们共同登上了非洲最高峰，从此战无不胜。我以为我们的爱情在那一刻得到了升华、见证、祝福和捍卫。

但对骆烨而言，这却是完成了这场感情最具仪式感的收场。

告别

下了山，回到酒店洗个热水澡，把沿途的尘土洗掉，我简直觉得那是天下最美妙的时刻。修整之后，我和骆烨分别踏上了飞往香港和上海的飞机。

在飞机上，我给他写了一封邮件，邮件不长，但那是我写得最久的一封邮件。

我说，我希望他能公开我们的关系，我不介意从此背上“第三者”的辱名，只要能和他在一起，我不介意。

我说，我希望他和太太提出离婚。他可以把所有的财产都留给她，净身出户，我不介意。

我说，我可以辞掉香港的工作去上海，哪怕一时找不到合适的工作也没关系，我不介意。

“请让我知道你读了这封信，并请在慎重考虑后给我回信，正面回答我的问题。”我在邮件末尾强调。

过了两天，我收到了骆烨的回信。

亲爱的苏菏：

我真的很爱你，每当我想起未来和你一起生活，就觉得充满了甜蜜和可能性。我真的希望能和你共度余生。这也是为什么去年我答应你，用一年时间去理清我的生活。

我咨询过离婚律师，我意识到在司法程序上存在很多障碍和复杂问题。

但最难的不是司法程序，而是情感的挑战。我和我太太讨论过离婚的问题，她一直在哭，我们的交谈总是无法进行下去。

最致命的是，我的儿子不知怎的得知了此事，反应非常情绪化乃至狂躁。周日午饭后他返回寄宿学校，我和他道别，他却头也不回地跟同学一起上了校车。我意识到，我们已经不像过去那般亲密，如果未来我不和他生活在一起，我们的父子关系将面临巨大危机。

苏菏，你有一切理由指责我。我也很讨厌自己，为什么总是让你失望难过。

但我意识到，在这样的局面下，已经不存在对的决定。

最近我在工作上也遇到了很多困扰，此时此刻，我真的没有精力去思考这些问题。

希望你能够理解我的处境，并且知道我爱你。

骆烨

2012 年 3 月 15 日

结局

我没有再回复骆烨的邮件。

我知道，一切已经没有意义。我可以承受当“第三者”的骂名，但我不能容忍被扣上孩子因我而失去父亲的帽子。

我终于决定放弃他，这个与我纠葛九年的男人。

“在这样的局面下，已经不存在对的决定。”骆烨说得对，在好父亲和好情人之间，他没有两全其美的选择。

我不愿当这个恶人，当他搬出孩子这个理由的时候，我已经无路可走。

我之前一直觉得，只要两个人有感情，有没有婚姻都是浮云。但我终于领悟到，婚姻有着多么强大的约束力。

当情人关系变得沉重的时候，放弃是很容易的。不论是一方千疮百孔还是两败俱伤，至少生活表面波澜不惊，仿佛什么都不曾发生。

而当夫妻关系变成鸡肋的时候，大部分人没有勇气切断法律的契约，因为那意味着巨大的成本，意味着对他既有生活天翻地覆的改变，意味着让他从此背负沉重的良心负担。他们宁可貌合神离地度日，掩耳盗铃。

最近我看到一组数据，说中国北京的离婚率已经高达39%。很多人认为这是社会的悲哀，我却觉得是时代的进步。我认为婚姻整体质量并没有下降，而是有更多人在鸡肋般的婚姻中有勇气冲破桎梏，给双方重新选择的机会。

但依然有更多的人选择苟且在情感的浑水中，得过且过。

我已经在这浑水中浑身湿透，疲惫不堪，到了该独自上岸的时候。

后来骆烨又疯狂地联系过我，我都没有再回应。大约过了半年，他逐渐消匿在我的生活中。

****

苏菏讲完了她的故事，长叹一口气，久久不语。

“相信很多女孩正在经历和你类似的情况。你有什么话想对她们说吗？”我打破沉寂问道。

“我只想告诉她们，痛到深处，就会放手了。”苏菏望着窗外幽幽地说。

我们聊天的时候屋外下起了大雨。她给她现在的先生迈克打了电话，不出十分钟，迈克就开着奔驰车来接她了。

迈克看上去与她同龄，有着一张很亲和的面孔，笑起来有深深的鱼尾纹。

苏菏看到迈克，仿佛有一股力量将她拽回现实，整个人又重新明快起来。

她冲迈克使劲挥挥手，做了个手势让他稍等，回头和我准备道别。

“迈克离过婚，和之前的德国妻子有两个孩子。别人把他介绍给我的时候，我当时就觉得命运和我开了个巨大的玩笑。”苏菏一边穿外套一边说，“如果是别人，遇到离婚又带两个孩子的男人恐怕避之不及。而我的第一反应是，这个人已经离婚了，这简直太好了，这就是上天赐我的礼物！”

“如果没有骆烨，我又怎么会懂得珍惜和满足现在的婚姻？”

婚礼

听完苏菏的故事，我久久不能平静。回家后，我在网上搜骆烨的消息。

网上有寥寥几张骆烨的工作照，和我脑海中意气风发的投资少帅不同，照片里的男人已是天命之年，略微发福，眼神不再清澈。

上帝没有惩罚这个男人，但也没有给他格外的优待。

时至今日，他依然是一家外资基金的中国首席代表。也就是说，他始终没有募到属于自己的基金。

而苏菏则募到了。

不知骆烨可曾想到，当年那个仰视他的目光明净的小女孩，如今在事业上已经超越了他。

在过去十几年的暴风骤雨里，曾经不谙世事的女孩已经成长为坚毅的天鹅。

苏菏在事业上的成功，让这九年的纠葛终究算是一场喜剧。

不久，我去参加了苏菏和迈克的婚礼。

他们的婚礼规模很小，只邀请了四十多个朋友。婚礼是在维多利亚港附近一个楼顶花园举行的。

那天的香港少有地晴空万里，阳光透过湛蓝的天空洒在楼顶满园的白色鲜花上。

苏菏穿了一件大红色的刺绣婚纱，红得那么耀眼。她挽着父亲的手登场的那一瞬间，我几乎流下眼泪。

“在对方最需要你的时候，你能不离不弃，终身不离开直到永远吗？”司仪问。

“我愿意。”苏菏侧过脸笑着流下眼泪，她的侧脸在逆光下形成了很好看的弧线。之后迈克一把将她搂入怀中，深情地吻她，吻了很久，仿佛要到天荒地老。

仪式结束后，三个孩子冲上去扑进苏菏和迈克怀中。“苏，你真漂亮！”迈克金发碧眼的小女儿抚摸着苏菏的琉璃耳环语气夸张地说，最后一个词加了长长的重音。

那一刻的天台上，嗅得到爱、喜悦与和平。

友谊

“骆烨知道你结婚的事吗？”几天后，我在微信上问苏菏。

“当然知道。我发了脸书，他还留言祝我新婚快乐。”苏菏说，“其实我们后来偶尔还有联系。真实的生活里，哪有那么多老死不相往来。”

苏菏告诉我，如今的她和骆烨，像所有释然的前男友和前女友一样，偶尔在对方的状态下点赞，偶尔问候，只是再未见面。

“我希望他家庭幸福，真的，我可不希望有一天他离婚，却不是为了我。”苏菏笑道。

我告诉苏菏，我在写她的故事。我说每次提笔都需要勇气，因为这个故事对我而言太沉重，每每动笔都仿佛被拖进一个巨大的情感漩涡。

“沉重？怎么会沉重呢？”苏菏说，“这些都是我最珍惜的记忆。”

有一个男人，曾经站在波士顿广场的街心花园，手舞足蹈为她演唱老鹰乐队的歌。

有一个男人，曾经教她做焦糖玛奇朵，教她认识了戴安娜·克瑞儿和拉赫马尼诺夫。

有一个男人，不介意她的不修边幅，喜欢她最本真的身体。

有一个男人，和她携手走上齐力马扎罗，看雪山对面的日出。

最后他还是放弃了她，又如何。

这难道不是最好的结局吗？

一生有一份璀璨的爱情，彼此陪伴九年。九年很长了，人的一生，能有几个九年？

而这样真空中的爱情，可能原本最好的土壤就是记忆。一旦让它曝露在柴米油盐下，恐怕它就不那么美好了。

萧红在回忆鲁迅的文章中提到，鲁迅在去世前的那段时间，常常对着一张红衣女子的画片发呆。这世上也许没有人知道，那红衣女子究竟是谁。

和鲁迅一样，每个人在纷繁厚重的人生中，都有过无法忘怀的人和经历吧。

与其心怀怨念，不如泯然一笑，风轻云淡。

感谢那些出现在我们人生中的人，包括让我们欢笑的，也包括让我们哀伤的。

很多很多年后的某一天，假如骆烨先离开这个世界，苏菏会站在他的墓前，对他的儿女说："我曾经爱过你的父亲。"

在那一刻，在地球另一端的波士顿哈佛广场上，也许有另一个男人正在为另一个女人深情吟唱。

我的青春印在宾州比萨店

每当年底节日纷至沓来，我就会陷入一种过度思考的状态。雪花、麋鹿、铃铛、音乐，这些元素将一年的喜怒哀乐推向高潮。人们以一种夸张的形式主义让自己相信自己是幸福的，欲盖弥彰的却是过去三百多天所沉淀的日日与夜夜，痛楚与喜乐。

往昔生活的作料，让每一个节日都变得滋味不同。我小时候喜欢看的一部电影是《玻璃之城》，港生和韵文最后分手时的台词是："以后你不用在我背后，偷偷打电话给他了。""你以后也不用年年找借口，不跟我过生日。""还有情人节，中秋节，圣诞节，新年。"

唯愿你的圣诞并不冷清。

2011 年，我在宾夕法尼亚州立大学读研究生，我租住的房子附近有一家比萨店，亚当是合伙人，日日守在柜台前，亲力亲为。我课业繁忙的时候，常常在这家店随便买一张比萨，有时坐下迅速吃完，有时打包带走。去了几次之后，我和亚当渐渐熟起来，不忙的时候会瞎扯一些闲话。

亚当是蓝眼睛高个子的美国白人，褐色头发，脸上有雀斑，笑起来会露出一口白牙，附近的居民提起他，都会说他是个很友善的人。

我在宾州住的房子是那种造价很低的连排屋，就是一条一条白色木板拼起来的房子，很不结实。有一次，连下几日大雨，雨水居然浸透了天花板，开始往下滴水，我只能用脸盆接着。雨停以后，天花板上的墙皮开始大块大块脱落，我甚至担心整个屋顶会塌下来。我给房东打电话，房东人在纽约，只说让我先凑合一下。

买比萨的时候，我顺口和亚当提起了这件事，没想到他立刻说：“今晚你有空吗？我开车带你去买些材料。”我惊讶于他的热情，但好在大学城并不大，开车去哪里也算方便，我便愉快地接受了他的好意。

晚上我如约和他在比萨店会合，他和同事打了招呼，带我上了他的福特车，一路向商店开去。路上我和他聊天，得知他从小就在附近长大，父亲是当地的牧师。他除了开比萨店，平时还喜欢玩玩摇滚乐、登山、做木工。他从来没有离开过美国，甚至很少离开宾州。

他带我买好墙漆，一路将我拉回家。我下车的时候，他说：“明天我带两个朋友去帮你刷墙，你自己不行。”语气不容拒绝。

第二天，他真的带着两个男生来帮我刷墙了。并没有很绚丽的小说情节，比如边刷墙边唱歌打闹什么的。刷墙过程很普通，他们三个人进来忙碌了半小时就搞定了，我的天花板终于又有了墙皮。

****

经过这件事，我和亚当就成了很好的朋友。他知道当地许多隐秘的好去处，他带我去过房车里的小餐厅，带我在附近的山坡滑过雪，还带我去过当地的小酒馆，听在这里工作三十年的黑人奏布鲁斯。

我很奇怪，和一个白人用英文交流，反而可以聊到触及内心深处的话题。我和中国朋友在一起聊的都是很具体的事情，和亚当则不同。我们没有共同的生活背景，甚至没有共同的朋友。我们就很单纯地聊彼此对生活的看法。

“生活中有几样东西不可或缺：空气，运动，比萨。”

“你怎么知道你没有黑人或白人血统，你对你祖先的择偶观就这么确定吗？”

“我相信能量学，每个生命都是来自宇宙中的能量，汲取、释放，我们和世间万物能量守恒。”

有时我们可以因为抽象的哲学、三观问题或者对一部电影的看法，一直争论数小时。我很惊讶于一个比萨店主竟有这么多离经叛道的想法。

亚当喜欢摇滚，有一次他带我去听摇滚演唱会，我以为就是国内许巍演唱会那种。去了才知道，重金属摇滚歌手在台上声嘶力竭，台下歌迷会自发地互相碰撞，就像“愤怒的小鸟”一样。而且大部分重金属摇滚歌迷都是人高马大的男人，我要是被谁撞一下，估计得歇三个月。

在这个时候，亚当拉着我站在了放音箱的高台上，这样我就不会被人撞到了。我居高临下地看着台下重金属音乐爱好者的狂欢派对，就像在看新奇的人间剧。身边的亚当一边也高高举起摇滚的标志性手势，一边不时回头冲我笑。那一刻，我站在音箱旁边，虽然耳边狂躁的音乐让我感觉我的心都要被震出来了，但内心深处反而突然格外安静，开始理解他们喜欢这种音乐的原因。

后来我常常去亚当家，听他和他的“摇滚友”弹琴演奏。我之前学过民歌，也会给他们唱《茉莉花》。作为一个中国留学生，其实我和班上的白人都只是泛泛之交，却通过这个卖比萨的男人，渐渐融入美国人的生活，开始有了一群当地的朋友，开始以一种美国人的方式填补学业以外的生活。

亚当的朋友都是从小一起长大的白人，性格单纯，也没有太多追求和贪念，不论是超市收银员还是大学副教授，都非常和谐地混在一起。他们几乎每个周末都会组织好玩的活动，去某家聚会，或者去登山露营。

我第一次野营就是和亚当及他的朋友们一起去的。长达五日的登山徒步，我背着帐篷和睡袋，素颜出行，除了最基础的保湿和防晒乳什么化妆品都不用，每天就喝大瓶的矿泉水，吃面包和熟牛肉。我从来没有如此了解自己的身体，在长途行走的酸痛和汗水中，整个人变得健壮敏捷。

一天夜晚，我们在营帐外聊天，没有带吉他，亚当开始清唱。他唱的是我没有听过的歌。我突然在歌里听到我的英文名西尔维（Sylvie）。

“这是什么歌？好像有我的名字，我要在iTunes（苹果电脑的数字媒体播放程序）里收藏一下。”我问他。

“iTunes里找不到的，这首歌是我写的，觉得你的名字很押韵，就用进去了。”亚当轻描淡写道。

那天晚上四周很黑，草丛中有萤火虫飞舞。亚当一遍遍唱着："Sylvie, Sylvie, thousand miles away."（西尔维，西尔维，在千里之外。）在黑暗中，亚当湛蓝色的眼睛闪着光，比周围萤火虫的光芒更明亮。

我觉得这一幕似曾相识。假如每个人的人生都有一部预告片，那这个瞬间定是我的预告片中一个耀眼的镜头。

****

回到宾州后，我渐渐进入了毕业前的忙碌，和亚当不再像之前那样常聚。我的专业只有一年半的课时，所以我会在圣诞前夕毕业。我的家人已经在北京的金融机构为我联系了一份好工作。按照日程，我过了元旦就要回北京去新单位报到。

在过去的一年多时间里，亚当是我最好的朋友，是带我在陌生国家开荒的战友，我无助时最温暖的支持者。

我不傻，我感觉得到他对我的好感。我知道如果我稍做回应，我们俩的关系会顺理成章朝爱情奔去。

但是我不能。宾州是亚当的家乡，但我只是过客。亚当的生活是他的比萨店，他的发小，他固定常去的餐厅、摇滚音乐会、附近露营的野山坡。

我从头到尾都是一个旅者，一个观众，一个体验生活的客人。

选择和一个人生活，意味着选择了他的生活方式。而对他来说最真实的东西，对我来说则是最不真实的。

我终究不是自由不羁的美国人，而是内心现实的中国人。

我无法想象和一个开比萨店的男人生活在一起，即使丰衣足食，即使他的生活比国内奋发图强的天之骄子要斑斓百倍。

我们从未说破什么。

****

在接近圣诞的一个夜晚，宾州已经大雪纷飞，天寒地冻。亚当开车到我楼下，说："我带你去看附近居民的圣诞灯饰吧。"

他开车载着我，我们一路几乎没怎么说话，气氛在黑暗的夜路中有点压抑。当汽车行驶进附近最大的居民区，眼前突然明亮起来。热爱生活的美国老百姓们是在用生命来布置庭院啊，家家院子里都点亮着形态各异的圣诞花灯——有麋鹿，有雪人，有抱着蜂蜜罐子的狗熊，有插着翅膀的天使。汽车缓慢开过，两侧是绚烂的圣诞庄园。

"好美！"我发出惊叹。

"没想过留下来生活吗？"亚当问我，眼睛望向前方。

"怎么可能。"我说。

"你这样聪明的女孩，如果留下来，一定可以在学校里找到工作，或者你可以帮我再开一家比萨店。"亚当顿了顿，用半开玩笑的语气说："你可以嫁给我，然后生一堆孩子。我们带他们登山，看萤火虫，每天晚上一家人在炉火前弹琴唱歌。圣诞的时候，我们自己做最漂亮的灯饰。西尔维，你喜欢什么？熊猫，企鹅，还是长颈鹿？"

“可惜我不可能是那个女主角。”我打断他说，“亚当，我下周就离开美国了。你是我最好的朋友，以后也是，好吗？”

亚当默默地开车送我回到家门口，他走下车说：“你向来都不习惯拥抱，我觉得不是因为东方文化，而是你不敢。”说完，他向我伸开双臂。

我只有迎上。他把我紧紧抱在怀里，并没有说什么。他的怀抱温暖而有力，我想要挣脱，却没有一丝力气。我怕在这怀抱里多停留片刻，我就会推翻自己所有的坚持和决定。

那一瞬间，他每次靠在车旁等我的画面，他在我家刷墙的画面，他带我站在摇滚音乐会高台上的画面，他在萤火虫的飞舞中为我吟唱的画面，一下子统统涌上心头，堵到我无法呼吸。

我不记得我是如何与他告别的。

过了那夜，我们回到了平日的状态。他将我送到机场，招招手说：“我去中国看你。”

****

好几年过去了，他并没有来中国，我也没有机会再回到宾州。那个白雪皑皑的小城，那些与美国人一起厮混的日子，那个眼睛湛蓝的男人，成了我心中梦幻遥远的记忆。

我在北京金融街每天朝九晚五地上班下班，后来和金融圈一个不错的男人结婚。

选择一个人，就是选择一种生活方式。同样，告别一个人，也是和一种生活方式诀别。

我再也没有听过重金属音乐。

我再也没有和一群人围坐弹唱。

我再也没有背着帐篷露营过。

我再也没有见过萤火虫。

圣诞节，满眼都是写字楼里千篇一律的圣诞树，我再也没有见过有人亲手制作的灯饰。

****

前几天在香港出差，我突然收到一封脸书私信，是亚当发的。

“你还记得宾州的圣诞节吗？”很简短的一句话。

我点开附件，是一段小视频，显然是亚当一边开车，一边举着手机冲窗外拍摄的。宾州小城的圣诞夜景在我眼前闪过，家家户户一如既往亮起了圣诞的灯饰，有麋鹿、雪人、天使、狗熊……背景声是亚当轻轻的吟唱：Sylvie, Sylvie，thousand miles away...

我当时站在写字楼的大堂窗边，突然无法抑制地泪流满面。

我不知道我怀念的是亚当，是宾州的小城，还是萤火虫飞舞中有人为我歌唱。抑或，我怀念的只是青春。

老男人的桃花源

古德曼太太的葬礼在科德角上的一座海滨教堂举行。高耸的束柱托起的尖肋拱顶下，镶着彩色玻璃的长窗投下七彩光晕。在这栋哥特式建筑中，浓厚的宗教气氛仿佛让生死轮回都变得渺小如一瞬。

牧师站在古德曼太太的棺木前，默念着《圣经》:“不再有死亡，也不再有悲哀、哭号、疼痛。因为以前的事都过去了。”

古德曼先生不再流眼泪，只是双手合十，低头坐在前排的椅子上。

台下一片啜泣声。我始终紧紧握着蒋桃的手。

我希望我能够死在蒋桃之前。

我不知道没有蒋桃的世界，会不会变得陌生，没有颜色。

我也不知道若我站在古德曼先生的位置，可否平静地说出，“此生无憾”。

****

我叫袁亮，遇到蒋桃时我 20 岁，在北大读大三，正值青春年少，意气风发。

当时我是院学生会主席，也算是学校的风云人物。那时候每天都是由我牵头，一群学生会干部浩浩荡荡骑着单车在校园里窜来窜去，今天贴海报，明天搞辩论赛，不亦乐乎。

那时候我是个愣头青，每天和男生兄弟们大呼小叫，见了女同学也都没个正形，就会嬉皮笑脸开玩笑。有时候我们也会搞恶作剧，比如把女生宿舍“请止步”的标语摘掉一个笔画，变成“请上步”，或者在运动会上和一群男生一起高歌“妹妹你大胆地向前走”。

第一次遇到蒋桃是在我踢足球的时候。当时蒋桃和几个女生从球场旁边的小路经过，我的球偏巧飞到了她的脚下。

“同学，帮着捡下球呗！”我冲她喊，一面向她跑去。

蒋桃弯腰捡起球，起身递给我。她抬头的那一瞬间我就看呆了。她唇红齿白，洁净的面孔光彩照人，瀑布般的长发款款流泻在蓝色的连衣裙上，蓦然间给人一种仙气飘飘的感觉。这简直就是电视剧里可以配背景音乐的俗气剧情，一瞬间让我怦然心动。

我甚至忘了说谢谢。回到球场，我装作不经意地问身边的哥们儿庞冠：“那姑娘你见过吗？”

庞冠说：“她叫蒋桃，英语系的，我在范老师的课上见过她。”

蒋桃是我人生中第一个追求的姑娘，是我一见钟情的人，是我的初恋。

我记得我第二天就去蒋桃宿舍楼下等她，等了几个小时，终于看到她推着自行车出来。然后我也推着自行车迎上去，假装不小心撞到了她的车轮。

“又是你，好巧啊！”我语气夸张地说，低头把卡在一起的车轮分开。

蒋桃笑笑，正准备离去，我急忙拦住她说：“同学，你的车胎瘪了。”

蒋桃低头一看，还真是。她不知道，刚刚我在低头掰开车轮的时候，顺便用了一下钉子。

“啊，谢谢你。”蒋桃一边向我道谢，一边焦虑地四下张望，“糟了，我上课要迟到了。”

“你是去上范老师的课吧，我也要上那堂课，我载你去吧。”连夜做好功课的我对自己的计划胸有成竹。

于是，我成功让蒋桃坐在了我的自行车后座上。

其实我不是那节课的学生，上课的时候我一直缩着脖子，低头看着空白的笔记本。

前排的庞冠拼命回头冲我挤眼睛，我狠狠地把他瞪回去。

蒋桃坐在我旁边，我甚至闻得到她身上玉兰油的香味。

“我认识西门的修车大爷，下课我带你去，熟人，不挨宰。”我在笔记本上写，推到蒋桃面前。

蒋桃看了看，没有回我。

但下课以后，我带她去修车，她没有拒绝。

路上经过小卖部，我买了两根奶油雪糕，把外面的蜡纸剥掉，递给蒋桃。

“这家的雪糕是通州那个乳品厂产的，奶味儿特浓。”我努力讨好。

“谢谢，”蒋桃斯文地拨开雪糕，舔了舔说，“下次我请你。”

“别客气。你喜欢Beyond乐队吗？最近特火。”我努力寻找话题。

“嗯，那首《喜欢你》特别好听，我室友总在宿舍放。”蒋桃总算开口和我说了一句完整的话，我当时心里舒了一口气，这马屁算是拍对了。

“我喜欢《海阔天空》。”我说着，开始哼，“原谅我这一生不羁放纵爱自由，也会怕有一天会跌倒……”

“唱得不错啊。”蒋桃笑了，眼睛成了两个弯弯的月亮。

一路聊得投机，不知不觉就到了西门口的修车铺子。

修车的大爷把蒋桃的自行车胎从黑橡胶里掏出来，打足气，泡在搪瓷盆的水里，一边转，一边观察，很快就找到了漏气点，在咕噜咕噜冒着气泡。

“这窟窿不小啊，你这准是压着钉子了。”修车大爷说，“补胎，两角钱。”

“大爷，您看我总给您拉生意，熟客，便宜点儿。”我嬉皮笑脸地和大爷套近乎。

大爷抬头瞥了我一眼，又瞥了一眼蒋桃，笑着说：“得，算你一角。”

一年后我告诉蒋桃，其实她的车胎是我扎的。蒋桃狠狠捶了我一下说：“你这个骗子。”

****

我追蒋桃花了整整三个月，不长也不短。

蒋桃后来告诉我，她从一开始就不讨厌我，只是对我玩世不恭的追求方式心存芥蒂。

可我并不知道。我继续用我认为正确的方式锲而不舍地追求着蒋桃。

范老师的课是大课，有近 200 人。我把自己的课纷纷逃掉，在这堂没报名的课上却成了全勤。

有一次范老师刚准备下课，我一个箭步冲上讲台说：“范老师，我能不能借一下你的麦克风？”

范老师不解地站到旁边，我拿起麦克风，说：“同学们，我要宣布一件事情。”

宣布一件事情？同学们顿时议论纷纷。

“我要宣布的是：我喜欢蒋桃，对，就是英语系 3 班的蒋桃，住在 35 号楼宿舍的蒋桃，现在坐在第 5 排从左数第 6 个的蒋桃。”我大声说，“蒋桃，我喜欢你，请你做我女朋友好吗？！”

台下顿时炸锅了。在 20 世纪 90 年代的校园，这样大胆的表白并不多见。同学们就像疯了一样起哄尖叫，我骄傲地站在台上，仿佛一场运动的精神领袖。

台下，蒋桃的脸一阵紫一阵白，然后她抓起书包夺路而逃。

我也不知道我喜欢蒋桃什么，但我觉得我无法自拔了。我恨不能设计一场盛大的极乐之宴，让普天下的民众都知道我的心意。

那时，被北大人称为“三角地”的是一块由讲堂、邮局、书店围起来的地方，是北大的宣传中心。这里有一溜长长的宣传栏，专供校方或学生展览图片或张贴告示，后来学生们也发现了这块宝地，各种学生贴的小广告可谓五花八门，诸如毕业论文彩印、出售最新磁带、出售翻译资料等。偶尔也有俏皮的寻物启事，例如“小女子不慎遗失书包，如有拾者奉还，将报以热吻一枚”此类。

一日走过三角地，我不禁灵感油然而生。

蒋桃过生日那天，我从英语系合影上抠出蒋桃的照片，去学校印刷厂印成海报。半夜时趁着夜深人静，我悄悄在海报背面刷上浆糊，啪地贴在了宣传栏上。

海报中央印着蒋桃的玉照，旁边的文案是：“今天是蒋桃 20 岁生日，请来往的同学们都祝她生日快乐！”

这个创意虽然第二天中午不到就被校方撤了下来，但在学生圈却已经引起了轰动。有人赞扬我的创意，有人赞扬蒋桃的容貌，还有人赞扬校印刷厂的印刷质量。

这下全校都知道我在追蒋桃了。

蒋桃也真的生气了。

她将我约到上次买雪糕的小卖部门口，说："袁亮，你别再闹了，我不是你哗众取宠的工具。喜欢谁不喜欢谁是你的事儿，但你没有权力拉我和你一起出洋相。"

出洋相？我愣住了。原来我所有精心设计的表白不仅没有让她感动，反而让她认为我在出洋相。

我语塞，憋红了脸说："我不是那个意思。"

蒋桃蹬起自行车的脚撑，冷冷地说："Then stop doing it. Thank you."（请停止你的行为，谢谢。）

****

追求蒋桃的进程陷入了僵局。

我喝了两天闷酒后，琢磨着光膀子出去跑两圈，把自己冻个高烧，然后就可以趁机让蒋桃来探望我，化干戈为玉帛。

结果我还没来得及生病，庞冠却恰逢其时地病了。

庞冠和我是球友，也是我们金融系的学霸。每年的一等奖学金都是他拿，1000 元巨款啊，三年下来，我们的生活水平拉开了差距。那时候刚有康师傅方便面，庞冠一买就是一箱。每逢周末，他都会拆开一袋放在铝饭盒里，开水浇下去的瞬间整层楼都弥漫着红烧牛肉的香气。他总会不紧不慢地拆开一包榨菜，有时还有午餐肉，然后在我们流着口水的目光中细嚼慢咽地吃完，嘬嘬手指，打个饱嗝。

富人的油腻生活终于把他吃出了毛病。是的，他痔疮犯了。

他鬼哭狼嚎地被我们扶进了校医院，校医说恐怕要做手术，先住院消肿。

于是庞冠像个蛤蟆一样趴在校医院的病床上，平日英姿飒爽的劲儿全无，只会哼哼了。

“哥们儿，原谅我用你当个道具。”我在心里暗暗向他致歉。

第二天，庞冠得了肠癌的消息不胫而走。

庞冠趴在病床上，突然发现自己人缘奇佳。各个院系但凡打过交道的同学都来探望，姑娘们一个个噙着泪水咬着嘴唇，平日遥不可及的校花居然用纤纤玉手亲自把药片给庞冠喂到了嘴里。庞冠掐着自己的大腿以为是在做梦，后来回过神来，总结道：“患难见真情，病中显魅力。”

殊不知，我站在病房门口向每个前来探望的同学叮嘱：“不要问他病情，医生说了，先隐瞒病人，不然容易精神坍塌。”说得我的嘴都起皮了。

在接待了 48 位探访者后，蒋桃终于出现了。

作为门神的我把同样的台词又跟蒋桃说了一遍，然后就让蒋桃进去了。

蒋桃看着趴在床上的庞冠，低头抽了抽鼻子，然后从包里掏出一个厚厚的本子，笑着说：“庞冠，这是范老师课上的笔记，你没事儿可以翻翻。我记得很全，你拿去应付期末考试没问题。”

我看着蒋桃的手迹就这么落入庞冠的囊中，又亲眼看着蒋桃给庞冠削了一个苹果，递给庞冠之前，还用湿纸巾帮庞冠擦了擦手。

“好了，病人需要休息。”我实在看不下去，就把蒋桃推出了病房

出了病房，蒋桃一下就绷不住了，泪水夺眶而出。我顺势将她搂在肩上，她没有拒绝，趴在我肩上抽泣起来。

“庞冠他还那么年轻。”蒋桃边哭边说。

“别哭了，庞冠没那么严重。”我于心不忍地说，“疑似，现在只是疑似。”

“真的？”蒋桃哭红了眼睛，抬头望着我，眼中闪着善良的光。

“嗯，这几天我陪着庞冠不眠不休，也在感慨人生无常。真的好想找个人说一说。”我顺势拉着蒋桃说，“走，陪我喝一杯。”

我和蒋桃来到了著名的西门鸡翅。西门鸡翅其实不是一个餐厅，而是泛指西门南面的一片鸡翅店、烧烤摊。

西门鸡翅是“腐败”热门地点。当时，“腐败”刚刚从一个贬义词变得有些美好起来，指一群人为庆祝某个事件或者单纯为平凡的生活加点调料而凑在一起吃喝玩乐。我经常叫上庞冠或者其他狐朋狗友去，去了还总能再遇到一些别的熟人。吃完饭大家也不走，喝酒聊天，玩“几匹马”这种弱智游戏或是“杀人游戏”这种稍微有点考智商的游戏。

所幸这个夜晚，我并没有遇到什么熟人。我终于拥有了一个让蒋桃听我说话的机会。

我点了十串烤肉，三串鸡翅，两个烤饼，两瓶青岛啤酒。

那个时候的北大女生都热爱文学。从20世纪80年代到90年代，海子、顾城、北岛、西川那代诗人的影响力正在被骚动的商业思维替

代。但北大人心中始终有浪漫的文学情怀在。

我和蒋桃聊到了沈从文、徐志摩，聊到了过去三十年文化界的激荡与苦难，还有新文学从无到有的过程。

我说我最羡慕的时代就是民国。那个时候的青年都如西南联大学子那般，满腔热忱，大胆去追求理想和主义。

我说，也许我们这代北大人的理想不同了，但追求理想的纯粹和热忱是相同的。

"你知道你在寻找你的蔺燕梅，你知道你在寻找你的童孝贤，你知道你在寻找一种永远。"我引用了根据鹿桥的小说《未央歌》所作的同名歌曲里的话。

蒋桃看着我，她的眼神证明她被打动了。

不知不觉，已经到了宿舍快要熄灯锁门的时间。

我和蒋桃一路飞奔，蒋桃一直喊跑不动了，我就拉着她的手跑："咱们不能在11点以前赶回去的话，今夜你就只能跟我去开房了。"我的话让蒋桃羞红了脸，闷头跟着我一路狂奔。

我们沿着林荫大道奔跑着，奔过未名湖，奔过三角地，仿佛没有终点。头顶昏黄的路灯照在我们身上，蒋桃撂起天蓝色的棉布裙子，露出纤细的小腿，奔跑的时候呈现出美丽的线条。

多年之后，我还记得蒋桃在风中乱了的发丝，还有紧握着我的那只手心的汗水。

终于跑到了她的宿舍门前，看了一眼表，11:02，晚了两分钟，进不去了。

“看来你只能去和我开房了。”我坏笑着对蒋桃说。她一时间慌了神，眼看泪水就要在眼眶打转。

“逗你的。”我拍拍她说，“我知道一个窗户能爬进去，以前我见别的女生爬过。”

我带着蒋桃跑到女生宿舍楼侧面，那里有一个窗户，下面有防火楼梯，因此可以从楼梯上爬上去。

我带着蒋桃爬上楼梯，窗户虚掩着，我只要把蒋桃托起，她就可以翻回宿舍了。

但爬上楼梯，我们却看到最高的一级台阶上有一个黑影。我护着蒋桃走近一看，竟是一只母猫正在喂一窝刚长出毛的小猫。

此刻我如果把这窝猫赶走，就可以顺利让蒋桃回到宿舍。但看着一窝小家伙幸福的样子，我实在不忍打断这祥和的瞬间。

“你知道吗，北大的野猫都是有灵性的，据说它们曾经都住在诗人的屋顶，却安静得不发出一点声音。后来诗人死了，它们哀号了三天三夜。”蒋桃望着小猫说。

我对蒋桃说，“你稍等”，然后飞奔去对面的 24 小时便利店买了一根火腿肠，剥开放在不远处，然后学了两声猫叫引起老猫的注意。它果然闻到了火腿肠的味道，沿着香味扑了过去。一窝小猫也都蹒跚着跟着妈妈去看热闹。

猫家族腾开了路，我托着蒋桃纤细的腰，让她爬上窗台，顺利回到了楼里。她从窗户探出头对我说：“袁亮，今晚很开心，谢谢你。”

很多年后，蒋桃告诉我，正是我给老猫买火腿肠的举动赢得了她的芳心。

“一个人可以善待野猫，想必对人也不会太差。”她后来说。

她在关上窗户前莞尔一笑，那一瞬我仿佛成了窗下的罗密欧，我独自对着窗户行了一个西式的礼，自言自语道：“My pleasure，my lady.”（愿为你效劳，我的女孩。）

那晚之后，蒋桃对我不再充满敌意。我约她吃饭她都欣然前来，有时还会和我一起上自习。

我们喜欢去北大图书馆自习。我们总是坐在善本书库旁边，那里收藏了历代皇家藏书和各类珍贵版本。如古城砖一般厚重的《敦煌》，一册一册竟填满几十层书架，据说是学校花重金从台湾买来的。那个区域一般学生进不去，我有学生会的特许卡片，就总带着蒋桃坐在这些馆藏奇珍异书下，学习这件朴素的事仿佛也变得充满仪式感。

有时候我跟蒋桃说：“如果地震的话你先跑，我要用生命来保护这些珍贵的馆藏图书。”

蒋桃总是不屑地笑我：“在你用生命护书之前，有没有翻过一页？”

有一天晚自习，她坐在我的身边，看着她的侧脸在昏黄的灯光下映出好看的轮廓，我用胳膊肘碰了碰她，递给她一张字条。

字条上写着：“做我女朋友吧！”

她看到字条后涨红了脸，把头埋在胳膊里趴在桌子上。

我又用胳膊肘碰了碰她，她甩开。我又碰了碰她，说：“你不要睡着了呀，我还在等你的答案。”

她还是把头埋在胳膊里那么趴在桌子上，但我看到她的脖子动了动，发出一声闷闷的："嗯。"

我太兴奋了，不知道该如何宣泄。我猛然跳起来，冲到《敦煌》的书架后面，做了 20 个俯卧撑。

旁边推着小车过来的图书管理员看着我的举动惊呆了，张张嘴竟什么也没说出来。我做完俯卧撑，向图书管理员拱拱手，又回到蒋桃身边。

我喘着粗气又写了一张字条递给蒋桃。

蒋桃看了一眼字条，气得用拳头捶我，而且笑出了眼泪。

字条上写着："庞冠得肠癌是我编的，他得的是痔疮。"

****

我是真心喜欢蒋桃，在她终于接受我之后，我全心全意地经营着我们的感情。

自从我成了她正式的男友，我包揽了她们宿舍六个女生的打热水工作。有时我在宿舍楼下等蒋桃，遇到她的室友，她们总会挤挤眼睛冲我说："老袁，我们宿舍快没水了。"然后我就几个箭步冲到她们宿舍，一手三个暖水壶，冲到水房将它们一字排开，同时打开六个水龙头，心里默念数字，念到 38 的时候，再以迅雷不及掩耳之势逐一关掉龙头，塞上软木塞，拎着六个沉甸甸的水壶奔回蒋桃宿舍，迎来一片姑娘的掌声。

每个周末我都会带她去中关村的超市采购一周的生活用品，然后将沉甸甸的塑料袋挂在自行车的两个把手上，再让蒋桃抱着其余的袋子坐在我的后座上。蒋桃一手抱着东西，一手环着我的腰，我努力扶住车把，拼尽力气往前蹬。我就那么带着蒋桃不知往返过多少次学校和超市。在苏州河畔的车水马龙中，伴随着每次拐弯时蒋桃的惊叫，她搂紧我的腰，我感觉到她的身体贴在我的背上，我想要骑着车直到天荒地老。

自从在藏书架下做俯卧撑被图书管理员看到，我便不再好意思去那里学习了，回归了普通教室。普通教室也有普通教室的好处，嗑瓜子聊天也不会有人干涉。

校门口有一家糕饼店，店主是个憨态可掬的胖大叔。他做的桃酥松脆香甜，里面夹着瓜子仁。我和蒋桃常在晚饭后去买一包桃酥，然后一起去上自习。我在自习室的最后一排用旧书霸占了两个座位，那成了我和蒋桃的固定位置，我和蒋桃常常一边吃桃酥一边温习功课。我没有她那么专心，有一次无所事事的时候在课桌上刻了一个桃子，笑嘻嘻地给蒋桃看，还被蒋桃狠狠捶了一顿，说我破坏公物。

有一个周五的晚上，我和蒋桃正在上自习，蒋桃说："我们室友上周去了昌平，说那里有村民开的鱼塘，自己钓了鱼，在村民家厨房就可以上灶。"

我问："你想去吗？"

蒋桃说："想。"

我放下纸笔，迅速把桌上的东西收进书包，回头对蒋桃说："那我们出发吧。”

蒋桃就那么瞠目结舌地被我紧紧攥着手拉出了自习室。我们一路跑到校门口，拦了一辆面的，上了车，我说：“师傅，去昌平。”

紧接着我又补充了一句：“麻烦您把表蒙起来，跳太快我怕我心脏承受不住。”

“得嘞！”司机师傅顺手把鸭舌帽扣在计数器上，踩下油门一路飞驰向北。路上咣里咣当，面的车窗上贴的报纸刷刷作响，后排放的塑料桶和拖把上蹦下跳。

蒋桃扑哧笑出声，回头用月牙般的眼睛望着我说：“你真是袁大胆。”

到了昌平，黑乎乎的路两边偶尔可见手写的牌子，“停车钓鱼”。我们找了一家亮灯的店让司机停下，翻开表一看，145 元。“妈呀，一个月饭钱跑没了。”我心想。

拉着蒋桃的手走进院子，我扯着嗓子喊：“老板！老板！”过了几分钟，一个穿着背心驼着背的老汉踱了出来。“住店么？20 元一晚，先交钱后拿钥匙。”老汉显然是被惊扰了美梦，没好气地对我们说。

“单床房还是双床房？”老汉斜了我们一眼。

“双床房。”我说。回头看了看身边的蒋桃，她的脸转向了别处。

“有结婚证吗？没有的话加 10 元。”老汉趁火打劫，我只好点头。

我们跟着老汉走到后院，他推开其中一扇门，拉开日光灯，把钥匙放在我手中便离开了。

房间不大，白色的墙壁有大面积的掉皮，水泥地上摆着两张单人木板床，上面铺着红格子的老布床单。日光灯刚打开的时候一直在闪，闪了几分钟，不闪了，一室光明。

房间带一个单独的卫生间，单这一点已超出我预期。虽然卫生间没有热水，只有一个陶瓷水池和铁水龙头，还有一个蹲式的马桶。

我和蒋桃分别用凉水洗了洗，看表已是夜里 11 点。蒋桃脱了鞋躺在床上，我坐在她床边，捏了捏她的鼻子，说："早点睡吧，明天带你去钓鱼，吃烧烤。"

"我到现在都不敢相信我们真的来了昌平。袁亮你真是太大胆了。"蒋桃用被子捂着嘴说。

我看着她一闪一闪的眼睛和揪起被角的姿势，突然心中一热。

"我的确是太大胆了。"我说着，拽开蒋桃攥在手里的被子，低头吻了下去。

"讨厌……"蒋桃嘟囔了一声，便没有再发出声响。

那个昌平农村的夜晚，时隔二十年，我仍然记得闪烁的日光灯下缓缓飞过的硕大的蛾子被我拍死在床单上。我的手心有蛾子的尸体，还有汗水。

我记得隔壁老汉剧烈的咳嗽声，隔壁马桶的冲水声，还有窗外大货车启动时的狗吠声。但我更记得的是，那一刻的蒋桃。

****

1998 年，我和蒋桃毕业了。

北大毕业生找工作并不难，我和蒋桃毕业后都留在了北京。我被一家刚在中国开设代表处的外资投资银行录用了，蒋桃也在一家国企找到了一份有事业编制的工作。

我和蒋桃在南二环的老居民区里租了一个开间，从此开始了充满油盐酱醋的同居生活，时光开始复刻一般飞速流逝。

蒋桃在西单上班，我在建国门上班。每天我醒来的时候，她已经出门赶公交车了。她总会在我的公文包里装煮鸡蛋、面包和苹果。每次我在办公室嚼着苹果，旁边三十多岁的老外男同事总会报以艳羡的目光，说："Oh, you are such a lucky man."（啊，你真是太幸运了。）

而我每天下班回到家往往已是午夜时分。蒋桃有时在床上看书，有时已经开着台灯憨然睡去。昏黄的灯光下，她长长的睫毛垂在眼睑上，读了一半的书扣在胸前。

我自己热一杯牛奶喝下，然后躺在蒋桃旁边，从身后搂住她柔软的身体。她在睡梦中总会动一下，有时会半梦半醒地回身抱住我。

周末的清晨，我常常在豆浆机的轰鸣中苏醒。蒋桃毕业后将宿舍床上的小桌子带到了出租屋，她总会将小桌子架在床上，然后把煮好的豆浆和切好的水果端到我面前，我只要起身靠在床头，就可以享受到美味的早餐和女友的吻，仿佛置身于伍迪·艾伦的电影当中。

周末的白天，我们会约同学同事一起爬山或打牌。蒋桃有几个关系要好的女同事，隔三岔五就会到家里一起聊国企里的八卦，我就在旁边给她们端茶倒水，说："娘娘们辛苦了。"

夜晚，我和蒋桃喜欢猫在沙发上，用一条长长的毯子将二人包裹，吃浪味仙，看周星驰或者王家卫的电影。

2001 年，周星驰的《少林足球》上映。我买了碟片，照旧晚上和蒋桃挤在一起观看。

看到激动处，我学着周星驰的样子站在茶几上，用粤语仰天长啸：“人若无梦想，和咸鱼有什么两样！”

蒋桃被我逗得笑倒在沙发上。

我跳下茶几，蹲在蒋桃面前认真地说：“讲真的，桃子，我不想做咸鱼，我想去美国。”

“美国？”蒋桃嚼了一半的浪味仙停在空中，随即摇摇头扑哧一声，仿佛我说了一个很好笑的笑话。

但我是认真的。

在投资银行驻华代表处工作，虽然实际业务有限，但同事都是从美国派来的华尔街精英，听他们讲美国资本市场，讲亚洲的宏伟蓝图，我的眼界和心胸也跟着打开了，又岂能容许自己从此蜗居在这方旧土地上。

之后的一年里，我一边忙工作，一边抽空背单词，准备考 GMAT（研究生管理科学入学考试）。

蒋桃也许并没有相信我真的可以去美国，继续每天为我准备早餐，上班下班，吃着浪味仙看电影，生活平淡地继续。

我不知道她是否留意到我不再和她裹在一条毯子里看电影，而是独自猫在床上翻着大部头的书。我周末不再呼朋引伴地聚会，而是奔走于各种学习班和英语角。

第一次考托福我还是失败了。通常要考 600 分以上才有可能进入一流大学，而我只考了 576 分。

那天我垂头丧气地回到家里，几个月来第一次要求和蒋桃一起看电影。

我和蒋桃那天看的电影是《阿甘正传》。我躺在蒋桃的怀里，她轻抚着我的头发。我看着阿甘一个人坐在长椅上，羽毛落在他的身边，我的鼻子也酸了起来。

“你看美国也没什么好的。”蒋桃看着电影感慨道。

“你懂什么。”我愤然起身，回到床上蒙起被子，不再与蒋桃讲话。

蒋桃鼻子哼了一声，继续嚼浪味仙，看电影。

在蒋桃眼中，我们的生活应该一直这样平稳地进行下去，没有惊涛骇浪，没有意外与不期。她每天早晨打豆浆给我，我每天晚上回到她的枕边入眠。美国，只不过是与她毫无关系的词汇，任我为之上蹿下跳，她都稳若金钟地守在她熟悉的圆圈里。

但她的圆圈终究是要被我打破了。美国，这个与她原本毫无干系的地名，也终究横在我们之间，成了她必须抉择的 A 或 B。

经过一年多的努力，我终于过五关斩六将，完成了烦琐的申请流程。

2002 年的冬天，我拿到了麻省理工学院的 MBA 录取通知书。

我接到麻省理工学院招生办电话的时候，我的手都在发抖。当时我正在吃晚饭。我放下电话对蒋桃说：“我被麻省理工学院录取了。”

当时，蒋桃的筷子停在空中，整个人愣住了。

“蒋桃，嫁给我，跟我去美国。”我激动地握住蒋桃的手，曾经酝酿千百遍的求婚，居然就这样在情急之下脱口而出。

蒋桃愣了片刻，没有直接回答我的问题，而是扭身从冰箱取出一罐青岛啤酒，抠开易拉罐，挤出一个笑容说：“恭喜你袁亮！干杯！”

那天晚上，我和蒋桃喝了很多酒，桌上的空啤酒罐整整齐齐摆了一排。

我喝酒上脸，想必整个人都变成了猪头。那晚我絮絮叨叨说了很多车轱辘话。

“我付出那么多，因为我想让你过上好日子。

“跟我去美国，我们从此过好日子。

“蒋桃，我一定会让你过上好日子。”

我一直自顾自地说，蒋桃只是一直夹菜，默默喝酒。

后来我喝多了，蒋桃也喝多了。

我抱她到沙发上，将她摁在身下，疯狂地吻她，一遍一遍说：“嫁给我，蒋桃，你嫁给我。”

待我起身想要脱掉她的衣服，却见她已满脸泪水。

“宝贝，你怎么了？”我捧着她的脸问。

“袁亮，你知道吗？你的给予，对我而言也许是失去。”蒋桃伸手抱住我，在我的耳畔呢喃道。

之后两三日，蒋桃一直心事重重的样子。

她烤焦了一条鱼，拿锅的时候又烫到了自己的脚。

“你真的不想去美国吗？”我终于忍不住问。

我和蒋桃之间爆发了前所未有的一次争吵。

我说我所做的一切都是为了她，我去了美国可以赚更多钱，可以拥有自己的房子，可以让我们的孩子成为美国人……

蒋桃说她要那么多钱干什么，她就喜欢自己的小出租屋，她希望自己的孩子是中国人。

最后蒋桃冲我声嘶力竭地喊：“袁亮你为什么这么自私，为什么要我为了你的梦想放弃我喜欢的生活？”

我怔住，竟被她呛得说不出话来。

我一屁股坐在沙发上，空气凝固。

“蒋桃，我们是要在一起的，不是吗？”我憋了半晌，带着哭腔说。

当晚大吵之后，蒋桃搬去了她的朋友家。

我每天回家在开门的前一刻，都希望打开门能看到蒋桃坐在温暖的台灯下，但迎接我的却总是一片漆黑。

我开始怀疑自己是不是太自私，是不是做了错误的决定。

但想到之前付出的血汗，想到波士顿湛蓝的天空，我又问自己：“麻省理工学院，又有谁会拒绝呢？”电视里的晚会上正在朗诵邓颖超的《西花厅的海棠花又开了》。

“我们从来没有感觉彼此有什么隔阂。我们是根据我们的革命事业、我们的共同理想相爱的。”

我突然觉得邓颖超的话戳到了我的痛处。我开始怀疑我和蒋桃是否真的合适。

我多么希望有人能为我的梦想而欢呼，站在我的身旁共同奋斗。我多么希望十年后的我们能够共同站在镁光灯闪耀的地方，自信地相互微笑，执手前行。

而我才刚刚看到一个梦想的萌芽，她就已经站在原地拒绝迈步了。

我知道蒋桃此刻在哪里，但我始终没有去找她。因为我心中有个问题，那就是我如若强行拖着她往前走，又能拖多远。

我抱住自己的头，把脸埋在膝盖上，想去找她，却又动弹不得。

就在这个时候，门锁响了。

我怔着站起来，看着门打开，蒋桃出现在那里，瘦瘦小小的身影背着一个旧书包，孤零零地站在漆黑的走廊里。

“袁亮，我想好了，我愿意和你去美国。你说结婚的事情还算数吗？”蒋桃仰头看着我，嘴里微微喘着气。

“算数！当然算数！”我拖鞋都没顾上穿，光脚几步冲到蒋桃面前，紧紧拥她入怀。

****

我和蒋桃的婚礼是在北京一家湖南菜馆举行的，请了五桌客人，除了远道而来的父母和个别亲戚，几乎都是大学同学。

我俩的礼服都是从五棵松的地下商店买的，蒋桃穿了一条白色的鱼尾裙，简单而显身材。

我在敬酒的时候还会回头瞄一眼身边的蒋桃，前凸后翘，唇红齿白。在其他女同学的簇拥下，我仍然觉得她是最美的那一个。

让我再选一次，我追的人还是她。

而如今她已是我的女人，经官方认证了的，我的女人。

庞冠是当天的司仪。整个仪式他都主持得煞有介事，催人泪下，让两边父母坐在台下满脸欣慰，我妈后来还一直念叨庞冠是个好小伙儿。

敬酒结束，双方父母都出门去送亲戚了，屋里只剩下大学同学，庞冠顿时原形毕露。

“袁亮这厮当初是怎么追到蒋桃的？他四处散布谣言说我得了肠癌，结果人家蒋桃好心来探望我，却被袁亮截了胡！”庞冠举着麦克风大喊：“我今天要正式澄清，大爷我得的不是肠癌，是痔疮！”

台下的同学们早就笑岔了气。

“袁亮，你今儿的军功章有我的一半！你怎么表示一下吧！”庞冠说。

“什么一半，滚！”我笑着把他踢下台，举起二锅头，用喝可乐的玻璃杯倒了一满杯，一饮而尽，继而将玻璃杯砸在地上，大喊：“老婆！我爱你！我会一辈子对你好！”

蒋桃在台下抹了一把眼泪，不知是笑的还是哭的。她拎着裙子踩着椅子站到了餐桌上，也举起一瓶二锅头，冲台上的我喊：“老公！我爱你！我跟你一辈子！”

现场的同学们一片起哄，我索性奔下台，也爬上蒋桃站的餐桌，搂着她纤细的腰对大家说："再过几天我们就去美国了。大家给我做个见证，我袁亮今天发誓，一定要给蒋桃幸福，永不相负。"

蒋桃抬头望着我，眼里一片闪烁。

蒋桃成了我名正言顺的妻子。

她告别了家人、朋友，办了停薪留职，随我登上了飞往波士顿的飞机。

我记得当时在签证处门口，收到了票贩子们塞在我手里的厚厚一沓打折机票传单。后来是蒋桃照着上面的电话一家一家打过去询问，找到了最便宜的机票。

但便宜总有便宜的理由。我们从北京飞波士顿，在东京和纽约一共转机两次，其中在纽约的逗留时间长达 6 小时，而且当地是深夜。

在空旷的纽约机场里，我和蒋桃靠在停机坪的落地窗前，她枕在我的膝上睡觉，我觉得很冷，但胸中又燃着火焰。这 6 个小时，我就望着窗外从漆黑到鱼肚白，看着西半球的朝阳出现在停机坪的尽头，照亮了一个明澈而崭新的世界。

美国，我来了。

我在心中默念。

****

2003 年秋，我带着蒋桃来了美国。

在美国的日子没有像《北京人在纽约》里那么苦，也没有美国大片里那么五光十色。不论是东半球还是西半球，朝阳升起，醒来的都是同一个自己。

我和蒋桃住在600美元一个月的学校宿舍里，交着一年5万美元的学费。之前每月赚几千人民币那么不容易，如今着实体会到了花钱如流水的滋味。

蒋桃拿着F2陪读签证，不能工作，也找不到工作。在中国价值连城的北大文凭，到了这里一文不值。

她便专心料理生活，每日坐着地铁去中国城买菜。之前那个五谷不分的姑娘，如今对每种食材的价格如数家珍，围着超市绕一圈就知道今天哪条鱼贱卖了，哪种菜涨价了。之前那个开水壶都拎不动的姑娘，如今一个人可以拎着10斤的大米，穿过半个冰天雪地的波士顿。

我每天背着书包奔走于校园的各个教室，坐在明亮的教室里，看教授气定神闲地授课，周围都是满脸写着自信的白人同学。有时我会瞬间恍惚，不知身处何地，仿佛自己是在一部美国电影里，坐在这里的是一个我想要成为的人，而不是自己。

课间休息，我打开背包，看到蒋桃用铁皮饭盒替我准备的盒饭，里面整整齐齐地码着米和肉，那才是我熟悉的属于自己的东西。

时间久了，中国同学圈子里都知道“嫂子贤惠”，常有人来蹭吃蹭喝。蒋桃也喜欢有人来家里做客，每到周末还主动包饺子让我招待大家。

有一次，我们系的白人同学们听闻我有个会做饭的老婆，便张罗来我们家聚会。蒋桃把这当成了一件大事，一件帮助我在“主流圈子”确立江湖地位的大事。她提前三天就开始准备菜谱。她做了一大桌中国菜，从糖醋里脊到宫保鸡丁，一应俱全。

后来白人同学们吃得赞不绝口，一直大呼之前吃的都是假的中餐。还有同学吃了一口芝麻汤圆，然后像发现新大陆一样睁大眼睛问蒋桃：“你会变魔术吗？你是怎么把芝麻变到汤圆里面的？”

蒋桃就一直微笑着站在旁边。她是英语系毕业的，但却并不健谈。即使是别人问她问题，她也只是笑着点点头，然后示意对方多吃点。后来大家吃完，便坐在沙发上打开啤酒，聊起了学校的事情。蒋桃一个人在旁边默默地收拾着残汤剩饭。

我看着蒋桃围着桌台忙碌的身影，突然一阵歉疚。

我在心中对她说，总有一天，我会证明今天所有的辛苦都值得。

读 MBA 的两年，我的心里一直是有负担的，我背负着几十万元人民币的借款，背负着蒋桃为我做的牺牲，背负着像鞭子一样的梦想。

在压力特别大的时候，人更容易成功。读 MBA 的第二年，我没日没夜地投简历，面试，最终在距离毕业还有几个月的时候拿到了一家顶尖投资银行纽约总部的聘书，做衍生品交易员，年薪 10 万美元，奖金另计。

10 万美元，这是我父母用了一辈子也没有攒出来的一笔钱，从这一刻起，他们的终点，不过是我的起点。

面试完走在纽约第五大街上，突然觉得原本遥不可及的那些华丽的房子和商品都变得亲切起来，我看到自己年底加上奖金会有上百万元人民币。百万富翁这个目标，我一年就可以达到。那么以后，我还会成为千万富翁、亿万富翁。

我的人生才刚刚开始，蒋桃，我们的人生才刚刚开始。

****

2005 年，我毕业后带着蒋桃迁往纽约。这次迁徙蒋桃不再像上一次反应那么大，很顺理成章地跟着我来了。

在我们初到美国的时候，她还觉得我们很快就会回中国的，买咖啡机的时候她会因为“国内电源不通用”而不肯置办。但随着我找到工作，她知道这对我有多重要，她也便不再提回国的事情。

她终于开始接受长期居住美国的事实，开始表示喜欢上了美国清简的环境，开始正经计划自己以后的生活。

而她的计划很简单，就是生一个孩子。

这不是一个难以实现的计划。

2006 年，蒋桃在纽约上西区的医院里生下了一个男孩。

我给他取名叫查尔斯，因为当时正值夏天，我忆起查尔斯河畔，绿树成荫。

蒋桃她看着怀中粉嫩的宝贝，笑起来眼角有了真实的皱纹。岁月是奇迹，当年在学校里被我多看一眼都红了脸的姑娘，如今竟然成了我孩子的母亲。我想，此刻她眼中的我，也一定是个嘴角有了法令纹的父亲。

之前会恐惧时间过得太快，抓不住。但有了怀中这个宝贝，时间便有了新的坐标轴。仿佛从零开始，每一分每一秒，伴随着孩子的啼哭和欢笑，都变得悠然静好。

蒋桃生孩子的时候我在产房。我记得她满头的冷汗，求助的眼神，疼痛而用力的嘶喊。我记得医生将血淋淋的孩子递给我，我竟手足无措，不敢接过。我记得我颤抖着剪断他的脐带。我记得蒋桃双手接过这个皱巴巴的孩子，放在自己洁白的胸前，闭上眼睛，露出笑容。

从那一瞬间起，蒋桃仿佛解开了人生的封印。从此，她的身份不再是谁的女儿，谁的妻子，曾经在哪里工作的谁，而是查尔斯的母亲。这成了她的第一身份。

她变得前所未有地投入和平静。每天夜里，只要孩子哼一声，她就会像弹簧一样一跃而起。她奶水不多，为了追奶，每日给孩子喂十次母乳。原本不爱出门的她变得爱出门了，每日推着孩子在附近的公园踱步，微笑着看着孩子坐在婴儿车里好奇地望着外面的世界。

有了孩子这个坐标，时间就像落叶般飘走。我们看着他牙牙学语，看着他扶着椅子撅着屁股站起来，一摇三晃地走向我，跌倒，嘴刚扁起来，蒋桃便将他抱起，狠狠地亲在他脸上，他脸上还挂着泪珠，便尖叫着笑出了声。

那真是特别美好的两年。我白天上班，晚上回到家中，逗孩子，蒋桃端上热腾腾的饭。美国金融市场就像一座金山，我手里的账目越做越大，年底的奖金让我和蒋桃都瞪大了眼睛。蒋桃捂着嘴尖叫，和我笑倒成一团。

距离查尔斯两岁生日还有一个月的时候，蒋桃告诉我，她又怀孕了。我知道她喜欢孩子，她也能够把我们的孩子照顾得很好。我将她拥入怀中说，老婆，辛苦你。

2009 年春天，蒋桃又生下第二个男孩，跟着老大查尔斯的名字，老二亦以河流命名，叫哈德逊。

蒋桃躺在床上，微笑着，望着我抱着小哈德逊站在窗前，给他看窗外瞬息万变的世界。

这的确是个瞬息万变的世界。2009 年，我收获了第二个孩子，却丢掉了工作。

金融危机来了。

后来我常跟新入职的年轻人说，除非亲历，否则你无法体会金融危机期间那种恐慌与绝望。

2008 年 3 月 10 日对于纽约华尔街上的职员们来说，只是又一个平淡无奇的早晨。当纽约证券交易所开市的钟声响起的时候，谁也没有想到，拥有 85 年历史、3504 亿美元资产、180 亿美元现金，并被视为华尔街象征之一的贝尔斯登公司，竟然瞬间不复存在。而从这一家公司的倒闭开始，华尔街也走上了一条不归路。

我所在的投资银行也很快陷入了危机。我还记得在一个周五的下午，我们并没有被辞退，但纷纷将桌上的东西整理好，放进纸箱。因为我们不知道下一个周一是否还能来公司上班。

或者说，我们不知道下一个周一自己的公司是否还存在。

所幸，在那个黑暗的周末里，美联储选择救助我所在的投资银行，我们没有变成丧家之犬。而就在我们不远处街对面的另一家顶级投资银行，从此永远消失在了华尔街上。

那段时间，我的心情无比焦灼。我有养家糊口的压力，而如果在那种情况下被裁掉，是肯定找不到下家的。美国的局势越来越糟，被裁员似乎是早晚的事。

蒋桃一边给怀里的小哈德逊喂奶，一边抬头对我说："老公，不然我们回国吧。"

我抬头瞪了她一眼，心中愤然。我并不是排斥回国，而是我无法接受将回国作为一个消极的退路。假如我开始往后退，心中仿佛总有一个恐惧的疑问，若有一日，退无可退该如何？

"你们不都把中国叫大中华区吗？大中华，怎么不容你一个家。"蒋桃像是在跟我说，又像是在向怀中的孩子念叨。

大中华，是啊，中国除了内地，还有香港啊。

我豁然开朗。

数月后的一天，拖着七七八八的行李，我们就像逃荒一样站在了香港机场熙攘的人群中。我的未来，从此将和这座崭新的城市关联起来。此情此景，像极了我当年带着蒋桃第一次落地美国的画面。不同之处在于，我的怀中多了一对孩子，我的兜里装着 100 万美元。

美国市场已经"尸殍遍野"，亚洲却并未受到太大冲击，香港的街头巷尾一片祥和，就像中环的海面一样平静。

我再次踏实地坐在了明亮的办公桌前，成了一名投资银行另类资产投资副总监。

我把我们一家四口的照片摆在办公桌上，盯黑色的指数屏幕盯得久了，转头就能看到蒋桃和孩子们灿烂的笑容。这也许是我心中最柔软的一部分，是我认为我为之奋斗的一切。

却不曾想，在看似波澜不惊的中环，却迎来了我人生中最波涛汹涌的十年。

****

2010 年，初到香港，我和蒋桃住在坚尼地城的酒店公寓里，公司每月报销 4 万港元房租。但两室一厅的公寓不足 700 平方英尺（约 65 平方米），一家四口难免局促。于是我们就开始满香港看房。

后来我们在港岛南边看中了李泽楷开发的一个高端楼盘，依山傍海，院子里有四个游泳池，会所里陈列的都是精致的艺术品，出门便是草地海滩，有躺在草地上晒太阳的白人，还有奔跑着的千奇百怪的狗。

当时，三岁的查尔斯带着刚学会走路的哈德逊在无边泳池畔的喷泉里奔跑，哈德逊一屁股坐在了一个喷泉泉眼上，水花从他屁股四周喷溅出来，哈德逊一边拍水花一边发出嘎嘎的笑声。

那一刻我便决定要在这里置业。我付了五成首付，买了一套 1600 平方英尺（约 150 平方米）的四居室。当时把所有的积蓄都花光了，但十年后回头看，当时真是做了正确的决定。这个楼盘十年后成了港岛最宜居的小区之一，房价翻了四倍，这都是后话。

蒋桃带着两个孩子，顺理成章地留在了家里。香港在某些角度和日本很像，男人在职场上腥风血雨，女人在家里相夫教子。在我们住的小区里，女人大多是不工作的，到了白天，院子里都是女人、孩子和菲佣。只有晚上和周末能够看到行色匆匆的男主人归来。

这让蒋桃的心态比以往任何时候都平和了。不同于在美国时候的形单影只，她在香港的院子里很快结识了几个有内地背景的太太，几个太太每日一起送孩子去校车站，一起讨论孩子的课外班。

虽然我们的经济条件已算宽裕，但蒋桃还是喜欢坐公交车去香港仔的当地人开的菜市场买菜。我办公都用英文，始终没有学会广东话。但蒋桃来了一年，就在菜市场阿公阿婆的实战操练下，不仅学会了广东话，还会了不少俚语。

邻居们见蒋桃去菜场去得勤快，又善于挑拣，于是越来越多的人托蒋桃帮她们捎菜，常常一捎就是 20 斤，家里没雇司机，她就用两只纤细的手拎。

蒋桃还很会做点心，她从美国带回来很多模具，能做出各种形状的饼干，还会在中秋节的时候自己做冰皮月饼，端午节的时候自己包粽子，元宵节的时候自己包元宵。查尔斯所在的国际学校每到逢年过节就会组织班级派对，蒋桃总能亲手给一个班的小孩都做出巧克力曲奇饼，上面还配着一颗新鲜树莓。

蒋桃很快成了邻居太太圈里出了名的持家典范。每天上午孩子们去学校后，总会有别家的太太来找蒋桃取菜、学烹饪，甚至还有太太把自家的菲佣派到我们家学手艺。蒋桃每次做了拿手菜，比如口水鸡、煎饺，总会分装成很多份，分送给邻居们。

蒋桃将孩子也带得很好。香港的教育环境竞争激烈，很多内地父母面对复杂的入学机制都两眼发黑，甚至有人花重金聘请教育中介公司全程指导。但蒋桃将各个学校官网上的每行字都仔细研读过，手绘了各个学校的面试时间表，并且和家里有孩子的邻居们没日没夜地切磋探讨，来香港没多久，就成了当地的学校专家。

蒋桃不仅用心写了几千字的申请材料，还帮查尔斯预习了每一个面试问题，并且在面试当天准备了家庭相册给面试官看。于是查尔斯很顺利地进入了一所著名的国际学校。两年后，哈德逊也凭借兄弟优势进入了同一所学校。

两个孩子上学后，蒋桃又摇身一变，从学校申请专家变成了课外班专家。香港的学校在孩子 7 岁以前都是上半天课。蒋桃就早上带查尔斯去上各种课外班，下午带哈德逊去上各种课外班，如此往复，一周无停歇。

蒋桃对孩子温柔而严格。她每天都用心给孩子做精致的美食，亲自接送孩子上下校车。但对孩子的言谈举止，她要求“行如风，坐如钟”，如若在餐厅吃饭时哈得逊伸手去抓食物，蒋桃就会板着脸将他呵斥住。查尔斯跟着老师学围棋，蒋桃也会亲自看下棋录像。有一次，蒋桃夜里 11 点看查尔斯的下棋录像，看到气不打一处来，生生将查尔斯从被窝里揪起来，和她一起重温了录像，才放查尔斯回去睡觉。

查尔斯和哈德逊都令人欣慰地茁壮成长着。两个小家伙都能讲流利的中英文，不像院子里很多菲佣带大的孩子大多能讲一口菲律宾英语，却丢了老祖宗的普通话。

查尔斯 6 岁就成为香港中西区围棋比赛的小龄段亚军。哈德逊 4 岁就学会了游泳，还可以和哥哥一起下围棋。

一切都那么顺利美好，妻贤子孝，我仿佛过上了小时候看的 TVB（香港电视广播有限公司）的港剧里阳光明媚的富家生活。

****

2012 年，一家外资私募基金向我伸出橄榄枝，让我做中国区投资副总监。

我几乎没有犹豫就决定接受这份工作。毕竟除了收入的上升，从卖方变成买方本身也是每个投资银行人的理想。

唯一的问题是，这份工作将意味着要频繁出差。这家私募基金的办事处在香港，但投资的项目都在内地，因此我几乎每周都要飞北京上海。

我对蒋桃说，这份工作会经常出差。我以为蒋桃会劝我再考虑，会告诉我孩子需要父亲陪伴。但如今的蒋桃早已不是十年前那个嚼着薯片不肯去美国的姑娘了。她是一个务实的妻子和母亲。

“没事，不就是出差吗，家里我一个人没问题。”蒋桃淡然道。

于是我们家也成了香港“候鸟家庭”的一员。周一到周五，我几乎都在内地出差，每周五的晚上坐晚班飞机回到香港。蒋桃平时就在菲佣的帮助下带两个孩子。

我的马可波罗卡很快就升级到了钻石，每当我出现在国泰航空的飞机上，空姐都会特意走过来说：“袁先生，欢迎您再次乘坐我们的航班。”

当我和空姐及酒店前台人员越发打成一片时，在我的家里，我逐渐成了一个“附加品”。

没有我成了这个家庭的固有模式，蒋桃和菲佣按照两个孩子的日程日复一日地正常运转，上课、聚会、外出，执行着各种与我无关的生活计划。

每当我周五晚上回到家里，往往都已是深夜。蒋桃最初还会等我回家，后来习惯了，也不再等我，只是在客厅给我留一盏灯，然后我抹黑走进卧室，换衣服，默默躺在早已熟睡的她身边。

周末是我唯一和孩子们相处的时光。查尔斯和哈德逊周六日都有游泳课，我就一个人在家里睡个懒觉，煮一杯咖啡，看一会儿电视。在其余所剩无几的时间里，我会带着孩子们下楼踢球，或者和蒋桃一起带孩子们登山、看电影。

我努力让我和孩子们在一起的时光变得有质量。我想我能做到。我和他们一起大呼小叫，一起玩大富翁，也举着台灯和地球仪站在沙发上给他们讲公转自转、宇宙黑洞。

我能勉强维持成为一个好父亲，却难以维持成为一个好丈夫。除了夜里睡前的片刻时光，我几乎没有任何和蒋桃独处的时间。

即使是周六晚上，我和蒋桃唯一可以独处的夜晚，我也常常自己看球看到困倦，蒋桃忙完两个孩子，也是一身疲惫地上床，两个人聊聊孩子的事情，便各自睡去。

偶尔我发觉很久没有和蒋桃亲密，于是试着摸黑去抚摸她。有时她会将我推开，说太累了。有时她不拒绝，但我也早已不再是大学时代的那个我，往往也是五分钟简单了事。

我想，所有人到中年的夫妻，都是这样的状态吧。从爱情变成亲情，从爱人变成家人，从感恩变成理所应当。

周一到周五的我，逐渐习惯了内地的生活。

我突然觉得，之前的十年都蹉跎了。什么美国，什么香港，不过是静如止水的成熟市场。而北京、上海、深圳，则正处在万马奔腾的黄金时代。

天天奔走在各个项目企业之间，听创业企业家们满怀激情地勾画蓝图，听投资者们激情满满地传递着新的想法和故事。每个早晨，人们都被梦想唤醒，每一封邮件、每一个聚会，都传递着新的信息。动辄上亿的资本，就像汹涌的河水，奔去各个产业脉络。

白天有喝不完的咖啡和龙井，晚上有喝不完的红酒和茅台。每天都在认识新的人，每个人都带着新的项目和故事。每天面对的是雪茄吧的金丝眼镜，饭店包厢里泛红的胸口，昆明饭店的绸缎长裙。

但无论怎样纸醉金迷，每个人的心中都是清明的。酒，要喝出怎样的交情，要搞定多大的融资，没人闲着无聊和你喝图乐呵。所以无论怎样称兄道弟，身边的姑娘怎样醉倒在肩头，我都明白，大家终究只是业务关系。

直到遇到黄芙。

黄芙小我 7 岁。我后来总拿她名字打趣，说她有黄蓉的烈，又有郭芙的倔。

我第一次见到黄芙是 2013 年夏天，在一个 TMT（科技、媒体、通信）产业论坛上。当天来了包括 BAT（百度、阿里、腾讯）在内的很多领军企业的人，吸引了很多投资者去参加，我也是其中之一。但黄芙并不是来自领军企业，也不是投资者，而是站在出场走廊边上的突兀存在。

“您好，我是桃花岛视频的创始人黄芙。我们现在已经融到了天使轮资金，很多投资者都有兴趣投我们的 A 轮，我也希望多聊几家，这是我们的融资项目建议书，您看方便的话可以约个时间细聊一下我们的商业模式。”我中场休息出来上厕所，突然冒出来一个身影，递给我一本厚厚的印刷品，连珠炮似的说了一大串。

我的目光从印刷品上移至这个人影，聚了聚焦，原来是个姑娘。我记得当天她穿着红色套裙，一头莫文蔚式的波浪长发，面孔素净，有一双深深的像印度人一样的眼眸。

黄芙就是这么猝不及防、近乎唐突地闯入我的世界的。

我翻阅了她递给我的宣传册，是一个强调原创精品内容的短视频公司，名字别致，叫桃花岛。

“黄芙，桃花岛。”我笑笑说，“有意思。”

黄芙一下笑了起来，印度人式的深眸顿时变成了弯弯的月牙。

真是个鲜活的姑娘。我在心中说。

“好啊，我们可以约个时间聊聊。不过我们通常投的都是B轮和C轮，如果你不介意，我倒也不介意分享一些同类公司的经验给你。”我不由自主就应承了下来。

“太好了！太感谢你，袁总。”黄芙看着我的胸牌说。

一周后，我和黄芙约在北京国贸的一家咖啡厅见面。

黄芙穿着一条亮黄色的连衣裙，系了一条细细的金色腰带。莫文蔚式的大波浪头发被束成了一个丸子，露出了她精致的脸型，尖尖的鼻子，微翘的下巴。

她给我大致介绍了一下她的项目和团队：她是从英国毕业回国的，在4A广告公司做了几年，后来遇到两个志同道合的合伙人，辞职后从前年开始创业。

“现在国家正在进行整体光纤改造，今后网络速度会越来越快。网速的革命会催生怎样的产业？我认为是视频。”黄芙认真的时候是不苟言笑的。她用手指轻轻划过桌上的册子，一字一顿地说：“我认为视频产业即将迎来黄金的十年。”

这些充满前瞻性的言论从一个年轻姑娘嘴里说出来，变得格外有趣味。我也跟着打开了话匣子。“网速的革命的确会催生一批行业发展，包括视频。但你有没有想过，在这个广义的领域下，到底是做内容提供者，还是做平台？生产内容，不如整合内容，成为渠道的掌握者。”

“你说得太对了，但我认为只有先掌握内容生产能力，才能进一步整合外部内容。正所谓，攘外必先安内。”黄芙讲话尖锐，总能给我意想不到的对答。

那一次见面，我和黄芙聊了长达三个小时。从网络技术革命聊到视频产业，从平台化趋势聊到全产业去中心。我和这个80后的姑娘，竟有了相见恨晚之感。

有个词叫作“化学反应”，可以形容两个人之间的气场和火花。我和黄芙聊完，突然对这个词有了新的理解。

那次见面后，黄芙在我心中变得立体起来。有时我会忍不住翻看她的脸书主页，有穿着鱼尾晚礼服的红毯照，也有和团队熬夜做产品的加班照，有她在加州参加行业峰会的工作照，有她和队友一起划龙舟的合影。

有时我会觉得，这个小我7岁的姑娘的生活，是我内心一直向往的状态。努力、自由、果敢、斑斓，她活出了我想要的样子。

后来我介绍了几位投资人给她。其实我和这些投资人也不熟悉，但我就鬼使神差地为这个只喝过一次咖啡的姑娘卖了好几次人情。

黄芙是懂得人情世故的人，我介绍给她投资人，她自然要答谢。距离上次见面一个多月后，她约我周日晚上一起吃饭。

我原本计划周一再从香港飞北京，但看到她的信息，我立刻打电话给秘书，将飞机改成了周日中午。

蒋桃一边帮我叠衣服一边说：“孩子们周六都有课外班，原本想要周日全家去长洲岛走走，这下又只剩我们娘仨了。”

我心生歉意："今晚临时有很重要的客户要见。"说完自己在内心咯噔一下，为什么明明是"朋友"，脱口而出的却是"客户"。

后来想想，这一个词的区别，其实早已明示着我心中有鬼。

****

夏天飞北京的飞机很容易晚点。我原本买了下午 2 点的机票，结果却一直晚点。

我一直在候机室和黄芙发信息。

"我到机场了。"

"有一点晚点，但愿能按时到。"

"又晚点了两个小时，咱们晚些开始吃吧。"

"登机了，但到北京就 9 点多了，太抱歉，今天恐怕要爽约了。"

黄芙一直在发笑脸给我，安慰我说没关系。直到知道我的飞机晚点了 3 个小时，她依然表示："没关系的袁总，您什么时候到了咱们再吃，大不了晚饭改夜宵。"

下了飞机，我拖着小箱子一路小跑，排队出关的时候我一直在用鞋尖敲击着地面，前面的人耽误半分钟弯腰取东西都能让我怒从中生，不知是因为跑步还是因为怒气，我能感觉到自己心跳加快。

跳下出租车，几近绝望地走进餐厅，大部分客人已经离去，只剩下寥寥两三桌。

在角落的位置，有个熟悉的身影站起来，冲我招手。

我心中顿时一热。

当晚的黄芙穿了一条深蓝色的斜肩连衣裙，头发散在肩上，她看见我，立刻绽开笑容，笑得鼻尖两侧皱起小皱纹，很像《月光宝盒》里刚见到至尊宝的紫霞仙子。

“抱歉，让你等了这么久。”我深表愧疚。

“您帮我那么多忙，我多等一会儿算什么。因为我明天又要出差，这次约不上，下次就不知要等多久了。”黄芙笑道。

然而当我喊服务员点菜的时候，却被告知，餐厅已经停止接单了。

“我带你去一个我喜欢的酒吧，里面也有食物，做得还不错。”黄芙见餐厅要关门了，起身说。

黄芙带我去了停车场，带我上了一辆路虎。

“小姑娘开这么大的车。”我说。

“这样路上就没人敢欺负我了呀！”黄芙俏皮地说。

黄芙驱车带我去了三里屯一家酒吧，高高的酒台上摆着五光十色的瓶子，白人调酒师将杯子甩在空中表演着绝技。

我们点了两杯金汤力酒，吃炸鸡块、薯条。“抱歉，这个点儿只能请你吃垃圾食品了。”黄芙笑道。这样的氛围自然是不聊工作的。我们一边饮酒，一边分享着彼此的生活。

我给她看查尔斯和哈德逊的照片，黄芙惊呼：“好漂亮的孩子！”她说孩子一定有个漂亮的母亲，我说“没有啦”，便岔开了话题。

“终日忙于工作，有时候觉得自己像个工作机器，能像今天这样坐下和姑娘喝杯酒，实属不易。”我打趣道，但随即又觉得仿佛有些冒犯。

黄芙倒并不介意，举杯和我碰了一下：“我也是，自从创业以来一直全情投入工作，建设团队，找投资，忙到最后老公也跑了。”

“跑了？”我惊诧。

“身为女性，我自求不受困于三尺灶台，亦可仰望远方，与挚爱之人并肩前行。但无奈对方并不认同，反而越来越没了共同语言。”黄芙淡淡地说。

如此乐观热情的女子，竟然有过一段失败的婚姻，望着低头饮酒的黄芙，一缕头发垂在眉间，我不禁突然产生一股前所未有的保护欲。

酒过两巡，时间已近午夜。

“你住哪里？我叫代驾送你。”黄芙说。

那个时间街上不好打车，我又何尝不愿意和黄芙多走一程，便没有推辞，随她上了她的路虎。

代驾坐在前排，我和黄芙坐在后排。

“师傅，车上有女士，您开慢点。”我交代代驾。

“好嘞，您不操心，您忙您的。”代驾回头冲我挤挤眼睛，一句不妥当的玩笑，加上车里昏暗的光线，让气氛突然变得暧昧起来。

汽车发动起来。黄芙喝得有点晕，靠在椅背上，用手撑住头，闭上眼睛。

“你还好吗？”我情不自禁扶住她的肩，低头关切地问。

她没有躲闪，也没有改变姿势，只是点点头，嗯了一声。

我意识到我已经搂着她瘦削的肩，她的头发垂在我的手上，随着汽车的颠簸轻轻扫动着我的皮肤。我突然不知道从哪里来的勇气，说出了一句震惊天地的话。

“我可以吻你吗？”我在她耳畔轻声问。

黄芙听到这句话睁开了眼睛，和我的眼神突然碰撞，又羞涩地垂下头。

我忍不住捧起她的脸，狠狠地吻了下去。

代驾司机适时地放起了音乐，当时响起的是《北京，北京》。

“当我走在这里的每一条街道，我的心似乎从来都不能平静。除了发动机的轰鸣和电气之音，我似乎听到了它烛骨般的心跳。”

汽车驰骋在空荡荡的长安街上，两边华灯闪烁，我却不知身处何地。我只是不顾一切地吻着眼前的姑娘，在路灯的映衬下她的面容恍若一副梦中的画。

我抚摸着她柔软的头发，搂着她的腰，摸得到她光洁的脊背。我的嗓子里发出低沉的呻吟。我很多年都不曾发出这种不自觉的声音。

“跟我上去。”不知过了多久，车已经停在了我的酒店门口。我用命令的语气对她说。

“不要。”她头发凌乱地转过头去，胸部还在微喘着起伏。

“不要？我看你要不要。”我又狠狠吻了上去，手也放肆起来。

黄芙被我吻到快要窒息，我拉着她跑进了电梯。她低着头跟着我，我看得到她翘起的嘴角，笑着，一直笑着。

那一夜，我仿佛将自己默认为一个单身的少年，度过了肆无忌惮的一夜，一秒钟也不曾想起远在香港的蒋桃。

次日天亮，阳光照醒了我，身边已经空无一人。我依稀记得半梦半醒中黄芙好像有和我道别，说要赶早班飞机去出差。

坐在空旷的床上，我觉得有些头痛。打开手机，看到各种信息弹出来。

其中有一条是蒋桃的，说："周末回来带两瓶湖南辣椒酱。"

另一条是黄芙的，说："早安。"

我立刻被黄芙的信息逗笑了，我走到洗手间，顺便打量了一下镜子里的自己。

虽已年近四十，但我平时还算注意饮食，因此并没有发福，身材还算结实。

我举起小臂试了试，看到镜中自己的肱二头肌，突然觉得，岁月这把杀猪刀对自己还算客气。

****

一周后我回到香港，蒋桃问我："让你带的辣椒酱呢？"

"什么辣椒酱？"我竟全然没了印象。

"你真是老了，记性差了。"蒋桃嗔怪道。

"我才不老！按照联合国标准，我三年前才刚刚脱离青年期。"我争辩道，逗得蒋桃扑哧一声笑了起来。

晚上我睡在蒋桃身边，突然起意，摸进蒋桃被窝。

我身下躺的是蒋桃，但我却满脑子都是黄芙，这让我格外振奋。

事毕，蒋桃倒在我身边喘着气说："你是吃什么十全大补药了，还是因为我说你老，你不服气了？"

我在心里暗笑，心中满是成就感。

第二天起床，我打开手机，并没有新的信息弹出。我点开黄芙的朋友圈，看到她几小时前刚刚发的一张照片，是曼哈顿街角的一辆快餐车，车里的黑人洋溢着笑脸，将一杯咖啡递出窗外。晨曦下的快餐车亮得反光，我仿佛嗅得到那杯咖啡飘出的浓郁香气。

"早安，地球另一端的你。"我敲了一行信息给黄芙。

"我这里已是黄昏。"黄芙发来一张路灯的照片。

"你在做什么？"我问。

"我去探望一个多年不见的朋友。她住在长岛。"

"长岛我去过两次。记忆中，过了下午4点街上就空无一人。你要注意安全。"我叮嘱道。

"如果我被坏人抓走了，你会开着直升机来救我吗？"黄芙发来一个俏皮的表情。

我扑哧笑了，原来雷厉风行的她也会问出这么幼稚的问题。

"我很想啊，但有两个现实的问题：第一，我不知道去哪里找直升机。第二，我不会开直升机。"我坦诚地回答。

"哈哈，理工男，你好可爱。"黄芙发来一个笑脸。

黄芙是那种雷厉风行的女子，可以独自拎着手提箱，今天在伦敦，明天在纽约。我想象着她独自穿行在异乡的街道，和各色人种泰然自若地觥筹交错，突然觉得她是符合我内心深处的审美的。或者说，在我的世界里，从未交往过这样的女子。

我回想到十年前我拿到麻省理工学院录取通知书时的画面，当时我满心都是对全世界的向往，也想要拎着箱子走遍全世界。但当时蒋桃的抗拒如同冷水，不仅浇灭了我如火的憧憬，甚至让我开始怀疑，自己是否过于激进。

假若当时站在我身边的人是黄芙，她一定会尖叫着搂住我，祝贺我，和我共同期待关于波士顿的缤纷生活。

我又为这样的假设而自责，我不该将两个截然不同的人放在一起比较，这没有意义。

黄芙此次在美国出差，一走便是两周。

在这两周里，我们习惯了睡前对对方说“早安”，醒了对对方说“明亮的梦”。

在其余对方熟睡的白昼里，各自繁忙地工作。闲暇之余想起她明媚的容颜，有时我会情不自禁地微笑。

周末晚上我在陪查尔斯读绘本，黄芙在和我发信息，我便总是停下来回复。查尔斯说：“爸爸，你怎么总是看手机。”我抱歉地摸摸他的头，觉得心中憋得慌，于是找了个借口下楼去了。

我在夜晚的小区里踱步，小区的喷泉哗啦啦地流淌，头上是满天繁星。我对着星空拍了一张照片，发给黄芙，却只是漆黑一片。

“突然想你。”我发了几个字给黄芙。

“我想回去，又怕回去。”黄芙说，“我怕我们之间没有了时差，却依然隔着距离。”

时差是个神秘的东西，它是时间，是空间，将一个人始终留在我的昨日，而带不到我的今天。

两周后，黄芙要回来了。

“我要从你的昨夜，走进你的今天了。”她说。

****

我让平时接送我的司机把车钥匙给我，我说我要自己开车。

坐在驾驶员的位置上，我突然意识到，自己已经好几年不曾摸过方向盘了。我心跳很快，不知是因为开车紧张，还是要见到黄芙。我想是因为后者。

我把车停在了机场的停车场，正想要下车去大厅迎接她，但想了想，还是决定留在车里等候。

我在车里放了一张许巍的专辑。一遍一遍播放，不知过了多久，我听到有人敲我的玻璃。

我睁眼一看，黄芙正在距离我的脸 10 厘米的窗外，冲我笑。她穿着一件白色的背心，脖子上挂了一串金属吊坠，敲窗户的时候，吊坠碰到玻璃，发出叮叮的响声。

我狂跳了一下午的心，在看到她的脸的那一刻，突然宁静。

我下车为她开门放行李，将她让进副驾驶的座位。

关上车门，我想要立刻吻她，却又手足无措，我索性咳嗽两声，将手指放在嘴边说，“嘘”，指指音响：“听，许巍的《旅程》。”

黄芙狡黠地指指我，便把座椅调低，半躺在我身边，不再言语。

我发动了汽车，驶出机场，驶上高速，两边路上漆黑一片，只听得到风声，许巍的歌声，还有黄芙的安静无声。

我把手放在她的手上。她回握住我的手。那一瞬间我有一种奇妙的感觉，仿佛这一幕似曾相识，仿佛是在前世，我也曾这样握着一只手，在黑暗的路上如风奔驰。

那一瞬间，我的眼眶突然有一秒湿润。

到了我下榻的酒店。我把房卡放在她手里，告诉她我的房间号，让她先上去。

我在车里抽了一根烟。我很久没有抽烟了。

抽完烟我下车坐电梯走上楼，刷卡，推门。

我刚进门，就被她紧紧搂住，温热的唇封了上来。

她在我耳畔呢喃：“你是谁，是服务生还是快递小哥。”

我笑着回吻她，咬着她的耳朵轻声说：“我是敲错门的，没想到有埋伏。”

“我就是埋伏，你愿不愿意进我的埋伏。”黄芙低语。

“你说呢？”我将她环腰抱起，扔在了柔软洁白的床上。

黄芙趴在我的胸前，用手指划弄着我颈上的汗水。

“袁亮，我想让你知道，我无意伤害任何人。所以，你不需要有任何负担。”黄芙突然没头没脑地冒出这句。

我突然一阵感动，紧紧拥她入怀。

次日清晨，我睡醒。这次黄芙没有提前离开，她就躺在我的身边，长长的卷发散落在洁白的枕头上。

我从身后抱住她，吻她的脖子。她没有睁眼，只是抿着嘴笑着，回身把头埋在我的胸前说："还想睡。"

"还想睡什么？"我用被子蒙住我们。

早餐过后，我距离下一个会议还有一个多小时，我问她要不要去楼下的公园走走。

我很多年不曾去过公园，认为那应该是小孩和老人的专属地。

走进公园，柳絮垂在湖面上，听得到蝉鸣和老年人的广播。

"我们好像老两口哦。"黄芙挽着我的胳膊，笑弯了腰。

走着走着，我有电话进来，我便在一旁接电话。黄芙站在湖边，穿着白色的背心、黑色的牛仔裤，站在湖边树下，捡脚下的石头打着水漂。石头掷出的瞬间，她束起的马尾辫飞到了空中。

我突然恍惚不知站在湖畔的身影是谁。像黄芙，又像别的人。

我突然知道自己觉得她像谁了。没错，她马尾辫飞起的瞬间，好像我刚刚认识的蒋桃。那个时候，蒋桃也常常在校园中央的湖畔等我，当我喊她的名字，她就会回过头，冲我灿烂地笑起来，然后奔向我。

我挂掉电话，轻声喊："黄芙。"

那个束着马尾辫的姑娘回过头，灿烂地冲我笑，然后跑到我身边。她有着小麦色的皮肤，深深的眼窝，翘起的下巴。那么相似的背影，转过身，又是和蒋桃如此不同的面容。

她拉着我奔向旁边的草坪，几个老太太正围成一圈踢毽子。她冲上去也围进圈里，毽子飞起的瞬间，她纵身跃起，从侧面弯起膝盖不偏不倚地在空中接住，踢出一道完美的弧线，传给了对面的老太太。

“小姑娘有两下子。”老太太们纷纷赞赏。黄芙冲我打了个响指，得意地努努嘴。

我看清了面前的姑娘，这是一个和蒋桃截然不同的人。她会和我整夜地聊业务，她会冲进陌生人群中踢毽子，她会一个人背着包去登雪山，她会狠狠地和我在一起，然后在清晨离开。

有时我会想起萨特和《第二性》的作者波伏娃，他们开放而又彼此迷恋的关系。

萨特曾经这样评价波伏娃：“我觉得她很美。我一直认为她美貌迷人，波伏娃身上不可思议的是，她既有男人的智力，又有女人的敏感。”

我觉得黄芙也是一样。

我和黄芙不常见面。她有她的事业，甚至我不主动联系她的话，她都很少主动发信息给我。

但每次见面，又都是那么刻骨铭心，在一个个不同的酒店的夜晚，在一张张不同的床上、沙发上、地毯上、浴室里。我一次次大汗淋漓地倒在她的身边，没有语言，全都是画面。

有一个周末的夜晚，我在香港的家中工作。突然接到黄芙的信息。

“我在和一群投资人喝酒。来了几个特别能喝的，我估计今晚要破纪录了。”

我皱了皱眉头，回复她说：“少喝点，场面上的事儿都是假的。我对你才是真的。”

半晌过去，黄芙回了一句话说：“好希望你在这里。袁亮，我爱你。”

这是黄芙第一次对我说“我爱你”。我的心里狠狠地咯噔了一下。我想披上衣服冲出门去，沿着街道一家一家酒吧去找她，然后拉着她的手飞奔着离开，在街边人声鼎沸处将她拥入怀中。

但我在香港，她在北京。蒋桃此刻就坐在我的身边陪查尔斯念书。我甚至不能给她打电话，甚至不能多看一眼她发来的信息。

那夜我闭上眼睛，满脑子都是黄芙那句，我爱你，我爱你，我爱你。

****

我有时会思考，是不是所有的爱情，终将变成亲情。

每个周末我看着蒋桃在厨房切水果、煮咖啡的身影，我确定，我还是很爱她，分毫未减。只是这种爱，不知何时已从激情和爱情变成了一种笃固而综合的感情，里面有信任、有感激，像亲人，又像同侪。

每晚临睡前最后一个看到的人是蒋桃，但我脑海中最后一个想到的人却是黄芙。

每天早上醒来第一个看到的人是蒋桃，但抓起手机，讲的第一句话是发给黄芙。

我并没有觉得愧疚，因为在我心中，蒋桃和黄芙仿佛是两个平行的轨道，安静地延伸在永不相交的时空中。

我和蒋桃在一起的时候，我是丈夫，是两个孩子的父亲。

而我和黄芙在一起的时候，我就是我，袁亮。

我甚至有时会思考最先进的婚姻制度应当是怎样的。我相信每个男人都在某一刻怀念过一夫多妻的传统旧俗，并且相信那才是最符合人类天性的社会结构。但理性告诉我，一夫一妻是更稳定并符合现代人口比例的制度。

但我始终认为，过去和现在都不是最终极的社会制度。在我们无法预见的未来，终有一天，人类会进步到下一个阶段，人类心智更加成熟，婚姻组合会有更多可能性。

但我有限的思维却无法具象，那样所谓的终极社会制度，到底是什么样子。

****

我心里一直坚信的“没有想要伤害谁”，其实只是在想，“没有想要伤害蒋桃和孩子”。

因为在我的剧情里，我和黄芙是一条战壕里的伙伴，一起在资本市场冲锋陷阵，一起保护着共同的秘密，一起期待每一次相聚，一起在一瓶瓶红酒和一滴滴汗水中看到最真实的对方。

却不曾想，黄芙原来也是会受伤的。

黄芙是那个什么都知道的人，我对她没有什么隐瞒。

黄芙知道，我无论在哪里出差，每个周五一定会赶乘末班机回香港。

黄芙知道，我带着蒋桃和孩子们去澳洲参加夏令营。

黄芙知道，我在我们共同有来往的一个慈善基金会认捐了 100 万元，用的是蒋桃的名字。

她不曾问过我的过去，更不曾好奇过我们的未来。

她曾经和我分享过她的人生哲学。她说，她是一个乐观的悲观主义者。

“乐观的悲观主义者？”我当时并不理解这句话的含义。

“我认为人终归是孤独的。”黄芙说，“很多事情，没有人能够帮你或替代你，也没有谁能够承诺陪谁到最后。”

“那乐观又如何理解？”我问。

“我只是不指望别人。但让自己快乐，过得好，是我义不容辞的使命呀。”黄芙冲我挤挤眼睛。

****

2014 年的圣诞节，北京满街银装素裹的灯饰。

圣诞节不是公众假期，国内照常工作。我和黄芙肩并肩走在长街上，两侧树上闪烁着星光，长街恍若狭长的银河。

黄芙往前跑了几步说："好美啊。"然后回过头，俏皮地对我说："如果有一天你向我求婚，就站在这条街上。你就说，女神嫁给我吧，然后打一个响指，让这整条街都像现在这样点亮！"

"好，那时整条街的人一定都会惊讶地停下来，然后为我们鼓掌。"我微笑地对黄芙说。

那一刻，我的眼神停在黄芙身上，那永远不可能出现的画面，我相信一定在宇宙的另一个时空正在上演。

然后我的电话响了，是蒋桃。

她说查尔斯病了，接着传染了哈德逊。哈德逊身体弱，发烧后竟然惊厥了起来。

"袁亮你快回来，我好害怕，我不知道该怎么办。"蒋桃的声音将我瞬间拉回现实。

"你怎么不带他去医院？"我问。

"你忘了，今天是圣诞啊。医院只有急诊，我怕孩子排队折腾一番会更严重。谁知道他竟会惊厥，抽了足足十几秒，袁亮我好害怕，我好害怕。"蒋桃带着哭腔重复着。

"你坚持一下，叫菲佣跟着你，孩子惊厥也很常见的，不要害怕，我搭最快的飞机回去。"我嘴上安慰她，心中已乱如麻。

正在此刻，黄芙脚下绊了一下，她情不自禁"哎呀"喊了一声。

"谁在你旁边？"蒋桃问。

"路上不认识的人。"我慌忙搪塞。

我看到黄芙回头看了我一眼，没有作声。

“菲佣今天休假出去了。救护车已经来了，我先不和你说了。”电话那边传来忙线声，我呆站在长街上，面前的火树银花，还有黄芙，全都没有了颜色。

之后我一直在打电话联络机票，和蒋桃沟通医院的进展，我甚至不记得是怎么被黄芙带上了出租车，然后又怎样回到了酒店房间。

秘书帮我抢到了次日清晨的早班机票，我把出票信息发给蒋桃，听她说哈德逊住已经进了病房，查尔斯也被菲佣带回了家，我这才舒了一口气，一头倒在了床上。

黄芙始终默默地待在我身边，低头玩弄着手机。看我忙完了，她说：“你明天要早起，我回家去住吧。”

我抱歉地起身抱了抱她，说：“宝贝，对不起。害你没过好这个圣诞节。”

黄芙一如既往地包容地笑笑说：“孩子没事就好了。”然后裹上大衣和围巾，独自起身离开。

我想要去送她，但我知道，在酒店护送一个女子出门，终究是个不明智的行为，于是只开了一条门缝，冲她招招手，看她在走廊上远去。

次日凌晨 5 点，我起床奔向机场，到了香港直接打车去了养和医院。

我看到蒋桃正在病房给哈德逊讲故事。

“现在体温是 37.5 度，医生说是病毒性感冒，再观察一宿，控制好体温，就可以出院了。”蒋桃抬头对我说。她穿着一件灰毛衣，头发贴在头皮上，戴着眼镜，眼睛和脸都发肿。

“你昨晚休息了吗？”我问蒋桃。

“在病房沙发上凑合了一宿。”蒋桃笑笑。

我走上前搂住她的肩膀，轻轻拍了拍。

当天晚上我让蒋桃回去照顾查尔斯，我留在医院陪哈德逊。

养和医院楼下是香港赛马会，当天晚上恰好有比赛，直到深夜依旧传来意犹未尽的人们嬉笑着经过的声音。

病房内外，隔着一个世界。

我躺在狭窄的沙发上，听着身边哈德逊偶尔急促的咳嗽声，想象着昨夜蒋桃是怎样一个人将两个孩子带到医院，又在这个沙发上度过了怎样不眠的一夜。

那一瞬间，我突然第一次感到歉疚。或者说，是疲惫。

风花雪月，是生活游刃有余的人的奢侈品。

****

之后几个月，我和黄芙的联系变得少了起来。

2015 年下半年，中国 A 股猝不及防地从高位疯狂急坠，我也变得忙碌起来。毕竟，对男人来说，工作永远是最重要的。

我们的基金在二级市场有着不小的仓位，那段时间我每天都在和投资人沟通、解释，监管层也频繁向我们发起调查，让我疲于应对。

一次午夜重看《安娜卡列尼娜》，里面的台词让我感到恐惧。“这里有两个女人：一个一味坚持她的权利，她的权利就是你的爱，而你给不了她；另一个奉献自己，一无所求。你会怎么办？怎么办才好？可怕的悲剧。”

激情散去，心中仍爱，但更多的却是沉重的不知所终。

我几次到北京，也没有主动联系黄芙。

其间我和黄芙只见过一次，是黄芙的生日。

我买了一块百达翡丽的钻表送给黄芙。当我付款的时候，我意识到我从来没有给蒋桃送过如此昂贵的礼物。

我知道，不论是蒋桃还是黄芙，都不是那种需要用物质取悦的女子。

中年男人和女人都是一座座孤岛，自给自足已是不易，还能时不时互相温暖就是荣幸了。无关爱情，无关财富，义气大于柔情。

但我情愿在我和黄芙的关系中增加一些物质的成分，仿佛这样就可以让关系变得更加简单，符合社会广义的情人模式。

我不知道这样下去我和黄芙的关系会有怎样的出路。但潜意识里，我很怕自己简单的生活变得复杂。

我明白，现在的状态终究不是可持续的，这样的状态总有一天会以某种方式被打破，我希望这一天来得晚一些，但我却不知如何做。

“我有时候觉得自己挺迂的，不知道如何处理这样的关系。”酒过三巡，我对黄芙说。

“其实我也不知道。”黄芙咽下一口酒，然后望着我，默默不语。

那晚黄芙说她不胜酒力，从餐厅出来便打车离去了，并未随我回酒店。

后来餐厅服务员追出来说我忘了东西，打开一看，我心中一沉，是我送黄芙的百达翡丽。

一顿潦草的晚饭，竟成了我和黄芙的最后一次见面。

那以后又是两个多月，我和黄芙偶尔联系，再未见面。

2016 年 1 月 1 日，我过元旦假期，在香港家里温暖的床上苏醒。

身边的蒋桃早已在屋外忙碌，客厅传来电视机里动画片的声音。

我翻了个身，打开手机。

我看到黄芙熟悉的头像发来了信息，我心中一跳，赶紧点开。

一共有两条信息，第一条说："袁亮，新年快乐。"

第二条说："我要结婚了。"

我心中一沉。

关于我和黄芙的关系，我做过很多种假设。我想象过我们经历鸡犬不宁、天翻地覆后重新组建家庭。我也想象过我会伤害黄芙，想象过黄芙的泪眼和哀伤。我也想象过平静地相忘于江湖，多年后在街角重逢，对彼此微笑。

但我却没有想到，在我们还若即若离的时候，黄芙竟然就这样甩给我一句话，要和别人结婚了。我突然有一种受到羞辱的感觉。

我自认为对黄芙也是一片真心，她的容颜几乎占据了我每个临睡前的脑海。

但也许在她看来，我们的关系不过是个游戏。

她不仅不需要我对她负责，不仅不会寻死觅活地挽留我们的关系，甚至不觉得我们的关系需要一个解释。

她就这么轻描淡写的一句话，她要结婚了，不知道是和谁，更不知道是从何时开始的。

再也许，当我欣赏地望着她独立的背影穿梭在全世界，我就应当有预感，这样的女人，是应该送给我这样的结局的。

“和谁？”我问。我只敢问和谁，却不敢问他们是何时开始的。

“他也是做投资的。我准备和他搬去上海生活了。”黄芙一个“也”字，又一次刺痛了我，仿佛将我那一点点的特殊性也残忍地剥掉了。

“你会祝福我吗？”她问。

“当然。”我迟疑片刻，敲下违心的两个字。

“谢谢，我也祝福你和你的家人。”黄芙说，“你是个很好的爸爸。”

我原本还想多问几句，或者约她见面，但我最终还是什么都说不出口。我把手机丢在一旁，闭上了眼睛。

****

2016 年对我来说成了空前黯淡的一年。2016 年 1 月 1 日，我失去了黄芙，而这并非最痛的失去。在之后短短几周内，我又失去了我的工作。那一刻，我才真的坠到了谷底。

股市在 2015 年下半年从 5100 点跌倒 3300 点，到年底已经开始回暖反弹。谁知道 2016 年开年后，股市又开始新一轮的狂跌，在一个月内坠至 2600 点。

这新一轮的狂跌，将许多人最后的一线生机也彻底碾碎了，包括我。

我所在的基金之前上了杠杆，一月份新一轮下跌开始时，我们开始急撤，但无奈基金规模太大，想卖的时候发现大量仓位都卖不掉。

1 月末，最坏的情形出现了。

我的基金和半年前相比回撤了 20%，这对投资人来说是一个不可接受的数字。

而监管层则将我们视作在股灾中大量抛售的始作俑者，也将我们拉进了黑名单。

对内对外，我两面不是人。我意识到，这次股灾总要有一些人出来背锅。我，毫无疑问地成了其中一个。

1 月 29 日，我别无任何选择，向美国总部递交了辞呈。

那一年，我 42 岁。

人说四十而不惑，我却困惑到连自己都不认识了。

****

库伯勒·罗丝认为，人面对痛苦会经历五个阶段，即否认、愤怒、协商、消沉，最后才是接受。

我的前三个阶段，都在 2016 年 1 月底之前集中体现了。我也和监管层拍过桌子，在电话里向美国总部的人咆哮过。后来也放下架子哀求过，希望能再有一次机会。但资本市场是个残酷的竞技场，成者为王败者寇，我的哀求只是帮我彻底坐实了失败者的形象。

当我抱着纸箱子回到家里的那一刻，是我第一次在工作日的白天走进熟悉的公寓楼，那一瞬间，我开始无可阻挡地进入了第四个阶段，消沉。

消沉的表现是非常具体的。

每天夜里我都无法入睡，在漆黑的夜里，我像死鱼一样睁着双眼，听着枕边的表滴答滴答地响着，每过去一秒我的心都会紧一下。我渴望深夜过去，又恐惧白昼到来。

每天清晨，我看着天花板，却无法起床。脑子里会无法控制地冒出投资人的身影，冒出我颤抖着在辞职信上签字的画面，偶尔会冒出黄芙那句“我要结婚了”。我就一直那么平躺在床上，一遍遍在内心问自己，起床的意义是什么，我拿什么去面对新的一天。

我终于病倒了。

有一天清晨，我睁开双眼，发现耳朵在鸣叫，天花板在旋转。我活动了一下颈椎，定睛，发现旋转得更厉害了。

休息了两三天，头晕耳鸣的现象丝毫不见好转。蒋桃陪我去了医院，医生初步判断是颈椎病。

蒋桃回家做了半天功课，为我列出了几家求医机构，分别是位于中环的理疗中心、位于旺角的老中医诊所，还有住在华富村的按摩师傅。她分别致电预约，排出了一份时间表，每天陪我满城跑着做治疗和康复。

我没了工作，也没了保险。每次去理疗中心都要花上千元的费用，我突然对未来的生活产生了担忧。和蒋桃商量后，我们决定将家庭司机辞退掉，每月能够节省两万元的开支。我头晕没法开车，蒋桃就每天担任起了司机的职责，开车带着我去看病，然后接送两个孩子上学放学。

这么治了一个多月，天气已经转暖，窗外的鲜花都盛开了，但我的病却丝毫不见好。

每天我看到的世界都是旋转的，耳朵的轰鸣声越发尖利。这些干扰因素让我无法正常与人交谈，无法专注做任何一件事，甚至连最不费脑筋的电视连续剧都看不进去。

我就像一具行尸走肉，突然不知道活着的意义是什么了。

旺角的老中医在为我诊疗了一个月后，有一天，他谨慎地提出他的建议："建议袁先生去西医的精神科诊断一下，看看除了病理方面的原因，是否会有精神方面的因素。"

"精神方面？他不是颈椎病吗？"我听到蒋桃在我身边向医生质询。她的声音听上去那么焦虑，而我的心中却没有丝毫涟漪，仿佛这不再是我的身体，不是我的生命，而是一具和我无关的臭皮囊。

而正是因为我自己内心的麻木，我的理智告诉自己，也许医生的判断是对的，也许真的是我的精神出了问题。

蒋桃小心翼翼地向我提出，去养和医院的精神中心看看，她精心设计了说辞，说去看精神科医生是为了治疗我的失眠。

蒋桃的小心让我觉得很可笑。她以为我会抗拒和恼羞成怒。但其实那时的我对什么都不在意，即使她劝我从楼上跳下去，我想我也懒得抵抗。

在医生的办公室里，蒋桃和医生认真交谈，而我则心不在焉地转向了身边的玻璃。玻璃窗外是中环广阔的海景，而我的瞳孔则聚焦在可以模糊分辨的自己的脸的影像中。整个右脸都在阴影里，横贯而过的法令纹填满了黑暗，严肃凝视的眼神，微微下垂的嘴角，就像克瑙斯写的小说人物一样，很难不让人认为这是一张阴郁的面孔。

“轻度抑郁症。”果不其然，西医给出了这样的诊断。

我的失眠、头晕耳鸣、失去行动力，这些都是抑郁症的表现。

男人真的是很脆弱的东西。女人就像一根橡皮筋，平时软绵绵，关键时刻却又能展现出惊人的韧性。男人就像一根筷子，平时顶天立地，一旦遇到外力，说断就断了。

不就是丢了一份工作外加一个女人吗，袁亮，你至于吗？我在内心问自己。但身体却不受大脑控制。

****

之前的鲜衣怒马被另一种状态所替代，苦劳功劳如烟云飘散，如何在自暴自弃的路上将自己拉住，这成了一场和自己的斗争。

和自己做斗争原本是最孤独的事。但我有同伴相伴于侧，而这同伴，便是蒋桃。所谓伴侣，一不留神，便到了老来伴的阶段。

多年来，蒋桃像我生活中的空气，是我生活中最稳定的一个元素，稳定到我几乎忘记了她的存在。直到我生病，蒋桃才重新幻化回人形，有血有肉地让我感受到了她的存在。

我变得很依赖蒋桃。早上醒来如果看不到她，我心中会很慌。直到我走到厨房门口，隔着玻璃看到她忙碌的身影，心才能够归位。

每天上午，她都拉着我去香港仔买菜。面对鲜活蹦跳的鱼虾，我躲之不及。而蒋桃则老练地抓起一只四肢乱舞的帝王蟹，用地道的广东话和老板讨价还价。老板显然是遇到了熟客，不仅亲自选了最肥的螃蟹给蒋桃，而且还随手抓了几只大虾丢进袋子，说是送给老客人尝鲜。“唔该啊老板娘！”蒋桃热情地道谢，低头对我讲：“这家的男人有两艘渔船，鱼虾都是自己捕捞的，不像别家，很多都是二手生意。”我表面不语，心中惊叹蒋桃竟将市井之物的来龙去脉摸得如此清楚。

每天中午我都会像个老年人一样午睡。奇妙的是，在黑暗的夜晚我总难以入眠，但在艳阳高照的中午，拉上窗帘，听着窗外来往的车辆声和轮船的汽笛声，我却反而睡得安稳。近二十年不曾睡过的午觉，如今却成了我每天最重要的休憩机会。

每天下午，我不愿出门，蒋桃就会在家絮絮叨叨给我讲很多外面的琐事，从社会新闻到街坊邻里的动态，从两个孩子在学校的表现到晚饭的菜谱。她原本是个很安静的人，不知是年纪大了变了脾性，还是刻意讲给我听。我想是因为后者。她搜肠刮肚找来的话题，大多琐碎无趣，但偶尔也有颇为有趣的，让我忍俊不禁。每当看我露出笑容，蒋桃也会憨憨地笑起来。日子久了，有时蒋桃忙家务片刻没有言语，我都会忍不住问她：“最近有什么有趣的事情发生吗？”

那一刻，我发现我很依赖她。当我常年在外而她守在家里时，我从未主动给她分享外面发生的事。但当我成了足不出户的那一个，她却成了我和外面世界的连接，成了我的眼睛和耳朵。

蒋桃知道我不愿去别人家做客，便邀请一些朋友来家里。我突然发现，蒋桃竟然有这么多朋友。不同于我单调的金融圈子，蒋桃的朋友做什么的都有，有花店老板，有舞美灯光师，有保险销售员，有潜水教练，有独立博主，还有牧师。

蒋桃总会在茶几上铺一张印花餐布，在白瓷盘里摆上洗好的葡萄和草莓，还有她自己烤的奶黄酥和饼干。客人倚着沙发谈笑风生，蒋桃会选择紧挨着我的座位，在聊天时常常紧握我的手。

潜水教练说，他以前学的是精算专业，毕业后去了趟马尔代夫，发现爱上水底的静谧，便考了 PADI（国际专业潜水教练协会）的执照，干脆以此为生。

舞美灯光师说，他就信塞内加，就信普劳图斯，就想在舞台上把这些名字留住，然后攒够钱，每年都能去乌镇美美地看一次戏。

保险销售员说，他从小就看不起卖保险的，长大自己却成了卖保险的，而且挺开心的。这就是成长吧，对舆论和定义看得淡了，自己觉得对，就去做。

牧师说，哭有时，笑有时，哀恸有时，起舞有时，喜乐有时，憎恶有时，争战有时，和解有时。

常有那么几句话，会让我心中一动，继而险些潸然泪下。

蒋桃看在眼里，也会赶紧趁热打铁，握着我的手说：“他们讲得真好。”

原来世间有这么多种不同的活法。我开始理解，之前职场上所有的奋斗努力，所有的荣光和悲壮，都是我的工作，但那不是我。即使那些没有了，我依然是我。

同样的，蒋桃多年来不曾在外工作，但那只是职业属性的有无，蒋桃还是那个蒋桃。

她不曾在职场绽放，但她在岁月中收获着成长与从容。与她相识的每一个人，记住的不是某个公司的名字，而是一个叫蒋桃的人。

傍晚，查尔斯和哈德逊去游泳，蒋桃拉我一起去看。我看着两个半大的小伙子纵身一跃跳入水中，然后拍打几下便从池子这头到了那头，想着倘若此刻我跳下水，恐怕已不敌自己的儿子。哈德逊一个猛子游到我身边，从水中伸出湿漉漉的脑袋，露出一个大大的笑脸。

“爸，我游得好吗？”哈德逊得意地问我。蒋桃弯腰用毛巾帮他擦擦脸上的水。

“游得真好。”我由衷地表扬他，看着蒋桃望着儿子的眼神，我突然觉得内心前所未有地宁静。这种宁静，是我在职场的十几年中从未体会过的。我试图去概括这种感受，用中国传统的说法或许叫作“天伦之乐”，用西方宗教的说法或许叫作“喜乐和平”。

哈德逊扭身一个猛子蹿回水里，溅起的水花落在我和蒋桃身上。蒋桃一边笑骂“臭小子”，一边用毛巾也帮我擦了擦头上的水珠。

我近距离端详着蒋桃的脸孔，皮肤依旧细腻，但有了浅浅的眼袋和法令纹，但那安静的眼神，秀气的五官，和我在大学初见时并无二致。

“等市场好些，我就去找工作。”我鼓起勇气说出这句话，这句我一直不愿面对的话。

“随你，其实咱们一家人在一块儿，怎么着都行。”蒋桃说。

我看着低头捋头发的蒋桃，心中暗笑，还是那个没主意的丫头。回想起十几年前她被迫辞了工作随我去了美国，后来又随我来了香港。白驹过隙，她的生活从来都在被动地追随，但她却始终以主动的态度将生活打理得井井有条。

蒋桃在我抑郁的那段时间里话并不多，但在我身边执着地陪伴，就是最强大的扶持。我不得不信，这世上有一种力量和情感在平日隐藏于角落，却在危机时刻显现伸手。

我回想起之前看过的一个吸毒者的回忆录，他说：“在我和毒瘾对战的过程中，我的妈妈和祖母一直在我身边。我想这就是为什么我最终能够戒毒的原因——我有积极的世界可以回归。但对于许多其他吸毒者而言，他们的身后什么都没有。”

我感觉到自己在迅速地康复。每一天，我都觉得自己体内的力量在增加。我就仿佛是一摊稀软的肉泥，重新有了骨骼，逐渐直起了身体。

而我飞速康复的原因很简单：我并非一无所有，我有积极的世界可以回归。

有时我会设想，假如当初我和黄芙的事情被蒋桃知晓，或者我昏了头脑放弃蒋桃……每次设想，我都会脊背发冷，吓出一身冷汗。

因为假设没了蒋桃，我才真的成了一个一无所有的人。只要她在，事情就不会太坏。

****

2016 年很快过去了一大半。我的精神彻底恢复了，晚上能够正常入眠，体重也回升到了之前的水平。

蒋桃原本也是个不爱运动的人，但为了督促我，她和我养成了每天散步、每周爬山的习惯。经过半年的调养和锻炼，我的身体甚至比生病以前更加强健。

在我生病期间，市场也逐渐风平浪静下来。有一些猎头和之前的合作伙伴主动开始联系我，甚至开出了比之前更高的薪水。

看着这些橄榄枝，我越发觉得自己因丢掉上一份工作而崩溃是多么可笑和不值得。

事到如今，我反而不再着急回归职场。

“老婆，我们去度个假吧。”一日，我对正背对着我铺床的蒋桃说。

蒋桃没有立刻回头，我听到她整理了一下呼吸。“好啊，去哪里？”她的声音听上去平静，但尾音却在颤抖。

2016 年 8 月，蒋桃给查尔斯和哈德逊报了名参加美国的夏令营，我们决定送他们前往。我和蒋桃也可顺便在美国乡下住一阵，体验一下神往已久的美国乡村生活。

夏令营在华盛顿的一所中学举办，我和蒋桃看着两个大男孩蹦蹦跳跳走进校门，和门口签到处的白人老师没说几句话就笑作一团，还在空中击掌为盟。

看他们游刃有余的样子，我突然想到我当年初到美国念书时的画面，那时我是一个从来没出过国的中国小子，用英语问路都要在心里准备好几遍。我在心中感慨，我的孩子比我更懂得适应这个世界。

我想我已经没有什么需要替两个男孩子担心的了。他们比我更懂得自己要什么。

查尔斯喜欢编程，他说他的梦想是进加州理工学院，毕业去研究智能机器人。哈德逊喜欢音乐，他的梦想是进茱莉亚音乐学院，毕业后可以在全世界的音乐厅演奏。

我不记得自己少年时的梦想是什么。我只记得我梦想高考取得好成绩，后来梦想去美国读书，后来梦想找到好工作。

只是我也不确定，这些能算是梦想吗？也许我和我这一代的大部分同龄人都从来没有真正了解自己想要什么，想成为怎样的人。我们只是在符合主流价值观的方向上闷头向前走，试图比旁边的人走得更快更远，却不曾想这条路通往何方，却不曾想这条路是否是自己初心的方向。

我回想自己这些年不眠不休的工作与觥筹交错，回想每一个周一和周五赶飞机的镜头，回想我面对过的诱惑和沉溺，回想面对失去时自己的手足无措。

回想到自以为是的孤独，回想起黄芙。其实两个孤独的人在一起只是在放大孤独。

也许自己压根就没活明白。从小到老，我心中始终有惶恐和浮躁，始终有某种不安全感，始终有某种不确定。

我希望孩子们不要像我。无论外界风云变幻，我唯愿他们在峥嵘岁月和万水千山中保持从容，和平喜乐。

****

将孩子们送进夏令营，我和蒋桃一路驱车向北，在缅因州的科德角住了下来。

我们在爱彼迎上租了一套独栋的房子，门前有大片绿地，百年老树下错综的根部裹着厚厚的苔藓，草地的沟壑里有野花暗香。我深深吸了一口气，清凉的空气里满是青草的味道。

上楼放下行李后，房东将我们介绍给了隔壁邻居。

邻居是一对老夫妇，一生未曾离开缅因州。女主人古德曼太太是位有着典型美国北部的白皙皮肤的漂亮女士，脸上总是挂着笑容，讲起话来眉飞色舞。男主人古德曼先生是一位中学退休老师，块头很大，人却十分温和，讲话速度比他太太缓慢许多。他就出生于缅因州，并计划终老于此。

第一个周末，我们便随古德曼夫妇去了镇上的周日集市。明亮的小镇主街上摆满了各类摊位：本地工匠摆出了自己雕刻的工艺品和陶器；酿酒人带着自家制作的梅子酒；养蜂人摊开一罐罐新鲜浓稠的蜂蜜；还有不少远道而来的首饰商人和艺术收藏家，趁机兜售存货。

古德曼太太也拥有一个小小的摊位，卖自己用七彩珠子串起来的项链和手镯。这些珠子并不高级，但经过古德曼太太的搭配，每一串的颜色都很有腔调。整个摊位挂满了串子，琳琅满目，竟成了整条街上颜色最鲜亮的一处。不断有过往行人驻足，看的人多，买的人少，古德曼太太便不厌其烦地给对方讲自己的制作工艺和想法，顺便唠唠天气，指指路。遇到投缘的人，老太太还会干脆邀请她进摊位，拉开折叠椅让她坐下。

古德曼太太和往来宾客聊得不亦乐乎，古德曼先生则坐在旁边安静地读书，有了生意就负责收银。

“您太太真是个有生活情趣的人。”我对古德曼先生说。

“可不是吗，”古德曼先生含情脉脉地抬头看了眼太太，对我说，“她可是我挖到的宝藏！”

古德曼先生说，他们俩是在大学相识的，当时古德曼先生是本地学生，古德曼太太则是从南方来读书的外州人。古德曼先生对他太太一见钟情，背着风琴在楼下唱了无数个夜晚的情歌，终于获得了他太太的芳心。

我冲古德曼先生挤挤眼睛说：“我和我太太也是在大学认识的，我也在她楼下唱过歌。”

古德曼先生爽朗地笑了起来。他说：“是啊，在那个年代，一副好歌喉比一张好面孔还要重要。”

他继续讲道，后来他和古德曼太太毕业就结了婚，在缅因州生活下来。古德曼太太接连为他生了四个孩子。“刚结婚那些年，我感觉她始终是挺着肚子的样子。回到家里，孩子的哭声笑声每天都是小合唱。”

“我们俩都喜欢孩子，但当时也没有帮手，连续有了四个孩子，让生活变得单调而忙碌。我闭着眼睛都可以给孩子换尿布。”

“我告诉你一个秘密。”古德曼先生弯腰提了提脚上的凉鞋，神色突然变得凝重起来，回头直直地望着我。

“大约二十年前，我们镇上来了一个女人，住了大约两个月。她父母是欧洲移民，她是葡萄牙和意大利混血，性格奔放。我们这里习惯行贴面礼，她与人头次见面就会行亲吻礼。”

“她长得好看吗？”我忍不住问。

“好看啊，长长的脖子，小麦色皮肤，喜欢穿很紧身的牛仔装。她爬上屋顶时翘起的屁股，我现在都记得。”听到这里，我忍不住吹了声口哨。

“当时她叫我去了她姑妈家的屋顶，拎了两瓶意大利的红酒。我们就坐在屋顶上一边吃芝士，一边喝红酒。你别说，意大利的赤霞珠，还真是那些加利福尼亚的酒庄酿不出的味道。”古德曼先生说，“喝完酒，我说我回去了，她居然就凑到我身边，吻了我。”

我干咳两声，一脸坏笑地说：“好艳福啊，后来呢？体验怎么样？”

“什么后来？”古德曼先生的脸变得通红。他说：“我就一路小跑回了家，一整夜都没睡着。我真是没想到那女人会吻我，而且我当时还回吻了她。这真是我一生最大的秘密，你可千万不能告诉我太太。”

“这就完了？这就是你的秘密？”我不甘心地问。

“对啊，我和我太太都是基督教徒，我是真的没想到我这辈子还会吻别的女人。最不可饶恕的是，我后来一直对那女人念念不忘。”古德曼先生说，“你知道吗，她是纽约一所大学会计系的教授。女教授，天呐，我居然吻过一名纽约的女教授。”

“你觉得女教授这个职业很酷？”我问。

“那可不，谁不喜欢聪明独立的女人呢？”古德曼先生说，“其实后来想想，我还是害怕。”

“害怕什么？”我问。

“害怕失去我的太太。”古德曼先生诚恳地说，“我没那么坐怀不乱。只是当我想到有哪怕万分之一的可能会让我失去太太和孩子，失去现在的生活，我都不会去冒这个险。”

“我太太一直没有什么正式的职业，但她有很多的爱好。她喜欢弹钢琴，喜欢去唱诗班领唱，喜欢烹饪甜点，这几年又爱上了制作手工首饰。”古德曼先生说，“我喜欢看她专注地串珠子的样子，看着她，我心里就特别安宁。任她什么女律师、女教授、女科学家，都没有我太太串珠子的样子迷人。”

我看着不远处的古德曼太太正在一边和蒋桃聊天，一边串着新的珠串。我想象着她戴着老花镜串五彩珠子的样子，一定极其专注，古德曼先生走过，她会目不转睛地微笑，壁炉照亮她脸上深刻的褶子，每一道褶子都记录着一个妻子和母亲的成长。

我突然想到蒋桃给曲奇饼上挤奶油的样子，也是那么专注，看着就让人觉得心中安宁。我突然意识到，我和蒋桃已经在一起二十年了。不知再过二十年，蒋桃会不会成为今天的古德曼太太，而我做个言听计从的古德曼先生倒也不错。

“你觉得我有罪吗？”古德曼先生问我，他皱起眼皮，额上布满白种人特有的沟壑般的抬头纹。

“你自然无罪。中国有句老话，‘食色，性也’。你不必为你并未付诸行动的念头而感到愧疚。”我试图安慰他。

“谢谢你，其实我一直需要有人告诉我这句话。”古德曼先生感激地拍拍我的肩膀。

“你为什么会告诉我这些？”我问古德曼先生。

“因为你是个异乡人，你终会带着我的秘密离开。而我也希望在我失去我的太太之前，能不为这个秘密所困扰。”古德曼先生低下了头。

“失去你的太太？”

“是的，她得了肝癌，已是晚期。”

我心中一颤。

****

午后时分，集市逐渐散去。古德曼夫妇晚上还要在镇上的朋友家用餐，据说那位朋友新酿了梅子酒，还买了从法国空运来的羊乳酪。我和蒋桃便计划自己回家去。当地鲜有出租车，走路又要两小时。于是我决定从古德曼夫妇的朋友家借一辆自行车。

美国老式的自行车很像20世纪80年代的中国流行的“二八大驴”。黑色的漆梁，后面有置物架，唯一的不同在于前面多了草编的篮筐。我将在集市上买的杂物扔进篮筐，上车试了试高度，回头问蒋桃：“敢坐吗？”

蒋桃竟瞬间红了脸，像极了二十年前初见时手足无措的样子。“你那老腰能行吗？”蒋桃问我。

“是骡子是马，拉出来遛遛？”我拍拍后座。

蒋桃强迫自己镇定下来：“哼，遛遛就遛遛。”

蒋桃上车，我奋力一蹬。终究是年纪大了，把手一歪，险些摔倒。但所幸我用力扶住车把，终于平稳地行在了田间的小路上。

两侧清凉的风从耳畔吹过，同样的一段路，坐在汽车里和坐在自行车上，风景竟如此不同。

我们路过麦田、辣椒地，还有养蜂人的木箱，还有堆满橙子和苹果的路边摊，一切都那么生动，各种自然的气味不断从鼻孔钻入。

“你上次骑自行车带我，是二十年前的事情了吧！”蒋桃坐在后座上说。

“咱们是1998年毕业的嘛！没有二十年，十八年而已！”我笑道。

“蒋桃，你还记得吗，”我边骑边说，“你第一次坐我的自行车，是因为我故意扎破了你的车胎。”

“你的劣迹，我当然记得！”蒋桃发出了银铃般的笑声。

“我还利用了庞冠，说他得了肠癌，骗你去探望他。其实是我想见你。”我说。

“你的手段太下作了！”蒋桃笑得喘不过气。

“你说是不是无巧不成书，庞冠后来居然娶了个女医生，据说做肛肠手术是医院第一把刀！”我和蒋桃一边聊着过去的人和事，一边骑行在缅因州的小路上。

那一刻，我觉得我和蒋桃像是无话不谈的老朋友。

有人总结过，朋友的来源不外乎两类，一类是有着共同的生活经历，一类是有着共同的人生志趣。

我和蒋桃有着二十年共同生活的经历，几乎认识彼此每一个朋友，这让我们有了起码的共同语言。

在人生志趣方面，此前我曾一度怀疑我和蒋桃是不一致的：她向往平淡生活，我却向往海阔天空。

但随着年龄的增长，我发现我们的志趣越发一致了：我们所念所想，不过是共同经营好这份来之不易的生活。愿子女成才，愿老人安康，愿彼此笑口常开。总结起来，不过如此。

那天我骑车载着蒋桃行过的那段路仿佛很长很长。我眼前起先是麦田、辣椒地，后来我仿佛看到了北大西门的烤翅摊，还有蒋桃宿舍窗口的母猫，还有北大图书馆善本书库的昏黄灯光，还有黑夜去昌平颠簸的路、蒋桃颤抖的身体、潮湿的红色格子的床单。

我还看到了刚毕业时出租房里的电视上在播放的《少林足球》，还有我打开门出现在黑暗走廊中的 24 岁的蒋桃，还有我们婚礼上掺着酒精的笑声、砸碎的玻璃杯、蒋桃眼中晶莹的光。

我还看到了去纽约的飞机，去香港的飞机，去北京的飞机，满天来来往往的飞机。还有繁忙的天空下，站在窗台上淡然不变的蒋桃的影子。

我还看到了查尔斯、哈德逊，看到了每次夜里凌晨走进小区，抬头熟悉的窗户里隐约亮着的灯。

我听到蒋桃在自行车后座上哼起了 Beyond 的歌。

“愿再可，轻抚你，那可爱面容，挽手说梦话，像昨天，你共我。”

我的眼泪突然就控制不住地涌出来，被风吹干在脸上，然后再涌出来，涌出来。

****

在我们离开美国之前，我们去参加了古德曼太太的葬礼。

在那次去集市之后不久，古德曼太太就半夜突然发了高烧。送去医院急救，医生说脏器已在衰竭。

古德曼先生尊重她的意愿，拒绝了鼻饲、尿管、呼吸机。

他带着古德曼太太回了家，唯一携带的药品是吗啡。

他们依旧每天坐在花园里看朝阳与落日，只是古德曼太太已无法开口说话。

古德曼先生每晚依旧搂着古德曼太太入眠，只是古德曼太太已无法反身回应他。

一周之后，古德曼太太坐在自家的躺椅上，安详地停止了呼吸。当时古德曼先生正坐在旁边串着她未完成的珠串，看到妻子的头歪了下去，他的眼泪哗地流下来，用颤抖的手给珠串打了结，戴在了妻子尚有余温的颈上。

古德曼太太的葬礼在科德角的一座海滨教堂举行。

古德曼先生双手合十，低头坐在前排的椅子上。

当牧师喊他上去为妻子致悼词时，他缓慢地从椅子上起身，走上台，摘下眼镜，用口袋里的手绢擦拭了一下，顿了几秒才开口。

对我们在一起的48年，我心怀感恩。她原本是个热爱自由的人，喜欢唱歌、旅行，她上学时的梦想是去纽约成为一名百老汇歌唱家。但她终究哪里也没有去，留在我身边，为我和孩子们奉献了自己的一生。

我需要她的时候她总是在我身边。没有她，我会是个不同的人，过着完全不同的生活。

今天，我不打算在这里赞美我的太太，因为大家都看到太多，说了太多。

她是个粗心的人，她的老花镜丢了100次，我又帮她找到了97次。

她是个唠叨的人，有时夜里我非常困倦了，她却在我耳边喋喋不休。讲完之后，她睡着了，我却失眠了。

她还是个爱哭的人，看电影会哭，儿子上大学会哭，我们家狗死的时候更是哭了一个礼拜。但从诊断出癌症到去世，她却一声也没有哭。

人生就是这样，携手一生，记住的都是点点滴滴不完美的小事，凝聚成我们心中的完美。

我亲爱的孩子，我希望你有一天也和我一样，在漫漫人生道路上，能找到一位像你母亲一样不完美的完美伴侣。

我应该从她有意义的71年生命中得到安慰。但在这最后告别的时刻，我的心中依然充满悲伤。

我们习惯了有颜色的世界，但突然有一天它变成黑白色了，我此刻就是这样的感觉。

我们不完美的48年在我心中是完美的，没有遗憾。这将成为我未来独自生活的支柱。不求光阴能复返，所幸此生无憾。

我亲爱的妻子，愿你在天堂得到安息。阿门。

****

2017年3月，春节过后，万物复苏。

我经过一年的修整，终于可以重新整理自己，回到职场。

我也想过，是否应该换个更生动的职业，例如酿酒师、潜水员，或者旅行作家。然而书到用时方恨少，到头来发现自己竟一无所长，除了金融知识，真的没什么发光之处了。

于是我还是决定脚踏实地地回到我擅长的领域，接受了一个外资基金的首席信息官职位。

2017 年和 2015 年很相似，有着同样繁荣的开始。但经历过几轮动荡，如今的我更加冷静，不再会疯狂地上杠杆透支资本，也不会再逞一时之快而冒险。

在生活上也是一样。如今的我已过不惑之年，不会再疯狂地透支自己的身体，与人交往也更加慎重。

我在工作中常常遇到很干练的女性，无一不有着精致的外形、自信的言谈举止、生动的生活方式。我承认我内心是欣赏这种类型的女性的，她们知道自己要什么，并且能够按自己的意愿去生活。这样的女性，往往也有着她们的不吝和不羁，就好像因玛丽莲·梦露而销量大增的香奈儿五号香水，总能给人一种“明知道是假的却感觉真实”的幻象。她们总会让我想起黄芙。

有时去上海出差，走在夜里的旧巷，看到前面路灯下有长发及肩的女子，我会有一瞬间，以为看到了黄芙。

但那个时候我玩得起，现在的我玩不起了。

我一直记得古德曼先生说过的话：“我没那么坐怀不乱。但哪怕有万分之一的可能会让我失去太太和孩子，失去现在的生活，我都不会去冒这个险。”

男人们的酒局上总有戏言，说雄性原本就是多配偶动物，同时喜欢甚至爱上两个人，大家都有过。

但我们再也回不到那“美好”的古代了，那妻妾成群和睦相处的画面一去不返。今天是一个不再纵容人类原始欲望的时代，是一个用社会规则和道德包裹着的时代。这恐怕不是男人们情愿选择的时代。原始欲望最终挑战的是我们安身立命的老巢。

同时，我也不确定我是否还拥有和另一个人共同生活的能力。

我习惯了蒋桃身上的味道，她睡觉的姿势，甚至她叠的被子的形状。她的每一个表情、每一句玩笑、每一声咳嗽，我都能准确地理解其中的意思。她对我也一样。

她是我两个孩子的母亲，是驻守老巢的女主人。

如果有一天她不要我了，我就成了无家可归的孤魂野鬼。

最重要的是，我从来没有停止爱她。

****

某夜，我梦到自己划着木船沿溪而行，一时忘记路之远近。忽逢一片桃花林，溪岸百步内，中无杂树，芳草鲜美，落英缤纷。土地平旷，屋舍俨然，有良田美池桑竹。阡陌交通，鸡犬相闻。

男女衣着，悉如外人。其中一位女子站于水边，秀发如瀑，婀娜多姿。

她扭头，我大惊，看面容竟是蒋桃。

蒋桃见到我，仿佛不识。问我从何处来，并设酒杀鸡作食。她说外面尘世纷乱，来此绝境，不复出焉。

我问她如今是何年何月，她竟不知。

蒋桃劝我留下，说此地乃是桃花源。

我大悟，原来我踏遍铁鞋所觅之处，竟是蒋桃之所在。

我欣喜若狂，便与蒋桃同住在这桃花源地。每日往来种作，怡然自乐。

日久无所事事，一日我忍不住撑船回尘世小住。葡萄美酒夜光杯，一夜忘形。

次日撑船沿溪而下，寻桃花源所向，却迷失，不复得路。

御夏之冬

主人公是我十年的好友。我几乎未经雕琢地还原了她最近三年从确诊癌症到成为母亲的经历。

我自己也曾经两次以为自己得了要命的病，后来有惊无险，劫后余生。

我也曾经在重感冒和痛经的时候觉得仿佛行尸走肉，开始怀疑肉体的意义。

我觉得每次患病都是一次痛定思痛、愈行愈勇的过程。

这篇文章与癌症有关，却无关医疗与伤痛。它更像是朱莉娅·罗伯茨演的电影《美食、祈祷和恋爱》，是一个年轻女子自我救赎的心灵之旅。

当生活遇到瓶颈，我们总要去敲碎它，敲出一个突破口，蜕变，成长，认识新的自己。

****

我叫御夏，1984 年生人，今年 33 岁，按照理想状态，应当刚刚度过人生的三分之一。

我从小在苏州长大，父母离异，父亲不知所终，母亲忙于事业，所以我在外婆身边长大。

外婆把我照顾得很好，我也不让她多操心。我就是那种梳着麻花辫，习惯低着头一个人默默读书的女孩。平时在班上，大家都感觉不到我的存在，但每次期末考试，我的名字总在最前面。

每天闷头读书，我的语文成绩自然优异。我喜欢写散文，文章几次刊登在当地的报刊上，毕业册上老师同学给我的寄语都称我“御作家”，外婆也在家常念叨：“你注定就是咬笔杆子的人。”

但我终究没有成为女作家，风马牛不相及，我成了大厦囹圄中千篇一律的投资银行人中的一个。

对中国人来说，假如高考是一生中最慎重的事，那报志愿则是一生中最草率的事。

高考估分后，在一个颇权威的副校长“高瞻远瞩”的指导下，我迷迷糊糊就填报了南京大学金融系。那时我甚至不知道金融是什么。

按部就班，我又考进北大光华学院读研究生。研究生刚毕业就和同系的男友领了结婚证，毕业后我俩都进入了外资投资银行的 IBD（投资银行部）。

刚参加工作的时候，我心里还是有点人生赢家的感觉的，24 岁年薪 70 万，嫁得也算不错，仿佛站在了人生山顶上。

但很快，短暂的得意就被重复的生活冲得无影无踪。从校园到职场，对我而言就是从闷头学习变成闷头工作，每天和其他人一起昏天黑地地加班熬夜，从 24 岁到 30 岁，从分析师做到了副总裁。一个头衔的变迁用了六年时光，恍然一梦间，又仿佛已从年少到了白头。生活就像一个预设了程式的标准化机器，机械地运转。

直到 2014 年，这部我原以为永动的机器突然戛然而止——我被裁员了。

我以漂亮的履历进了投资银行，却终究输给了自己的性格。投资银行 IBD 属于与人打交道的部门，而我骨子里却有孤僻的基因。读书时习惯了两耳不闻窗外事，一心只读圣贤书。刚入职的几年还可以默默帮老板做案头文书，做了副总裁之后就得拼拿项目的能力了。投资银行里的每个人都打了鸡血一般，我也努力融入这种氛围，但性格终究是天生的，有人在独处时也仿若狂欢，有人在狂欢中也恍若独处。我是后者，注定出局。

之前，领导不止一次提醒过我："御夏，你要注意拓展业务关系，你看迈克他们组今年都搞了七次客户活动了。"

我做不到迈克那样神情自若地迎来送往，与人推杯换盏，我试图用我的专业和努力去赢得客户的尊重。但后来我发现，尊重不等于肯合作，我追了数月甚至几年的客户总是被别人抢走。

终于，在一个我跟进两年的客户最终和迈克的团队签了承销协议后，我爆发了。我冲到迈克桌前大喊："你凭什么抢我的客户！"

"都是为了公司利益，咱们谁签有什么区别？"迈克的理由冠冕堂皇，我竟无言以对。

最终我被同事们劝着拉开，迈克成了正义的成功者，我成了气急败坏的失败者。

后来我知道，迈克动用了省级领导的亲戚关系拿到这个项目。

宣布裁员的时候我并没有感到太大意外，但心中还是很痛。

我觉得自己是个矛盾的个体。我在投资银行工作得并不开心，但真的被裁掉了，就仿佛被贴上了失败者的标签，这让我无法承受。

也许这种感觉，就像伏尔加河上的纤夫，被枷锁和同侪拖着向前，习惯了弓起脊背闷头看着自己的足尖。突然被卸了枷锁，就恍若跌入了生命不能承受之轻。

被裁员后的几个月，我一度陷入消沉。既没有积极去寻找新的工作，也没有心情去游山玩水，甚至不想面对亲戚朋友。

我当时以为我的人生已经触底。

但后来的经历告诉我，人生是没有底的。

从一无所有到春风得意总是漫长的，但从春风得意到一无所有却可以快得猝不及防。

你总以为今天已到了底，其实如果由着自己下坠，你总有一天会觉得，其实今天的经历根本不算什么。

****

说说我的先生吧。

我的先生叫大明，北京人，典型的理工男，性格单纯。我们研究生刚入学不久，他就开始追我，开学三个月我们就在一起了，直到现在。

2012 年，他辞去了投资银行的工作去美国读 MBA，在常青藤学校很好的商学院。

2014 年，我在中国丢了工作，他却在美国找到了工作。他暑期实习的对冲基金给他发了聘书，底薪 15 万美元，分红另计。

他和我一样，是性格偏宅的人，这也是他从 IBD 辞职去读书的原因。留在美国，做个飘然的二级市场投资人，专注研究股票，不需要看人脸色。这都是他长久以来的梦想。

“御夏，不要苦守在北京了，来美国吧。”大明对我说。

我好像也看不到继续待在北京的理由。我要尊重大明的梦想。更何况对丢了工作的我来说，远隔重洋的美国是个不错的避风港。

于是我恍恍惚惚地申请了签证，恍恍惚惚地收拾了行李，恍恍惚惚地踏上了去纽约的飞机。

2015 年 1 月 1 日，我落地纽约。

从飞机的窗户望下去，是波澜壮阔的哈德逊河，对面是曼哈顿精致剔透的天际线。

之前我也来过几次纽约，每次看到窗外的阳光总会一扫旅途的劳顿，豁然开朗。

这次却不同。潜意识里我觉得自己是被发配的逃兵，心中陡然而生的是一种惶恐，不知如何将自己嵌入这陌生的美景中。

我是那一趟航班最后一个下飞机的乘客，我蜷在座位上，和通往外界的门进行最后无谓的抵抗。

看到这里，也许聪明的你已经发现，我是个心态挺不好的人。从小没受过大挫折，遇到挫折也憋在心里不愿意跟人说，直到憋出内伤。

我挺相信米卢那句著名的话：“态度决定命运。”

我后来总忍不住将发生在自己身上的事情和自己当初的状态联系起来。我总会假设，如果当时自己的内心是阳光普照的，是不是生活也将降落在不同的地方。

生活没有假设。

大明带着我去了我们在曼哈顿的家，在位于上西区的一座公寓楼里，两室一厅，典型的美国标配装修，白墙、灰地毯、百叶窗。

美国的生活都像公寓装修一样大同小异。初到美国的几周，我都在办不能不办的事——买生活用品，办身份证件，考驾照，办信用卡、手机卡、保险卡，忙碌却不需要费脑筋。

对于其他初到美国的年轻人来说，这一切也许是新鲜和兴奋的。但对于在外资投资银行工作了六年，每年都飞两次美国，每次都住四季酒店，去哪儿都有公司安排司机的我而言，这些平凡的琐事只是在不断地提醒我，我不再是投资银行的员工了，我只是个甚至不被允许在这里工作的配偶签证持有者。

我沉溺在自己的小情绪里，还没有来得及冷静下来规划自己在美国未来的生活，生活就已经看不下去，主动蹦出来给我找事了。

****

初来乍到要办的琐事，体检也算其中之一。

大明已经在华尔街顺利入职，福利保障非常好，我作为他的配偶，也享有同等医疗待遇。

于是我的保险生效后不久，我就约了一次全面的身体检查——在国内这些年，虽然投资银行的医疗福利也很好，但真的忙得顾不上体检，我上次体检已经是三年前了。

体检结束后，我去家庭医生那里取结果。家庭医生翻了翻报告对我说："其他都挺好，但B超显示你的甲状腺有个阴影，也许是良性的结节，需要做个病理检查。"

医生神色淡然，我也没多想，觉得无非是个例行检查，确诊没事儿就可以了。

所以后来我学习到的经验是，美国医生和中国医生有个很大的区别，就是中国医生总会把最严重的情况都提前和你说清楚，而美国医生在确诊之前总会尽量轻描淡写。

病理检查并不复杂，就是用针去穿刺位于喉咙下方的甲状腺。美国很注重疼痛管理，所以即使是很细的针穿刺，也会提前进行局部麻醉，所以对我来说，感觉和打了一次疫苗无异，检查之后甚至不久就忘了这件事。

过了不到一周时间，我记得是一个下午，我正在92街的超市买东西，手机响了，上面显示是家庭医生的号码。

"你好。"我接起电话。

"御夏，你好，我是魏医生。"对面传来家庭医生的声音。

那一秒，我突然有了一种不祥的预感。我知道，通常和病人联络的都是护士。

"你的病理报告出来了，我们查到了癌细胞。"魏医生简洁明了。

"癌细胞？"我呆住了。

"对，就是恶性肿瘤，但具体类型和程度还需要进一步确诊，你

先不要太担心。”魏医生说，

“请问你最快何时有空，我们好安排内分泌科和外科医生会诊，确定下一步治疗方案。”

当时我的脑子一片空白，很麻木地和医生约了会诊时间，很麻木地挂掉了电话。

****

我丢下已经半满的购物车，两手空空地走出购物区，在收银台外侧的长椅上坐下。

我的身体里似乎堵了一块石头，无法移动，坐着也觉得沉重。

我的大脑却变得异常活跃，飞速地闪过了无数念头。我想到三年前体检医生就提到我有甲状腺结节，我却没有进一步复查，想到我的舅爷和表姑都死于癌症，想到我在纽约除了大明举目无亲，想到我的母亲正独自在苏州照料我生病的外婆。

仿佛所有负面的内容都汹涌澎湃地在我的大脑里激荡，驱赶不去。

我想了很久，没有想对什么人说，也没有什么事可以做。

我就在超市门口的长椅上从白天一直坐到夜幕降临，直到身上有了寒意。

我犹豫是否应当给大明打电话让他来接我，但瞬间就被自己否决了。

那一刻，这世上是没有人能够帮到我的。

于是我麻木地站起身，缓缓往回走去。

****

回到家，我逼自己将医生的话转述给了大明。

每复述一个字都是艰难的。不说，仿佛这一切依旧是虚幻的意念。说出来，就是赤裸裸的现实了。

大明静静地听我说完，出乎我意料的是，他没有表现出丝毫情绪变化，仿佛我刚刚告诉他的不是癌症，而是感冒。

“嗯，嗯嗯。”大明一直认真地听我说完，顿了顿说，“你不要慌。”

他非常冷静地提出了几个逻辑：“首先，甲状腺是独立的器官，应该危险性较低；其次，针管抽取的只是个别细胞，偶尔有异常细胞也许不代表就是癌症；最后，你是主动体检发现的，尚无任何症状，就算是癌症肯定也处于早期，应当很好治愈。”

紧接着，大明就打开电脑开始搜索相关的资料。他坐在台灯下的电脑前，一如往昔的每个夜晚。我抱着腿蜷在沙发上，看着他敲击键盘的背影，心中复杂莫名。

大明的冷静是出乎我意料的。一方面，这种冷静在一定程度上安抚了我；但另一方面，我又很怨恨，他凭什么这么冷静。

大明并不知道我的内心戏，只是专注地在美国癌症官网上寻找着相关的字眼。他一边搜一边读，甲状腺癌分四种亚型，最常见的一种比感冒的死亡率还低。

我凑过去一读，发现的确第一种亚型死亡率只有个位数，但还有一种侵袭性的亚型死亡率高达百分之八十以上。我顿时又坠入未知的谷底。

那天夜里我睡着了，脑子里却乱七八糟，做了光怪陆离的梦。一会儿是魏医生告诉我“对不起，我误诊了”，一会儿是母亲打电话哭着问我“听说你生病了”，一会儿又有穿工作服的人来找我立遗嘱，问我财产怎么分配，我说我没有财产。

醒来，我晃晃脑袋，想让意识告诉我一切都没有发生，但逐渐清醒，过滤掉虚幻的部分，癌症的宣判依旧真实地写在昨天的记忆里。

那一瞬间我决定去旅行。距离会诊还有四天，我不能画地为牢。

去旅行。

这个念头一旦产生便挥之不去。

我从床上跳起来，开始收拾行李，尽管我并不知道要去哪里。

没有休息好，也许是心理作用，整个身体是轻飘飘的。

去洗手间的时候，看到暗红的血滴在马桶壁上。

掐指算算，生理期竟比平时提前了一周。

我从小有痛经的毛病。若是平时大姨妈光顾，我一定会想方设法赖在被窝里，哪儿也不去。

但此刻它又算什么。

我拖起箱子走出卧室，看到大明站在客厅里。

他穿着我买给他的套头衫，手里端着刚烤好的面包。

“你要去哪里，带着我好吗？”他定在那儿，无辜地望着我。

我抬头看了眼日历，今天是周四，不是周末。

我点点头，突然鼻子有点发酸。

****

在出租车上，我上网搜“一月旅行目的地”，弹出了我早有耳闻的名字：圣丹斯电影节。圣丹斯的英文是跳舞的太阳的意思，听上去炽热温暖。这是著名的独立制片电影节，此刻正在犹他州的帕克城举行。

我太需要一个有烟火气的喧嚣之地，让自己淹没在熙攘人群里。

这是我第一次在机场现场买票，运气还没有坏到家，居然买到了。

蜷缩在一排六座的小飞机上，身边有哄孩子的女人，有看报纸的商人，有熟睡打鼾的老人。他们就坐在我的身边，我却觉得和他们隔了一整个世界。

为什么得病的不是他，她或者他，而偏偏是我?

我心里终于冒出了这个庸俗的问题。

小飞机很颠簸，穿过云层的时候，我看到乘务员手上托盘里的塑料杯飞到了空中，伴随着四下的惊声尖叫，大明紧握着我冰凉的手。

我保持着蜷缩的姿势，心中甚至有点邪恶地等待飞机坠落。

如果飞机坠落，我和他们的命运就都一样了，多么公平。

但我们还是平安抵达了，孩子会继续长大，商人会继续忙碌，老人会继续颐养天年。

而我，还要继续面对自己携带癌细胞的身体。

****

飞机降落在盐湖城，我们驱车半小时到达帕克城。

这是我第一次来帕克城，它让我想起了瑞士的达沃斯，法国的格勒诺布尔，或者加拿大的蒙特利尔。也许雪山里精致的小城，都有着同样精致温暖的味道。

夜幕降临，小城的主街两侧彩灯闪烁，映亮了地面的积雪。道路两侧随处可见电影放映场，许多没有银幕的学校和剧院都架起了临时投影，门口悬挂着形形色色的海报。

接踵摩肩的游客涌动在街道上，时而传来发烧友嘻哈的歌声，美国少年三五成群地呼喊，还有卸掉消音器的跑车不时从公路上高调通过，伴随着路人伸长脖子的惊呼："快看！基努里·维斯！让·雷诺！"

我和大明在人群的拥挤下往前走，不需要讲话，不需要择路，不需要思考。

然后我们驻足在一家现场制作巧克力的商店门前，看落地玻璃窗里面有晶莹流淌的巧克力喷泉，热气升腾让玻璃变得朦胧，却依稀可见趴在柜台前盛装的孩子，和裹着围裙忙碌的售货女孩。我看不清却猜得到他们每个人脸上的欢喜。

我想到两个字，“镬气”，我以前总读成“锅气”，就是小炒刚出炉的时候，飘在菜面上那一层氤氲的热气。小的时候，当外婆从炉灶上端下刚烤好的猪油年糕，蒸汽会升腾在玻璃窗上。不知那夜的窗外，是否也有一双如我今天一样的眼睛，看着屋里的我雀跃的神情？

人间烟火，往复轮回。

我突然有种大彻大悟之感，人世间，除了生死，都是小事。

想到几天前的自己还在因工作和搬迁的事情而消沉，恍若隔世。

又遐想着有一天我终会死去，然后飘在夜空中，看凡尘隽永，生生不息，我却再也不是这熙攘尘世中的一员了。

眼泪突然就下来了。

身边的大明默不作声地，紧紧搂住我的肩膀。

****

此后的两日，我们白天就在附近的雪场滑雪，夜晚在帕克城游荡。

盐湖城是举办过冬奥会的地方，有着绝佳的滑雪场，当时刚过完新年，雪场人很少，常常半小时也见不到一个人。

当时我在练习单板，在初级赛道上摸索前行，很快就被大明甩得无影无踪。偌大的雪场，即使是初级道也有三四公里长，滑一趟要近一小时。我孤零零地在雪道上前进，前进，世界失去声响，眼前除了雪还是雪。

我以为空无一人的环境会让我滋生恐惧，其实不然。

当世界只剩下脚下的滑雪板，身体只听得见自己的呼吸，体内因生理期涌动的疼痛，还有三千米海拔下轻微的高原反应，使整个人达到了一种很专注的状态——每一步的平衡、每一分疼痛、每一次呼吸，都无比真实。

在这种极度专注的环境下，我几乎忘记了所有背景杂音，包括癌症。

后来回想，我想这是度过未知恐惧最好的方式了。

度日如年的三天时间，也便嗖地过去了。

****

三天后，见到医生。

又做了进一步的检查，切片，会诊。

然后又是数日的等待。

我鼓起勇气，从学术上去认识我得的病。

就像当初大明查阅的资料所说，甲状腺癌的病理类型分四种：甲状腺乳头状癌、甲状腺滤泡状癌、甲状腺髓样癌和未分化甲状腺癌。其中，甲状腺乳头状癌是甲状腺癌中最常见的类型，预后也是相对较好的，十年存活率高达 90%。未分化甲状腺癌则是恶性程度最高的，五年存活率只有 5%。

生与死，全都看数日后报告里的一个单词了。

****

藿藿是我北大的同窗，性格外向，毕业就来了美国，后来居然嫁给了一个片酬还不错的好莱坞男演员，从此过上了比弗利太太般的生活。

她打电话来，张口就和我吐槽："你知道我最近多不顺吗？院门口的花坛被车碾了，我按照摄像头拍到的录像找到车主，居然是某电影的制片人，半夜喝醉了，带了两个妹子酒驾。但戴维之后还想上他的戏，只能认栽。"

她吐槽吐得一发不可收拾。

"我把我刚买的皮衣丢在餐馆找不到了。

"我的墨西哥保姆背着我和孩子说西班牙语。"

后来她终于说："有人说在酒店看见戴维了，身边有别的姑娘"。

我沉默。

换作过去，我一定会刨根问底，但此刻我却不知该说什么。

片刻，我决定用最高效的方法来安慰她。

"我得癌症了。"

她不语。

接着电话那边传出哭腔："你等着我，我这就飞去纽约。"

24 小时后，藿藿拖着红色的日默瓦旅行箱来到了我的面前。她脸色铁青，仿佛生病的是她不是我。

她见到我就连珠炮似的问："你怎么发现的？确诊了吗？医生说怎么治了吗？"然后又死盯着我喃喃道："你生病了怎么一点没瘦呢？脸还是那么圆。"

我一下子被她逗笑了，这还是我一周来第一次笑出声。我原本还有点后悔告诉藿藿，这下却开始庆幸，最艰难的审判有她这样的活宝陪我共度。

这就是传说中的"男友力爆棚"吧，死皮赖脸地破涕为笑，心甘情愿地不厌其烦。

晚上她睡在客厅的地毯上，我给她铺了两层厚厚的被子垫在下面。大明让她和我睡卧室，她不肯，说自己睡客厅可以在地上随意翻滚，哪有比地板更宽敞的床。

我知道她是不愿影响我和大明休息。的确，这一周我和大明身心俱疲。

大明先回房了，我和藿藿关了客厅的顶灯，只留一盏台灯，然后一起坐在她的地铺上，背靠着沙发闲聊。

藿藿没有再触碰生病的话题，反倒和我聊起了大学的事。

"你多有福啊，从研一开始就有大明照顾你。"藿藿说，"记得那时我们宿舍的开水都是大明每天来帮着打的。对了，他还会修电脑，各种版本的盗版 Windows 系统他都有，我的电脑还找他重装过呢。"

是啊，掐指一算，我和大明在一起已近十年。他日复一日规律地进进出出，我早已忘了这个像家具一样存在的男人曾和我度过怎样的青春。

他也曾在大雨滂沱的夜晚站在宿舍楼下扯着嗓子向我表白。

他也曾骑着自行车带着我徜徉了无数遍苏州河。

他也曾在毕业时抱着我说终于毕业了，可以结婚了。

他也曾从美国给我发来照片，照片里他穿着我给他买的廉价T恤，站在麻省理工学院的校园里，比着剪刀手，露出不整齐的牙齿。

衬着昏黄的灯光，我和藿藿聊着聊着，笑出了眼泪。

回到卧室已是夜里12点，大明竟还醒着。

“你怎么还没睡？”我问他。

“哦，我忘了看表。”大明说，“你俩聊什么呢？”

“秘密。”我笑了笑，钻进被窝，关上灯。

灯光熄灭的瞬间，我突然被拽回现实。我想起来，明天是出结果的日子。

我突然明白大明为什么不先自己关灯睡觉了。他知道我是个多思之人。

我向他身边挪了挪，他反手拥住我。

“晚安，老婆。”他呢喃道。

我在黑暗中将头发埋在他的臂弯里，竟安然睡去。

****

次日，藿藿陪我去见医生。

她用狐狸毛的围巾将自己包裹起来，双手不断放在嘴边呵气，一路都在夸张地描述着南加州温暖的阳光，仿佛生活在纽约的都是因纽特人。

其实我知道她是在掩饰自己的紧张。

光鲜漂亮的姑娘，哪里经历过癌症。那些冰冷的医疗器械、长长的穿刺针，我以前也看都不敢看，但真的落在自己身上，才发现人类是多么能屈能伸的生物。

癌症治疗中心是医院旁边一座单独的大楼，装修风格很像酒店，大理石的地面和墙砖，大厅还有人造喷泉景观。我们按照约定的时间来到约定的科室，门口的接待小姐微笑着让我们坐在皮沙发上静候，五分钟后，她告诉我们可以进去了。

今天见的是内分泌科医生，四十多岁的白人女人，笑起来有细密的鱼尾纹。

进屋后，她简单摸了摸患处，问了问我最近的饮食和睡眠情况。终于，她坐回自己的座位，低头看了一眼报告，然后抬起头。

她开口的那一瞬，我承认我的心脏都紧张地拧成了一团。

藿藿像个傻子一样缩在墙角，大气也不敢出。

“PTC（papillary carcinoma of thyroid, 甲状腺乳头状癌），”医生抬头笑笑说，“做个小门诊手术，切除掉就好啦！”

我太熟悉这个单词，PTC，就是十年存活率高达 90% 的那个亚型。

那一刻我突然觉得我重新回到人间了。

“需要化疗吗？她要不要剃头发？”我听到藿藿追问医生。

“目前看不需要化疗，但也要根据切除病灶后进一步活检的结果来定。”尽管医生的每句话都至关重要，但我在听到 PTC 的那一瞬间，整个人已忘乎所以。

走出楼门，藿藿摸了摸我的头说：“我以为要上演蓝色生死恋呢，结果你连头发都不用剃啊！”

我感觉到她的手是温热的，不再冰冷。

藿藿的血液终于恢复了正常流动，开始给我讲她这两天的心路历程。

她说她来之前一夜辗转反侧，不知该如何面对这个探病之旅。她曾经去过世界上几十个国家，但每次旅程之初都是怀着兴奋与期许，这是她头一次奔赴一场生命不能承受之重，不知归途。

她在飞机上始终无法镇定，甚至还含了一颗速效救心丸，不然她怕自己会紧张得猝死。

“我真是个大福星！这真是我能想象到的最好的结果！”藿藿趁机邀功，“你这听上去还不如阑尾炎严重呢，我是被你骗来的，你要陪我吃好吃的！”

我紧紧搂住她的肩膀，在她脸上狠狠亲了一口说：“你想怎样都行。”

****

藿藿在的那天，是我那前后几个月最开心的一天。

我也突然理解，有惊无险和失而复得，是生命中最美妙的两个词。

我们俩直接去了第五大道，吃了一顿人均100美元的牛排，然后挽着胳膊去逛街。

我们在北大的时候经常一起去逛动物园的服装市场，那时藿藿总拿着专用蛇皮袋装作进货的模样，用术语问老板：“这个款好走货吗？”然后不费吹灰之力用批发价搞定，晚上我们再一起聚在宿舍欣喜若狂地试穿斩获的战利品。

八年后的今天，我们走在纽约第五大道上，兴奋的心情与当年无异。

藿藿和当年一样，将演技进行到底。只是如今她装的不是进货小老板，而是比弗利阔太——算是本色出演。

走进奢侈品店，她总能开口第一句话就博得店员的尊敬。“前几天我参加你们的品牌活动，看到你们市场总监穿了一件黑白格外套，垫肩比去年的款高。”藿藿后来告诉我，进奢侈品店一定要先问衣服，因为游客都是问包包，买衣服的才是大金主，店员才会端茶倒水，把柜子最深处的稀缺款拿出来给你。

一边逛，藿藿一边和我介绍本季各个品牌的新款。她让我知道，摩纳（Moynat）的马鞍皮包包最热卖，但其实尼罗鳄的包才最有收藏价值；芬迪（Fendi）凭借Peekaboo和By the Way两款手袋让原本已经要过气的品牌起死回生；德尔沃（Delvaux）的短吻鳄包包一定要配貂皮肩带才完美。

换作平日，我会在心底暗笑她的物质和讲究。但此刻我却觉得一切都像广告片一样美好。

抛掉事关人性的部分，这些华物本身的确是美丽的，每个细节的质感都摄人心魄。

当我去拥抱这美丽的人间生活，高山绿野纵然明澈，红唇紫衫亦不容错过。若不趁姣好年华锦衣而行，待老去，只能在病房中灰棉素裹。

尘世欢纵，并无轻浮与深沉的区别。只要爱了，快乐了，管那么多干什么。

傍晚，我和藿藿在一家酒吧订了位，大明也来了。

我那晚喝断片儿了，只记得眼前一杯又一杯的血腥玛丽酒在闪动，藿藿放肆的笑声回荡在耳畔，还有大明胸前的温度。

后来大明说他新买的衬衫上糊满了我的口水和鼻涕。藿藿说，我那晚哭到上气不接下气。

大明说，告诉你个秘密，藿藿那晚也哭了。

藿藿说，告诉你个秘密，大明那晚也哭了。

****

如果是电视剧，也许这就是个不错的结局。

但现实中，手术还是要做，还有很多尚未解决的问题和不确定性。

后来内分泌科医生和外科医生讨论决定，先用保守方案，切除我左侧甲状腺，如果癌细胞没有浸润到淋巴，就不需要切除右侧。

我进手术室的时候心情是很放松的，毕竟就是个不需要住院的门诊手术。医院的手术服非常先进，里面通了管子，旁边有旋钮，可以充进热气或冷气，随时调节温度。

我还顾着玩衣服，麻醉医生就进来了，问我准备好了吗。我说准备好了，他就给我的点滴里加了一针麻醉剂，下一秒我就不省人事了。

那是我第一次无梦的睡眠，等我睁开眼睛，手术已经完成。

后来我才知道，即使是门诊手术，对身体也是巨大的考验和摧残。

我的脖子被缠上了厚厚的纱布，还有支架固定着，我就躺在观察室里，一动不动地望着天花板。

过了一会儿，我突然觉得腹部疼痛，痛到浑身的冷汗大颗大颗往下流。我想在床上打滚，但架着脖子动弹不得。医生过来检查了半天也没有找到原因，说从没见过这种情况，也许我是敏感体质，对麻药产生了过敏反应。医生也不建议再用止疼药，担心加剧病情。

我就只能一动不动地忍受着刀绞般的疼痛，望着天花板，让时间一秒一秒过去。

旁边时不时传来其他术后病人的呻吟，中途我听到医生们奔去给隔壁床位的病人进行电除颤，后来又有一群人飞奔着将他推去了急救室。

“他怎么了？”我呻吟着问护士。

“看上去不太好。”护士叹口气，意味深长。

我的心轻轻地下坠了一下，却很快被自己身体的疼痛冲淡了。

那是我人生中最难熬的六个小时，我当时想到了汉朝戚夫人被吕后做成人彘的故事，一时间竟有同病相怜的伤怀之感。

出院后，我一直戴着脖套，僵着脖子。麻药的副作用居然持续了两天，其间我始终有腹痛感，还呕吐过几次。

最难熬的伤痛不是来自躯体，而是精神。少了一个甲状腺，身体顿时处于甲减的状态，情绪也变得不稳定，抑郁，整个人心情低落，觉得世界变得灰暗。

恰恰在我身体和精神最不堪一击的时候，医生又告诉了我坏消息。

医生说，活检报告显示，我的少量淋巴有癌细胞浸润。也就是说，我的身体里还有癌细胞。

我必须再接受第二场手术，切除右侧甲状腺。

那一刻我真的体会到了什么叫崩溃。

****

两次手术的间隔期大约为两周。

我像废人一样待在家里，不能洗澡，不能转脖子，不能大笑，甚至不能大哭。

我没有任何讲话的气力和情绪。藿藿发的信息我不想回复。大明回到家和我说话，我也爱答不理。

但家人从国内打来电话，我得接，而且得装作若无其事的样子。

我的外婆近几年中风了两次，已经失去行动能力，不能受任何刺激。

我的母亲守在外婆身边，也经不起任何别的精神压力了。

我只能在电话里强颜欢笑，然后找借口挂掉电话。

其实每次听到她们的声音，我都委屈地想要大哭一场。

那两周我读了于娟的《此生未完成》。我看此书时，作者已因癌症不在人世。

文中写道，一次化疗结束后，刚十九个月的儿子土豆趴在她的膝盖上，奶声奶气唱“世上只有妈妈好，有妈的孩子像个宝”。她流着泪想：“也许就差那么一点点，我的孩子变成了草。”她还写道：“哪怕就让我那般痛，痛得不能动，每日污衣垢面趴在国泰路政立路的十字路口上，任千人唾骂万人践踏，只要能看着我爸妈牵着土豆的手去幼儿园上学，我也是愿意的。”

还有她的丈夫，天天为全身骨头坏死、生活不能自理的妻子擦屁股，说得最多的一句话是“我求老天让你活着，让我这样擦五十年屁股”。

于娟多么爱她的孩子和丈夫，多么爱生命，她不想死，她绝不放弃，可是，她还是走了。

看到这里，我悲从中来。

****

第二次手术后，我整个人都像被抽空了一样。

失去了双侧的甲状腺，我彻底不能分泌甲状腺素了。

凡事失去后才懂珍惜，之前我甚至不知道甲状腺这个器官的存在，失去了却发现它那么重要。

如果一个人没有甲状腺素，会导致身材矮小、面部表情呆滞、智力低下、反应迟钝、心跳慢、记忆力差、血压低，种种表现不胜枚举。

所幸我们生活在一个医疗技术发达的时代，有药物可以代替甲状腺素。

终生服药，这在健康人眼里是个挺惨的事，但对病人却是福音。

我身体底子一般，医生在手术前说有小概率会发生的缺钙也应验在了我的身上，长期下去会导致骨骼脱钙，骨质疏松。

我只能像个贪吃的孩子一样，每天抱着家庭装的大桶钙片，大把地塞进嘴里。

对于癌症患者来说，这些都不算什么了。

身体终究是少了一个器官，再也不是从前那样完整鲜活。

我一整个月都在和身体创伤及激素缺乏导致的各种症状抗争，所有的注意力都放在了自己身上。

真的感到痛苦的时候，身边围绕再多人，也激不起自己讲话的兴趣。

我在疼痛和抑郁的过程中深深觉得，即使再亲近的人，也无法代替你承受痛苦。

人生的本质是孤独，深深的、深深的孤独。

我每天吃吃睡睡，习惯了和大明只有只言片语，时间久了，我们变得相敬如宾。

“相敬如宾”真的是褒义词吗？最亲密的人变得客气，不是很悲哀吗？

但我又无力改变。

走过大风大浪，让我本能地在自己和健康人之间划了界限，我觉得没有人能真正理解我，包括大明。

我也一厢情愿地想，对于一个阳光男孩来说，突然强迫他面对这些生生死死的事，也真的是委屈他了。

久病床前无孝子，谁又能要求原本没有血缘关系的配偶，去陪自己扛住这生命无法承受之重，去面对疾病给人生带来的灰暗和无望。

我想，我不想拖累谁，但我也管不了谁了。

人生在世，每个人把自己顾好就不错了。

****

人在消沉的时候，容易做出让自己后悔的决定。

但当我意识到这一点的时候，为时已晚。

在我手术后一个多月时，母亲在电话里说，外婆的病情恶化了。

她原本只是瘫在床上，这几天开始有些神志不清。

如我在前文提到的，我是单亲家庭，母亲以前工作繁忙，我是外婆一手拉扯大的。

所以外婆对我的意义，相当于半个母亲。

尽管没有父母在身边，但外婆让我的童年并不缺少颜色。

外婆喜欢在自家花园里种菜养鸡。旁人总戏谑，外婆最惦记的就是我和她养的鸡。小时候我会日日催促外婆“摸摸鸡下蛋了没有啊”，然后外婆就一遍一遍带我去摸鸡屁股。

我和表哥表姐时常偷了火柴溜去对面的泥地生火烤土豆。我最小，表哥表姐总欺负我，不分给我土豆。这时外婆就会像佛祖显灵一样降临，勒令哥哥姐姐分土豆给我，我把衣服撩起，托着热腾腾的土豆，咧嘴傻笑。

我上大学后，和外婆聚少离多。

日子久了，电话也变得稀少，我习惯了只是在微信上发几张照片给母亲，让她给外婆看。

每次逢年过节回家，我发现我发过的每一张照片，外婆都如数家珍。

南方的冬天没有暖气，每次回家我便借故和外婆挤在一张床上。虽然不好意思再将头埋在她怀里，但听到她熟悉的咳嗽声，我就心中安稳。

没有想到，只是半年不见，我的外婆竟每况愈下至此。

我想要飞回去看望外婆，但被母亲拦住了。

她严肃地告诉我，我回去会添乱。外婆在偶尔清醒的时候也强调，不要让我回去。

我犹豫片刻，关闭了买机票的页面。

我想我暂时还是不要回去。

我当时的理由有两个：第一，外婆的病情一直时好时坏，也许她这次安心静养几日便又安然度过，我回去可能反而添乱；第二，我现在身体状况不佳，多走几步路都会疲惫喘气，面对十几小时的飞机和中国南方的阴冷，我怕自顾不暇。

我想的理由是充分的，在那样的情况下，大明也支持我先不要回去。

但事实证明，生命转瞬即逝，我稍微迟疑，就变成了一生无法填补的遗憾。

初春刚刚回暖的一天，母亲发信息告诉我，外婆走了。

站在纽约乍暖还寒的街头，看着身边捧着红玫瑰擦肩而过的陌生笑脸，我一时间竟不知自己身在何处。

我第一次走进曼哈顿晨边高地的河滨教堂。我没有宗教信仰，便站立在教堂的入口处，听钟琴奏响，想过去百年来有多少纽约客在这里祈祷，为新婚祝福，为诞生洗礼，为死亡唱诵。

《圣经·启示录》写道："不再有死亡，也不再有悲哀、哭号、疼痛。因为以前的事都过去了。"往后人间又要发生多少悲欢喜乐，外婆已不知。我经历了什么苦难与喜乐，外婆已不知。

"真正让我感到她生命终止的、她已离我而去永远不会再来的，既不是没有了呼吸，也不是心脏不再跳动，而是她那双不论何时何地、总在追随着我的、充满慈爱的目光，已经永远地关闭在她眼睑的后面，再也不会看着我了。”作家张洁这段话，萦绕在我脑中。

我突然无比后悔，后悔得想要抽自己大嘴巴。

我之前给自己构造的理论体系，瞬间崩塌。

我之前觉得人生终归是孤独的，这只是在给自己寻一个借口，一个不去为身边的人负责的借口。

之前听说，很多患病后的人会变得性格孤僻、自私而不顾他人感受。不知何时，我也变成了这样的人。

我给自己找的借口，最终成了刺痛自己的那柄刀，我要用一生来舔舐它留下的血与痛。

我亲手铸的刀，割断了我和最爱我的人最后见面的机会，让我抱憾终生。

那一刻，我才真的是孤独的了。

****

世间唯有爱无法强迫，唯有死亡无法挽回。

因为我的自私，我错过了和外婆相见的最后机会。

我连夜飞回了国内。

事实证明，只要按时按量服药，我的身体完全可以承受这样的旅途。

我平安抵达南京，让我更加痛恨自己。

外婆的葬礼很简单，除了家人谁也没有来。有些人在锣鼓丧钟中离开，华丽而充满人间气。

有些人死后被撒向大江大海，从容结束一段轻盈的旅程。

站在黄浦江的游船上，我将骨灰撒进滔滔江水。

之前的我总认为，除了生死，什么都是小事。

但此刻我却恍然，即使是死亡，也没有那么可怕。

生老病死，原本就是每人终将面对的自然现象。如道家所言：生亦何欢，死亦何苦。或如基督教所述：生，固然可喜；死，亦应可贺。

死亡若是终将抵达的终点，我们每个人的旅途归根到底都是有限的。若不能决定它的长短，与其活在与未知的抗争中，不如放下心结，去充分体验大千世界的每一刻。

外婆一生都处在辛劳、担忧、紧张状态下，紧凑、深刻、坚硬、光亮、坚挺了一辈子的皱纹，现在松弛了，疲软了，暗淡了，风息浪止了。

我想，也许随着人类文化与心智的进步，有一天人们会不再畏死。生活就是一场盛大的狂欢，笑吧，闹吧，累了，不想玩了，就把总闸一关，灯灭，人息。

****

外婆的葬礼后，我只身去了青海。

我想要找一个答案。

我七岁那年，外婆曾经带我去过青海。那里有我一生中见过的最亮的蓝。

记忆中那明澈的静水倒映着我和外婆的身影，光线流动，万物寡言。之后我一直记得那绮丽而肃穆的天地，神秘而与世隔绝的村庄和山峦。

我想要回到那方神秘的土地，人世浮华也不能与它对峙，轮转的生命在这土地上也只是惊鸿一瞬。我想要站在世间的边缘，惜别与铭记。

我坐飞机抵达西宁，之后坐大巴车颠簸至共和县，抵达黑马河乡。

沿途有很多蒙古包，门口偶尔飘扬着揽客的小旗，写着 20 元住宿。地下是草甸，蚊虫就在耳边嗡鸣。

我下榻在一家朋友推荐的旅店，是那种两层的砖砌小楼，有水泥地的庭院，庭院里有水井和花草，地上有藏族房东散养的柴鸡踱步。旅店隐藏在分岔的曲折小巷里，位置偏僻，只接待寻访而去的回头旧客。

晚饭吃的是藏民房东做的羊肉包子和饺子，味道是在纽约所不能想象的浓郁。

“来，青稞饼，青稞饼。”还有提着篮子的藏族小女孩在旅店门口熟练地叫卖。2 元钱一包，我买了一包，计划当作次日的早餐。

房顶上架设了太阳能热水器，热水用完就没有了。我晚上回到房间，水已经变得冰冷。我便问房东要了一暖瓶热水，在井台洗漱，和衣躺下，熄灯入眠。半梦半醒间，还能听到庭院里有深夜迟归的客人，站在水井旁边压动水汞抽水洗澡。

第二天清晨，我 6 点多便被太阳照醒。推开窗户，看到湛蓝的天如穹庐，漫山遍野的油菜花仿佛一夜间绽放，金灿得晃眼。阳光透过偶或飘过的云一束一束泻落，笼罩村庄、山峦和田野，仿佛是来自天上的光柱，可以超脱人间所有的悲喜和得失。

我决定在这里住下来。

****

在佛光笼罩的土地上，总会降生奇迹般的因缘。

我入住不久，搬来了一位来自北京的女孩，与我年龄相仿，名叫咏笙。

咏笙身材瘦削，留着男孩式的短发，面色白净，眼窝很深，有很多层眼皮，笑起来像月牙。

她来的第一日，我们只是淡淡地打了招呼。

第二日清晨，我推开窗户，看到她已经在楼下围着油菜花地跑步。

“你好勤快啊！”早饭时我们在楼下饭厅相遇，我赞叹道。

“生命在于运动。”她从藏族房东的铁壶里斟了一大碗飘着油花的奶茶，坐到我身边的木凳上。

在这样的旅店里，住客可以随时说话，亦可随时失去踪迹，这都是极其自然的事。

而遇到咏笙这样年龄相仿又同样是长住客的人却很难得。

我们迅速熟悉起来。次日，她约我去塔尔寺同游。

****

我们坐着房东的手动挡捷达车，一路向西奔去。

驱车沿着湖边的草甸前行，一不小心就开进了一处沙地。因为车子不是四轮驱动的越野车，我们陷在沙地里出不来了。

房东去找不远处喂马的藏民帮忙，开始想各种办法。

我坐在旁边的草地上，阳光直射在瞳孔里，明亮得睁不开眼。我只知道有雪盲，现在觉得一定也有草原盲，还有蓝天盲。草甸上没有树荫，我便将颈上的纱巾解下来遮在头顶。

咏笙坐在我身边，拍打着裤腿上的杂草。一回头，她便看到了我脖子上的伤疤。

“怎么弄的？”她倒是问得直接。

“我做过甲状腺手术。”我含蓄地回答。

“你看我的。”她撩起衣服，露出小腹上一道触目惊心的伤疤。

那伤疤就像一条爬虫，在她白净肌肤的映衬下，如此违和。

“怎么弄的？”这次轮到我发问了。

“卵巢癌，切了。”她放下衣服，轻描淡写地说。

我一时惊到无言以对。

还没来得及多问，房东冲我们喊："车子弄出来了，可以出发了！"

我们起身向帮忙拖车的藏民表示感谢，他挥挥帽子，策马扬鞭走了。我们钻进车子，重新上路。

****

路上，我们分享了彼此的病史。

咏笙说，她很少和人聊起疾病。但当她看到我颈上的疤痕，心中便明白了八分。

"在中国的女性中，30 岁以前被诊断出最普遍的癌症就是甲状腺癌。30~59 岁之间是乳腺癌，60 岁以后是肺癌。"咏笙张口便引出了一组数据。

咏笙告诉我，她在广州读大学的时候觉得小腹总隐隐作痛，去医院检查，一查就是卵巢癌。

"通常卵巢癌是没有感觉的，一旦发现就是晚期。"咏笙豁达道，"我算运气好的，我这个肿瘤的位置靠近肠子，所以卵巢没感觉，肠子却被挤疼了，所以发现得还算早。"

咏笙给我讲她化疗的经历。

咏笙说，她当时刚切了病灶，上身不能动，即便呕吐也只能侧头，最多 45 度，身上、枕边、被褥、衣裳，全是呕吐物，有时候呕吐物会从鼻腔里喷涌而出。

而且呕吐会带动身体震动，震动又会导致伤口剧痛，于是一日几十次呕吐，几十次痛到浑身被汗水浸湿。

“后来我走到那家医院附近就会绕道而行，因为我看到那家医院就会干呕想吐。”咏笙笑道。

“六次化疗，我都坚持过来了，一次也没哭过。因为我觉得扛过去，就好了。”咏笙叹了一口气。

咏笙休学治疗了一年，后来病情逐渐稳定，头发重新长出来，她也重新回到学校正常生活。

毕业后，她也顺利找到一份外企工作，踌躇满志地开始了职业生涯。

她以为生活终于可以安稳向前了，但却不然。

一年后，她的癌症复发了。

“第一次生病咬咬牙就扛过来了。第二次复发，我才真的崩溃了。”咏笙说，“当时我就觉得，我的人生和身体都是不可控的，到底还有什么东西我可以控制？”

刚做了一年的工作又被迫辞掉。

她回到医院，那个看都不愿看到的地方。之前的刀口又被割开，再次手术。

“表皮层你看到的是一道疤，但其实皮肉下面是两道不同的切口。”

她又被切了另一侧卵巢，从此不能生育。但在极度的肉体痛楚下，她几乎没时间为自己的生育能力哀悼。

整个身心都再次陷入新一轮的化疗中，重复着呕吐、疼痛、高烧的老戏。半年时间，身体里长期插着长达45cm的PICC（经外周静脉穿刺中心静脉置管）导管，从手臂伸出一个塑料头，四周无论何时都贴满了3M贴膜。

“每次想到化疗二字，我就会颤抖，接下来就是全身酥麻。与其说是心理反应，不如说是生理应激。”咏笙说。

半年后，咏笙出院了，宣告战胜又一轮癌症。

但经历第二次折磨后，咏笙已经回不到过去的生活了，再也回不去了。

当时咏笙24岁，本是闺阁待嫁的年纪。热心的亲友没少为她奔走，想给她找个对象。但大部分人听说她得过癌症又不能生育，都不容迟疑地拒绝了。

“也有两个人来和我见面了，一个是在甘肃做乡村医生的，一个是离过婚有孩子的。”咏笙说，“人家见我就很直白地问，你以后会不会再生病啊，我就只能笑着说，我不知道，我真的不知道。”

“你说你结婚了？真好。”咏笙笑着低下头说，“我已经放弃结婚的想法了。”

正聊着，房东回头说：“到了。”

****

下车，四周都是随风飘扬的经幡，耳畔是轰鸣的钟声，金殿顶上反射的强光照得人睁不开眼睛。

很多举着相机的游客，却丝毫妨碍不到磕长头远道而来的信徒。

据说信徒若在佛前许过愿，还愿时就要用十万个长头来报答。远道而来的人都是自带干粮，白天到这里还愿，夜间就近住宿，一天天不停地拜下去。

有时候我觉得信徒的内心是矛盾的。

释迦牟尼成佛后的第一句话是："天上天下，唯我独尊。"他的本意是，人在宇宙中是顶天立地的，每个人都是自己命运的主宰，不必听命于任何人或任何超乎人的神。

信徒们信奉释迦牟尼，却不信自己能主宰命运。

"你信佛吗？"我问咏笙。

"我信佛学，却不信佛。"咏笙说。

藏传佛教信奉活佛。按照佛教教义的说法，一个活佛的圆寂，不过是灵魂的转移，化身为另一肉体的人而已。

"转世，是佛教和其他教派最大的区别吧，也是最给人以安慰的。让我相信还有机会有个完整的躯体，好好地过一生。"

我和咏笙边走边聊。

咏笙说，她第二次病愈后，整个人陷入了一种无欲无求的消沉状态。

"当时在我面前有两个选择，要么就什么都不做，反正也无欲无求了，要么就硬着头皮找出路。"咏笙说，"人还没死，当然得选后者。"

其实得过癌症的人，身体康复是一方面，心灵康复更困难。病痛的摧残犹如血肉战场，留下的阴影深入骨髓。

“得了大病的人都有这种感觉吧，就觉得身体一直往下坠，没有东西可以托住它，也不知道坠到哪里是底。

“我只能自己托住自己。”

****

我们走在塔尔寺的小径上，四处可见佛经壁画。它们镶嵌在高大殿堂的墙壁，画在僧人的佛堂，以及门、梁、柱甚至藻井之上。

我们在《六道轮回图》前驻足。“这叫作‘十二因缘’。”咏笙指着外环的十二幅小图说，“人世轮回，一目了然。”

按照藏传佛教的理论，人生分为从“无明”到“老死”的十二个环节，因果相随，三世相续而无间断，使人流转于生死轮回大海，而不能出离。

万事万物，因果相连。

病愈后的咏笙，充满对人生的疑问。

为什么是我？这是最首要也最折磨人的问题。

咏笙第二次病愈后，便一直在努力寻找答案。

她慢慢总结了几十条生病的原因，包括基因、环境、作息不规律、吃垃圾食品、易发怒等。

找到“病因”后，她就努力避免这些因素，并且去看了心理医生、营养学家、道教拳师，找各种流派的养生法、锻炼方式。

“找不到原因的话，就会像掉进了无底洞，会觉得上天为什么对我这么不公平，为什么是我。找到所谓的病因，反而会放下一点，觉得至少有说法，有可以改善的空间。”

她也去学习有关癌症的知识，“原来得癌症的人这么多！”她对我说。

咏笙查阅了美国癌症协会的官方数据，美国每年有 170 万新确诊癌症患者，其中 3.7% 的人确诊年龄为 34 岁以下。也就是说，美国每年确诊癌症的年轻人就多达 6 万人。

在中国，2015 年共有 429 万新确诊癌症患者，以及 280 万癌症导致的死亡。也就是说，每年因癌症死亡的人占确诊人数的比例高达 65%。

“看到这组数据，我想，只要我活着，就是那幸运的 35% 了。”咏笙说。

****

“你介意等我半小时吗？你可以在附近先转转。”咏笙抱歉地说。

在塔尔寺门前的街角，咏笙找了一个石阶坐下，从包里掏出一块画板，一支铅笔，三五下便勾勒出了八宝如意塔的轮廓。

这也是她寻找答案的一部分。

咏笙第二次病愈后，没有回到原来的公司上班，而是捡起了少年时的爱好，素描。

“我不知道什么时候还会生病，我想我更适合从事不受时间限制的自由职业。”

“钱还得挣啊，在医院这段时间我发现，现在的医疗技术真是先进，只要有钱，就有办法维持生命，而且能让你最大程度减轻痛苦。”

“但同样是挣钱，为什么不采取让自己更愉悦的方式呢？”

如今的咏笙，是一名插画师，也是一名兼职美术老师。

她的画风是大胆而简洁的，擅长用线条勾勒出生动的故事。

她的作品赢得了许多编辑的青睐，请她画插图的报刊越来越多。

她还在自己家里教孩子们画画。

“我自己没有孩子，但我特别喜欢小孩，看着他们充满想象力的作品，我总能发自肺腑地快乐起来。”

看着咏笙低头作画的画面，她瘦削的身躯在金灿灿的佛殿面前显得渺小却刚毅。

病痛会让人思考很多关于生死的问题。

我坐在她身边的石阶上，回顾之前在公司和迈克的明争暗斗，突然觉得恍若隔世。

当我不想去控制大局小局，不想去多管闲事，不再有对手，不再有敌人，世间的一切，便如隔岸之花，风淡云清。

曾经的我万般纠结，无法解脱，如今突然就想透彻了。

“为了一个不知道是不是自己人生目标的事情拼了命扑上去，不能不说是一个傻子干的傻事。得了病我才知道，人应该把快乐建立在可持续的长久人生目标上，而不应该只是去看短暂的名利权情。名利权情，没有一样是不辛苦的，却没有一样可以带去。”于娟的书里曾这样说。

之前总在怨天尤人，其实我自己何尝没有责任。

我失去工作后的消沉，是源自对从有到无的怨念，但我之所以会失去那份工作，本质上是因为那并不是我真正的人生目标。我毕业后的就业选择只是在那个时间点最符合普适价值观的选择，却不是我内心所求。因此我也只是强迫自己去做这份工作，而没有最大程度发挥主观能动性去做好它。

只有当一份工作是真正的乐趣所在，人才会发挥自己最大的能力，把它做到最好。所以我失去这份工作，是偶然，也是必然。我怨不得谁，也不必自怨。

人生苦短，丢掉一份并不享受的工作，其实是值得庆幸的事啊。这让我有时间去重新开始，用有限的生命去做更有意义和乐趣的事。

一念放下，万般自在。

****

回到旅店后，我晚上在房间镜子里看到自己，发觉颈上的伤疤已经淡了许多。

我突然觉得，应该向前走了。

我打了一个电话给大明。

我说我准备回美国了，已经耽误了太多的时间，现在我有好多事情想做。

电话那头，大明的声音陌生而熟悉。

“快回家吧，你想做什么都可以。”

一周后，我和咏笙在旅馆门口告别。

“快回家去吧。等我完成这个系列插画，我也就回广州去了。”咏笙紧紧抱住我。

咏笙塞给我一本书，是斯特科·派克的《少有人走的路》，扉页上写着她的笔迹：

陌上流年，且吟且行，素心如简，待莲花开尽，便是清欢。

她拍拍我的背，我转身爬上藏族房东的捷达车，去往机场。

在轰鸣的汽车马达声中，地下卷起一阵尘土，咏笙和小旅店在身后渐行渐远。

我望着窗外一望无际的油菜花，还有偶尔闪过的磕长头朝拜的信徒，深深吸一口气。

我突然觉得过去半年时光就像一场虚幻的蒙太奇。

从办公室政治到被迫出局。

从去美国到诊断出癌症。

从第一次手术到第二次手术。

从肉体的痛楚到精神的抑郁。

还有和大明莫须有的隔阂。

还有外婆的骤然离世。

恍然间，我不相信这一切是我自己的亲身经历。怎么会在这么短时间内，发生了这么多事。

而我，也在这么短时间内，被生活彻底击溃。

但其实还有这漫山遍野的油菜花啊。

还有湛蓝的湖，温暖的日光。

还有陌生的异乡人磕着长头颠沛向前。

还有比我更不幸却更乐观的咏笙。

还有时刻准备挺我的藿藿。

还有爱我的母亲。

还有大明。

****

我回苏州陪了母亲几天，看她心情逐渐平复，我便踏上了回纽约的飞机。

我见到了大明。几周不见，他仿佛清减了许多。

每天早晨，他还像往常那样冲一杯咖啡，坐在客厅的桌前查邮件。

这个久违的场景，竟让我一瞬间感到委屈，眼泪唰地就流了下来。

大明讶异地看着我。

“我们还能回到半年前的样子吗？”我问他。

“什么半年前？我们从来都没有变过啊。”大明瞪大了眼睛，无辜地望着我。

我破涕为笑。也许所谓疏离，根本就是一个抑郁的人写给自己的内心戏。

****

我从小就是个热爱写作的人，后来一不留神走上了金融之路。现在生活狠狠给了我一巴掌，让我看清自己到底应该做什么。

我注册了一个公众号，算是一个小小的自媒体平台。

我想在纽约这个包罗万象的城市做一件事，一件我一直想做的事。

我要去走访当地的华人，从华尔街精英，到唐人街偷渡客，从懵懂的留学生，到忘记了华语的老侨民。

我相信每个生活在纽约的华人，他的人生都是一部波澜壮阔的游子之歌。他们传奇的人生，奋斗的经历，颠沛的旅程，值得被记录。

我聊着，写着。然后我把文章发布在我的公众号平台上。

我在采访的过程中认识了许多当地的华人，开始有了自己的朋友。

我的公众号也积累了越来越多的读者，开始有国内的报刊在后台联系我，申请转载刊登。

现在，我的公众号只有不到两万读者，但我相信这个数字会越来越大。

“你的文字是真诚的。”有读者留言说。

当我深夜还坐在电脑前疾书时，大明总会走过来摸摸我的头说：“我知道这是你真正热爱的事。”

有人在苦难中被击溃，有人通过苦难找到答案。

用一对甲状腺换一个真实的自我，突然觉得好值得。

****

2016 年 5 月 17 日，外婆去世一周年的日子。

我回到苏州给她上了坟。

母亲和她刚结婚不久的丈夫站在我身后，良久无言。

无论时间过去多久，那些曾经挚爱的人，都始终刻骨铭心。

晚上在浴室洗澡，热水顺着我的头发流淌下来。

我在氤氲的蒸汽里，眼前仿佛又看到外婆鲜活的笑脸，看到她拉着我稚嫩的小手，走在吴门桥畔的石子路上，指着匠人手里的泥娃娃，教我认孙悟空、猪八戒。

突然觉得，原来生命的陪伴和传承，是一件这么美好的事情。

外婆属鸡，如果她还在，明年便是她的本命年了。

那一瞬间我突然萌生了一个想法，我想要在外婆的本命年生一个属鸡的孩子。用一种具有仪式感的方式，实现生命的传承。

我冲出浴室，还没有擦干身上的水珠就给大明拨了电话。

“大明，我们要个孩子吧。”

电话那头沉默片刻，估计是一时回不过神了。

“好吗？”我问。

“好，好，好。”大明的声音竟然是颤抖的。

****

得过甲状腺癌的人想要怀孕，要经内分泌科、肿瘤科、妇产科几个医生的批准首肯。

我按照医生的叮嘱，按时按量服药，调整饮食结构，每日慢跑。

半年后的一天，验孕棒显示两条红线。

第二天得到医生的确认：“你怀孕了。”她笑着恭喜我，我的眼泪唰地流了下来，怎么也止不住。

走出医生办公室，我对着大明含泪傻笑，把他吓蒙了。我把单据给他看，他也变成了一个呵呵直笑的傻瓜。

这时我才明白，大明一直是想要孩子的，只是为了我一直没说。

****

对一个患过癌症的人来说，怀孕比其他人辛苦很多。

医生根据怀孕的不同阶段，实时调整口服激素剂量。每次调整药量之前都要停药，那几天我都会情绪低落、浑身无力。

我还患上了孕期瘙痒症，浑身皮肤奇痒无比，晚上做梦都在拼命挠，常常早上醒来看到自己被抓得鲜血淋漓。

几个月下来，我脖子以下的皮肤几乎没有一处是完好的，就像个浑身是疤的癞蛤蟆。

就这样扛到了足月。

当我被推进产房的那一刻，我觉得如此熟悉。同样的病号服，同样打着点滴，但上次从身体里取出的是肿瘤，这次是新的生命。

2017 年 12 月 20 日的夜里，我顺产生下一枚女婴，5 斤 8 两。

医生把她抱到我眼前，我看到她粉嫩的面孔，那么鲜活，那么明净，那么充满生命力。

她的面庞，是我一生见过的最美的东西。

我看到自己的血脉流淌在她的身体里。她会长大，会有自己的孩子，会将这份血脉传承，生生不息。

我躺在产床上，看到窗外宇宙浩瀚，星光灿烂。

我给她起名叫若隙。

人生天地之间，若白驹过隙，忽然而已。

****

前几日，藿藿来看我和若隙。她说我浑身散发着母爱的光辉，说直白点，就是个浑身奶味儿的哺乳期妇女。

当其他产妇在埋怨坐月子的辛苦时，我每一次给若隙喂奶擦屁股，都充满欢愉。

大明也成了幸福的奶爸，每天盯着女儿看啊看。女儿嘴角长一点轻微的湿疹，他都会每小时给她抹一次乳液。

在短暂的人生中，你和你爱的人相处的时间其实是有限的。意识到这一点，那些原本质朴平淡的时光，便值得你全神贯注去享受。

我生病的事情渐渐在我心中变得云淡风轻。

我依旧每半年去复查，依旧是高危人群。

又怎样。

每个人都有生病的时候，或早或晚，或轻或重。

若你没有被疾病彻底击垮，便应像感谢敌人一样感谢它，感谢它让你有痛定思痛的思考，有劫后余生的欢腾。

也许病愈后我们又会回到日常繁复的生活轨道上，但我们的心会更明澈，更举重若轻。我们会知道哪些事需要改变，哪些人需要珍惜。

这次生病的过程对我来说就像一场迂回向前的自我救赎。

我想在未来的人生中，当我遇到苦痛，恐怕依然免不了有低谷期。

但怕什么呢，人生原本就是一场反反复复的自我救赎，有迂回，但总趋势是愈挫愈勇，愈行愈开阔。

最后用一句电影台词来结束吧：

Life is not the amount of breaths you take, it’s the moments that take your breath away.（生命的真谛不在于你有多久的呼吸，而在于那些让你无法呼吸的珍贵瞬间。）

原来你也痛苦过

我想快乐地讨论一下痛苦。

独自旅行，听上去是一个很孤独的概念，但恰恰相反，其最美妙的部分就在于：你没有和任何人在一起，但你可以和任何人在一起。

我在旅途中遇到了很多不同的人。他们来自中国、加拿大、巴西、阿根廷、瑞士、意大利等不同国家；他们从事教育、咨询、音乐、金融、学术研究等不同行业；他们有的是一文不名的街头艺人，有的是高盛私人银行的客户；有的我已经认识十几年，有的则是初见。

他们让我看到了无数个不同的人生。我震惊地发现，在这些璀璨的生命背后，都有着各自深沉的苦难和勇敢的救赎。

平日在城市里见到的人都千篇一律，但旅途中遇到的人很容易敞开心扉，并不介意地将自己的真实状态呈现在我面前。

在我此行深度交谈过的七八个人中，有两个人都承认自己曾经患过抑郁症，有三个人离过婚，有四个人曾经在不知道下一步做什么的情况下放弃或失去了工作，有五个人经历过亲人的长期患病或离世。

每次对方的坦然相告，都让我愕然动容。

旅途结束回到固有的生活，坐定思考，我想，既然一个健康的人也会关注疾病，为什么一个平静的人不能去讨论痛苦呢？

它并不沉重，也并不遥远。它很平常，且每个人终将面对。

我只是想把我此行所遇到的人和事，我处理日常困扰的一些感悟，分享给大家。

独自旅行的中国女人

我在威尼斯偶遇了一位独自旅行的中国女人，M。

我们相遇在威尼斯一家在猫途鹰网站上口碑很好的意大利面馆，这家面馆距离威尼斯核心区域很远，因此尽管声誉良好却门可罗雀。当时正是中午时分，店里只有三四桌客人，而M就坐在吧台边上，一边吃海鲜面，一边用流利的意大利语和老板交谈。

她看上去三十出头的年纪，有着瘦小的身躯、精致的五官、偏褐色的皮肤。我忍不住去欣赏她大臂和脊背在侧逆光下健美的肌肉曲线。

她就像三毛笔下辨不出国籍和人种的那类女人，让人忍不住想和她攀谈。

我用英文与她搭讪："你点的海鲜面味道如何？"

她也用英文告诉我："这是我吃过的最好的海鲜面。你应该试试！"

老板替我下了单，转身去忙了。我趁机和 M 攀谈起来。

没聊两句便知，她也是中国人，我们随即切换回中文。两个同样来自中国的独行女子，很自然就打开了话匣子。

"我正在办离婚。"M 毫不设防地告诉我。

我这才知道，眼前这位看似潇洒的曼妙女子，实则在经历最烦琐痛苦的世俗纠葛。

她丈夫来自一座南方小城，家里在当地也算富甲一方。两人从北京的大学毕业不久就结婚了，婚后她便随丈夫回到小城。她丈夫做了公司副总，她帮忙做一些杂事，并且怀孕，生下一个女孩。

在此期间，她的婆家一直对她不好。此前，她在北京一家著名的外资投资银行工作，也有着光明的前程。而她婆家则完全看不起这个"嫁入豪门的灰姑娘"，始终没有在企业里给她安排工作，只是让她打杂，每月给她发 2000 元工资。

婆婆极度恋子，将她视为敌人，而且是出身贫寒空凭一副相貌的卑贱敌人。

她的婆婆总是不敲门随意进出他们夫妻的卧室，不允许她和丈夫独自外出旅行。孩子出生后，她如果让丈夫帮忙换尿布，婆婆就会劈头脸盖地骂她："你以为自己是公主吗？"

她一直在努力维持着家庭的和睦，换来的却是变本加厉的欺辱。她原本是个好强的人，在婆家企业中没有生存之地，她就自己开始做一些小生意。最初就是跑跑欧洲，进口一些橄榄油和咖啡，后来婆家见她做得不错，就把她安置在家族企业旗下一家经营不善的超市里，让她负责管理超市运营。

她凭借独家欧洲货源和人格魅力，很快和当地其他几家百货业的大家族取得了合作。她成了当地商圈小有名气的女干将，积累了不错的声誉，也攒下了若干肝胆相照的朋友。

短短两年时间里，她将超市扭亏为盈，并且在当地开了三家分店。

但婆家对她的态度没有丝毫改变，反而在利益面前变得更加敏感，一方面不断强化母公司的话语权，一方面甚至在当地散布关于她的流言蜚语。

“当他们发现我不是任其宰割的羔羊，就把我当成了敌人。”M 说。

最令她心寒的是，从始至终，她的丈夫都不曾站出来捍卫她分毫。他只是木讷地夹在母亲和妻子之间，始终沉默。有时逼急了，还会用他母亲的话来指责 M。

M 终于选择了离婚。

“我的婆家听说我们要离婚，没有一句劝解，而是立即转移了财产，并且打电话跟我的父母说他们破产了，一分钱也拿不出来了。”M 冷笑道，他们让我净身出户。

从那一刻起，她知道，她面对的是一场战争，一场她不得不面对的战争，一场关乎尊严的战争。

那段时间，面临和女儿的分离，丈夫的绝情，以及不得不处理的财产纠纷，她一度陷入了抑郁。

“我连续三个月整夜整夜失眠，早晨起来以后没有行动力，很多天不想洗澡刷牙，手一直发抖。”她描述着自己的症状。

她去了医院，开了抗抑郁的药。“但是我没有吃，我中学的时候也曾有过抑郁的经历，我想先试着靠自己的力量调整过来。”M说。

在抑郁的状态下，她还不得不面对一轮又一轮和丈夫的谈判。每次谈判都是痛苦的，都在加重着她的病情。

于是她决定停止谈判，停止手中一切工作，一个人背包来到欧洲旅行。

她每天早晨起床冥想，将精神拉回“当下”的状态，逼自己平静。“明日之心不可得，我们的身体和呼吸是属于当下的。”

她每天去看文艺复兴时期的艺术作品，有时面对一幅画能坐一下午。“当时我能感觉到的就是两个字：陪伴。”

她逼自己和不同的人聊天。她到每一处都住爱彼迎，然后和房东混在一起，天南地北。

她阅读大量的书籍，其中很多是历史类，她说从中能得到安慰。“人类历史就像一个苦难的池塘，喜悦与和平就像池塘里的浮萍，人们在浮萍间跳跃，却无法忽视脚下的苦难，必须正视、面对。”

当她觉得自己好一些的时候，便每天都把最痛苦的问题摆在面前，一遍一遍地想，直到慢慢想明白，厘清前因后果。

“我有一天终于知道，为什么我的前夫在分手的时候那么冷酷无情。”M 说，“因为他也同样痛苦。”

M 说，有一天她鼓起勇气从欧洲给前夫打了电话，再次沟通离婚的细节。在这次对话中，她试着对前夫的处境表达了体谅和理解。

三十多岁的男人，听了她的话，居然在电话那头嘤嘤地哭了。

之后的谈判变得异常顺利。过了几天，前夫发来信息说：“你说一个数字，如果我现在没有，以后我会慢慢给你。”

M 当时也哭了。她终于等来一个公正的、尊重的待遇。

“这可以只是一张空头支票，但没关系，有他这句话，我觉得我终于可以给这件事画一个句号，继续向前走了。”

我见到 M 时，她正准备下周回国，签字离婚，之后放弃她一手做起来的小城生意，独自前往北京，重新创业。

“我对创业充满信心。以前圈内了解我的朋友都说，不论我做什么，他们都给我投资。”M 笑着说，“大家都知道我是工作狂。”

“我还没有回到我的最佳状态，但我一定会的。”M 抬起下颚，用吸管喝了一口冰咖啡，呈现出曼妙的侧脸曲线。

流浪大提琴家 G

另一个令我印象深刻的例子是 G。

我通过朋友介绍，在佛罗伦萨认识了 G。

G是专业的大提琴家，巴西和葡萄牙混血男人，今年三十岁出头，曾经在维也纳音乐厅演奏。但他最终摒弃了常规的生活，如今常年居住在房车里，在欧洲随遇而安，以四处演奏卖艺为生。

我见到他时，他每天上午在闹市区演奏两小时，日落时分再演奏两小时，其余时间就骑着自行车到处游览。一座城市待腻了，就开着房车换一座城市，反正每座城市都有街头艺人的生存空间。

他带我去了佛罗伦萨最好的猫屎咖啡店及手工冰激凌店。他很老练地用意大利语和女店员调情，女店员笑得花枝乱颤。

他在意大利的艳阳天会把头伸到自来水管下，让冰凉的水顺着头发流淌过面颊和脖子，然后脑袋一甩，露出满足的表情。

我原本以为他不羁的生活方式只是因为一种典型的西方人的任性。毕竟在充足的社会福利下，西方社会催生了一大批随性而生的雅痞。

但我错了。在一次不经意的交谈中，他告诉我他有一次早年破裂的婚姻，一位没有生活能力的前妻，一个随前妻生活在巴西的幼子。

“我离开巴西的时候，我父母带我儿子去机场送我。我走进海关还能听见我儿子在外面哭喊爸爸。那一刻，我的心都碎了。”

“我必须挣更多的钱，才能供养前妻和儿子，才能负担每年两次往返巴西探望儿子的机票。”G说，“在巴西，一个乐团乐手的收入极其微薄，我在欧洲卖艺赚的钱是当时的十倍。”

成为街头艺人，就意味着他只能演奏取悦大众的曲目，在职业技能上不再有进步的空间。

我这才意识到，眼前这个笑容满面的大提琴家，这个精通卡拉瓦乔作品的文艺男青年，这个和佛罗伦萨每家店的店主都成了朋友的长途旅人，其实在他看似潇洒的人生背后，也有着自己的包袱和无奈。

他一定经历过痛苦的取舍，但他最终做出了选择，并且坚定不移地一往无前。如今的他，已经在欧洲漂泊数年，居住在房车里，曾经两次被盗，也因为舍不得开空调中过暑，但他坦然接受着现状，每天快乐地演奏，认真地取悦路人，骑着单车游逛在小城的各个角落。

当他将人生痛苦的部分看得云淡风轻，其实剩下的就是快乐的部分了。

“很抱歉我来不及和你道别。我临时决定开车去托斯卡纳的山区露营，现在已经在路上。”我在佛罗伦萨的最后一日，收到G的信息。

“再见。”我回信息说，“我知道你是那种总有办法让自己快乐的人。”

拥抱内心真实的感受

我一直信奉李银河的人生信条：最大化快乐，最小化痛苦。但往往事与愿违，在漫长的人生旅程中，有时外界的打击是你无法规避的，随之而来的负面情绪也是不可回避的。

这次旅行后，我开始倾向另一种人生哲学，可以用柴静的话来总结：“他人经受的，我必经受。”也就是说，不用畏惧任何突发的坏事，也不用抗拒任何内生的情绪。所有的经历既是佛家所说的“无常”，也是鬼脚七所说的“人生所有经过的路都是必经之路”。

我想，往往最坏的经历，才能带来最透彻的成长，才能构建一个成熟的、不再愚蠢的个体。

因此，与其试图将快乐与痛苦最大化或最小化，不妨坦然地接受最真实的自己。

记得在一篇和佛教有关的文章中看到，人类本身具备一种能力，不论再大的打击，都能在七天时间内消化接受。例如一个人因车祸被截肢，当他醒来发现自己失去了一条腿，最开始崩溃欲绝，但七天后就已经可以正视现实。

那么问题来了：为什么截肢的痛苦都能在七天内消化，很多人却长期处于抑郁当中？

抛开病理性的抑郁不谈，外因造成长期情绪低落的原因往往是“我执”，说白了就是“想要而得不到”。

截肢是一个不得不接受的事实，所以七天以后这个痛苦就被消化掉了。但人生中很多事情并不那么绝对，人有似是而非的纠结，无法改变，又对现状不满，就会陷入一种长期的消沉当中。

所以，让人无法释怀的往往不是事件本身，而是想要而得不到的执念。我想，很多现代人都长期处于这种精神上的亚健康状态。

在这种长期的消沉中，大部分人无法在毛线团中找到真正的线头，只是采取一些不能从根本上解决问题的方式去自我慰藉，比如每天在微信上无意义地闲扯，比如在网购和网游中消磨时光，比如用酒精自我麻痹。

这些都是不同性格的人摆脱消沉（或者空虚）的方式，但都不能从根本上解决问题。

影响自我状态的根源，往往是人与人之间的关系、工作、健康等实际问题。因此，暂时性的自我麻痹和逃避都不能改变自我状态。要真正扭转内心状态只能从这些根源问题着手，途径有二：第一，要么就把生活中的根本问题进行校正，比如处理好让你困扰的关系，换掉让你不开心的工作，寻找更健康的生活方式等；第二，如果你没有能力让客观现状做任何改变，就只能修炼自己的内心，让自己坦然接受所有现状，将它们视为生活的死茧，并在死茧上生出新的血肉。

以 M 为例，她在低质量的婚姻关系中经历了长期的压抑，痛苦不堪。最终 M 自救的方式分为几个步骤。

第一，当她意识到两人的关系已无法补救，便痛下决心离婚，从根本上改变生活现状，结束这段关系，开始新的生活。

第二，她坦然接受了她不能改变的事实，包括离婚带来的财产损失、与孩子从此不能天天见面等——这些都是一个决定伴随而来的取舍，也是做出改变时必须要面对的断腕之痛。

第三，当这件事给她带来了巨大的痛苦，她无法迅速让自己痊愈时，她停止了手中的工作，从而避免坏情绪让自己做出坏决定。为什么世间总有“雪上加霜”这种情况，因为当事情开始往坏的方向发展时，坏的情绪就会引发更多的坏事发生。在自己状态不佳的时候，她宁可停止工作，耽误工作进度，也要避免自己做出错误的行为。

第四，她在内心学着与这份痛苦和平共处，并通过旅行去缓释这份痛苦。“当我们把思维集中在坏情绪上，就给了它更多的能量。不给它能量，它就无以为继。”M成功让自己转移了注意力，当她结束旅行回到原本的生活，发现那些痛苦的情绪已经不再那么强烈。

第五，在调整好自我状态后，再重新去和前夫谈判，重新创业。在几个月前完全无法突破的事，此时都柳暗花明。

因此，处理痛苦其实是有方法的。破解情绪障碍之道，首要就是臣服。

我身边有两个被确诊为癌症晚期的人的真实例子，都是好朋友的好朋友：一个是某四线城市50多岁的没什么文化的小生意人；一个是不到30岁的哈佛毕业生，在上海工作的金融男。

同样被确诊为癌症晚期，50多岁的人却并未表现得更豁达，反而一直在问“为什么是我”。在心理和身体的双重痛苦中，他确诊后不久就撒手人寰。

而30岁的金融男则表现得异常冷静。他积极地寻求资源，去美国接受了最先进的治疗。非治疗期间，他就住在普吉岛上，每日禅修、饮茶、读书、晒太阳。直到现在，他还像个正常人一样维持着高质量的生活。

很简单，前面这个生意人首先就没有做到我上述的“接受现实”。他浪费了大量时间在“我执”当中，最终溺死在对自我无尽的折磨与拷问里。而后面这个年轻人很快就接受了现实，与病痛和平共处，并寻求各种积极的方法缓释这份痛苦。

张德芬在《遇见未知的自己》中说过："我们感觉很不好的时候，会一直想要从这个泥沼中挣扎地逃出来。我们藉由很多逃避策略不去面对它，压抑它，否定它，排斥它。你记住：'凡是你抗拒的，都会持续。'因为当你抗拒某件事情或是某种情绪的时候，你会聚焦在那种情绪或事件上，这样就赋予它更多的能量，它就更强大了。"

心理学家武志红说，每个人都是自己命运的预言家。我们的外在命运和内在意识是镜像关系。意思是，你可以通过一个人的外在命运，看到他的内在意识，也可以通过他的内在意识，看到他的外在命运。

当你看到了自己负面的情绪，其实你的意识可以帮助你做出对的决定，把你拉回阳光照耀的地方。

困难大家都有，痛苦每个人都不缺，只要是人，这些都是不可避免的。但是，内在力量强大的人可以不受苦。

我无法祝你一帆风顺，因为那不可能。我祝你在风暴来临的时候，能够依然是自己内心的舵手。

西安故城在

我人生的第一站是西安，就从西安写起吧。

这是一座极适合存放记忆的城市。厚重的城墙承载着一个国家几千年的历史，也雕刻着我十几年的青葱时光。

前几日有友人来香港，给我带了冰峰汽水和秦镇凉皮。光阴荏苒，如今的冰峰汽水都是可登大雅之堂的听装易拉罐了。秦镇凉皮装在精致的礼盒里，酱料和辣椒油被抽了真空分别包装，精美得让人有些不习惯。

拆开包装，闻到扑面而来的油泼辣子香，少年时在街市上欢纵觅食的画面骤然浮现。

纵使时代更迭，凉皮的包装在变，城市的容貌在变，人也在变，但记忆就在那里，清澈如昔。

长相思，在长安。

舒适圈

西安分为城墙里和城墙外。城墙里那区区 11 平方公里的“皇城圈儿”，不堵车的话，其实 5 分钟就可以驱车从城墙南门开到北门，但在童年的我眼中，它就是全世界。

城墙是舒适圈，它以一种最直观的形式将我们包裹在内。城墙本就是应明太祖朱元璋“高筑墙、广积粮、缓称王”的养息之策所建，生来便带有孙悟空为唐僧画地为障的意味。城墙内不许盖高层建筑，因此不论城外如何风云变幻，城墙里永远波澜不惊。迈入永宁门，再急迫的心情也仿佛会突然舒缓，时间都突然慢下来。

我在读中学的时候，从教室窗外便可望见城墙，可望见城墙上推着自行车踱步的闲人，可以看到成群的鸟呼啦啦地飞过灰色的残垣。那一刻我觉得我的青春就雕刻在石板墙里，心如止水，无欲无求，仿佛已活了千年。人被这安逸的画面夺走了心绪，恍然间不知自己为何要念书，反正，佛曰：未来心不可得。

在安逸的旧城里，少壮不努力，看到的是亘古不变的岁月静好，是看不到老大徒伤悲的。

在西安的童年是极幸福的。那时每逢假期，我就被送到东郊的姥姥家，门口就是兴庆公园，那可是城里的小孩春游才能去的地方。那时候觉得兴庆公园好大，有比大海还辽阔的湖面，有比长白山还深邃的树林。有一年天气炎热时，我和父亲去捉蝉，后来找不到路，误入丛林深处。那时随地大小便还很常见，于是我们踩了两脚的大便回到家，至今提起，母亲仍会笑出眼泪。

姥姥家床底下有一个塑料格子箱，里面插着一瓶瓶晶莹剔透的冰峰汽水，我每天都会撩起床单，爬到床下去数还剩下几瓶。一箱喝空了，姥姥和小保姆就会抬着一箱空玻璃瓶去换新的汽水，而我则雄赳赳气昂昂地走在最前面，仿佛缴获了一座城池的战利品。

上学以后，每天回家路上有两个颇有趣味的景点。一个是邮局报刊亭，假如新一期的《童话大王》和《科幻世界》到了，我便如同过节一般。另一个就是卖冰棍的小摊，这是体现身份的地方。有一次，班上一个男生买了一根 6 元钱的梦龙，至今他在我们心中的形象仍比北京的房哥房姐还要像土豪。我爱买的冰棍是娃娃头和雪美，后来离开西安，我惊讶地发现外地竟没有这两种口味，娃娃头在北京改了名字叫雪人，雪美这种酸奶味的雪糕则是我后来去了美国在 pinkberry 酸奶冰激凌店才重新拾获。

高三那一年是用八次大模拟考试串起来的。每次考试结束后，我和同班的闺蜜就会跑到鼓楼回民街大吃一顿犒劳自己。最美味的往往是最不健康的食物，至今我依然记得涮牛肚蘸着麻酱和油泼辣子放入口中，接触到舌尖味蕾那一瞬间的喜悦。所有的压力和沮丧，在那一瞬间降为零。

住在城里的孩子不曾见过乡村的烟火，鼓楼回民街每到傍晚的炊烟袅袅就是我们对人间气息最直观的理解。每到傍晚时，鼓楼回民街里家家出摊，烤肉的红炭燃了，粉蒸肉的罩笼热了，酸菜炒米的锅里冒出香气。各种烟雾和味道萦绕交织，整条回民街都沉浸在华灯烟火的氛围里。多年之后，每每回乡省亲，漫步在这条熟悉的街道上，蓦然回首，总仿佛能看到少年时的自己，站在鼓楼城门前张开双臂雀跃欢笑。

离开家乡前的那个暑假，我挽着父亲在莲湖公园散步。看池中的莲花和十几年前一般淡香悠然。花开花落，云卷云舒，仿佛十八年只是弹指一挥间。

人是有预感的。我知道我走出这座城门，便从此一去不会回头。见证我成长的莲湖路、莲湖公园、北大街天桥，从此不再是樊篱，而是过去。

在后来的人生中，我曾经一次次摆脱舒适圈，走进新的领域。但我会一直记得那年夏天我和父亲站在莲花池畔，一向抠门的父亲幽幽地对我说："想家了就随时买飞机票回来，我给你报销。"

那一刻起，我的故乡和我的父亲，不再是触手可及的依靠，而是一个定心丸，一条退路，一条尽管我可能永远不会去走却不能没有的退路。

黄沙断碛千回转，长安城渐行渐远，但她赋予我的安全感和自信心，却烙在了心里。

优越感

城墙是皇家颜面。20 世纪 80 年代，朱雀门遗址出土时，雕栏玉砌尤在。青石制作的门槛上刻有线条优美、神采飞扬的蔓草花纹，磨砖对缝的门洞隔墙厚实端正。

“我们是皇城根儿的人”，就像土耳其伊斯坦布尔人和英国巴斯人一样，西安人有一种对旧王朝放不下的缅怀，以及对王族血统一厢情愿的优越感。

这是一种病，我也有。离开西安去外地念书，我每次自我介绍一定先说“我是西安人”，再说“我叫李小花”。仿佛我说出我的家乡，我就自动列席于貂蝉、褒姒和杨玉环之间，列席于路遥、贾平凹和陈忠实之间，列席于郑钧、许巍和张楚之间。

有浪漫遐想的故乡总能帮人招桃花。比如我认识一个姑娘，来自沈从文的故乡，偏又在国外念过书，湘西小镇的泥土气息和华盛顿的樱花香混杂成一种只闻其名便可为之倾倒的神秘感，让这姑娘这些年不知吸引了多少男青年。

西安也是招桃花的重镇。回想我寥寥可数的桃花史，多少可以归功于故乡的威名。

上大学的时候，曾经有一位刚刚声名鹊起的 80 后作家来我们学校交流。我还记得他听说我是西安人后激动不已，望着我说：“在梦里，我总觉得自己是长安人。”当时我被酸得落荒而逃。不久后他发来一封电邮，附着他新写的一篇以唐代长安城为背景的小说，女主人公竟用了我的名字。时隔多年，我再次在网上搜索，发现此文竟流传甚广。我和这位作家已不再联络，我想当年他所倾慕的也并非李小花，而是一个来自长安城的女子轮廓罢了。感念我的故乡，让我收到过这样一份青葱玄妙的礼物。

的确，我这些年在外面遇到的西安人，很少见到谁表示对家乡“印象不深了”，个个聊起西安都是唾沫横飞、神采飞扬，有掩饰不住的眷恋和骄傲。

此外，我这些年遇到的西安人，都保持着耿直的个性，做事勤勉，对道德感有种钻牛角尖似的执着。

这可能是血统里自带的基因。西安人原本安土重迁，下了狠心离开故土外出闯荡，却终究是学不会江湖术，开口仍是乡音，不露声色的面孔掩得住喜怒，却掩不住爱恨。

在纽约时我有一个女性朋友，西安人，生得如花似玉。她自小出国，是伦敦大学、纽约大学和哥伦比亚大学三所名校的毕业生。尽管离家十余载，但聊起西安的凉皮、粉蒸肉，她仍会放肆地拍案惊呼：“僚咋咧！”每次我们和其他朋友聊到西安，她也常常一句话噎死对方：“这是我们西安的事儿，你不懂！”

尽管家境殷实，但她上学的时候仍每周坐火车去纽约上州的小镇做兼职老师，平时还在学校图书馆打工。后来她毕业进了一家中资企业的纽约分公司，刚进去就表现突出，常常代表公司公开演讲，还在老总谈判时担任翻译。

但时隔数年，我再次和她联系，则得知她已经离开这家公司。原因是她性格太执拗刚烈，又不肯掩饰锋芒，在一次处理出口大单时，团队要分回扣，她不同意，最终和团队闹翻，拂袖而去。

后来她干脆自己开了一家公司，夜以继日地努力干，如今做得风生水起，还获得了好几个创业大奖。

我一直觉得她是西安人浪迹江湖的典型代表。努力又执着，刚烈而不弃原则，话不投机便好聚好散，此处不留爷，自有留爷处。

去与留

福建和广东人是望着海长大的，血液里有远行的冲动。西安人则不同。

我们是望着城墙长大的，骨子里就愿意守在这皇城根儿。

掐指数数，和其他大城市相比，西安去外地乃至外国读书工作的孩子并不多。为什么要离开西安呢？这难道不是世界上最舒服的城市吗？这儿难道没有全国最好的大学吗？难道不该搬进南北通透的大宅安居乐业吗？

我无以为辩。

我 18 岁离开家乡，颠沛辗转，直至今日，未曾再在同一座城市生活超过四年。

不久前我回乡省亲，下了飞机，坐上出租车。和京沪健谈的司机截然不同，西安的司机向来寡言，一小时的车程，竟一路不语。

望向窗外，这座浓缩了我全部少年记忆的城市，如今却略显疏离。

城里道路拥堵，修地铁的粉尘夹杂着尾气的味道。路边仅留下狭窄的通道供行人通过，而行人彼此毫不礼让，粗鲁地把力量施加在擦肩而过的陌生人身上。这再不是少年时可以蒙上眼睛倒退着走的街道。

突然觉得故乡与任何一座三线城市无异。昔日宁静的钟鼓楼，如今进行“暮鼓晨钟”仿古表演，恢宏却充满不伦不类的现代造作感。

旧友们如今过得很是如意。有孩子的享受着柴米油盐的乐趣，发财了的享受着夜夜笙歌的乐趣，有铁饭碗的享受着办公室政治的乐趣。

十年风雨别长安，笑把无穷作梦看。一时间，我竟有一种深深的孤独和失落。

我走马灯似的约旧友聊天。

高中的时候，我和两个同学住在同一个院子，一男一女，每天我们三个一起骑自行车上学。那个时候，他俩每天都会站在我家窗下扯着嗓子喊：“李小花，快下来！”然后我们一起风驰电掣般骑着自行车穿过莲湖路，穿过北大街，穿过环城北路。我们有时候会玩双手撒把，任周围的车辆按铃或惊叫。有一次差点撞到一位大伯，大伯指着我们大骂：“这些小孩不知道学好！”我们就像听了褒奖一样，心满意足地放声大笑。

后来我离开西安，他们则进了同一所大学。再后来，他们结婚了。两年前，我听说女生去美国做访问学者了。

我约了这位男生叙旧。他在西安当地的事业单位工作，多年不见，人轻微发福。

刚开始的谈话不咸不淡。和所有在西安的对话一样，我们聊了彼此的工作、买房情况、父母的身体。问起那位女生，他说她在美国找到了赏识她的导师，已经转为正式的博士生。

酒过三巡，他的脸开始发红。“我不能多喝酒，因为我去年查出来脂肪肝。”我赶紧拦他，他却又饮下一杯。

“我就知道你早晚会回来，西安是你家啊！”年过三旬的男人，突然就哭了。

我心里一咯噔，继而意识到，这句话不是说我。

原来他离婚了，青梅竹马的妻子在美国已经和一位副教授再婚。

他和着酒精一遍一遍说：“西安这么好，你为什么要离开。”

后来在返程的飞机上，我眼前不断浮现这个男生满面的泪，耳边萦绕着那句“你为什么要离开”。

每天太阳照常升起，每座城市都上演着来往归去。

离开的人，有多少个在异乡烂醉的夜，呢喃着追思故乡的桥、城墙上的乌雀、街市上攒动的笑靥，近乡却又情怯。

留下的人，遥望那些离开的背影，欲同往，却踌躇止步，空守着物是人非的故城，任时光周而复始。

于我而言，魂牵梦萦的是家乡，回到故里，却发现已没有几张熟悉的面孔，道路也已不识。斗转星移，风云变幻，不变的是千年的城墙，以及城墙里永无休止的喜怒悲欢。

君不见，外州客，长安道，一回来，一回老。

无论跋涉几千里，但回首，仍可见城墙内的灯火阑珊，有人欢纵，有人悲泣。

冰凉的冰峰汽水，烟雾缭绕的鼓楼街市，双手撒把骑单车飞驰过的林荫。

如今的西安是什么模样已不重要，我的少年往事已留在永宁门内。

向北望，城外辽阔。

纽约是承载了我最绚烂年华的城市，反而情怯，迟迟不敢下笔，落笔又情不自禁絮叨千言。发给纽约的同僚看，有人说我没写到唐人街的老华侨，有人说我没写到特朗普和布隆伯格。无奈这座城市真的太大，写不尽，写不完。我只能从自己的角度写一个剖面。这个剖面不是最华丽的纽约，也不是最凄苦的纽约，而是大部分留学生和新移民最常见的纽约。

如果你在美国生活过，不妨一读，一定能找到些许共鸣。如果你没在美国生活过，也不妨一读，旁观一场未经粉饰的纽约华人戏。

作家刘墉曾经说过："纽约客（New Yorker），纽约客，来来往往都是客。"在我驻留在这座城市的前后四年多中，这句话就像一段旋律般不时回荡在耳畔。

想起纽约，总会想起时代广场的岔路口。大家从不同的方向匆匆而来，疾步而去，只是恰好在日光射在广场的那一刻，偶遇擦肩。

别爱曼哈顿

这座城市教会了我们独立和努力，却也让每个驻留过的人懂得，人生是一场孤独又无常的旅程，没有哪两个人的路径完全一致。我们彼此致意，微笑，欢聚，别离。

纽约不是天堂，更不是地狱。

纽约是驿站，相聚分离，川流不息。

纽约是涂鸦墙，谁都可以上去写几句，记载一段繁华的往昔。

纽约是秀场，浓缩着梦想、虚荣、坚韧和不顾一切。

纽约是一场永不停歇的狂欢派对，就像大苹果在时代广场落下的那一刻，人声鼎沸。

不懵懂，枉少年

每个中国人初到纽约都有过狼狈的经历。大部分留学生下了飞机都蒙头转向，有的被校友会前辈接到自己家出高价睡地板，有的被青年旅社拐去住老鼠满地跑的大通铺，还有的干脆就在机场过夜，第二天再胡子拉碴拖着巨大的行李箱去找房。

和其他留学生相比，我算格外幸运的，因为有个在美国的男朋友，所以下了飞机就被接上了车。我记得当时已是夜里 10 点多，男朋友开着刚买的二手雷克萨斯，满脸都是拐卖少女成功般的兴奋，一路喋喋不休地给我做培训，恨不得在车里就把电话卡、信用卡、门卡、驾照都给我颁发了。但我却听得头疼，汽车从纽瓦克机场驶向城区，沿途都是新泽西高速公路两侧黑压压的树林。

我突然眼泪就下来了。“纽约一点也不好，全都是树！”我在车里赌气嚷嚷着，“我要回家！”后来演着演着，自己也真的入了戏，越哭越伤心。于是在那一小时的夜路上，如今我只记得后座堆满的行李咣里咣当挡住了后视镜，两侧窗外漆黑的树影闪烁，还有我自己抽抽啼啼、梨花带雨。

但那是第一次，也几乎是唯一的一次，我因想家而流泪。

纽约不相信眼泪，每天有太多的东西要学习，太多的事情要料理，哪还有时间哭泣。更何况射手座的我，很快就如同脱笼之鹄，在这自由富饶的资本主义繁荣世界撒起了欢。

中国人的美国梦

曼哈顿就像一块千层蛋糕，你和怎样的人玩耍、住哪个区、去什么餐厅、做什么工作，每个细节都决定着你在蛋糕上的位置。没有几个人能爬到蛋糕的奶油部分，但恰恰那一部分，就是传说中的美国梦。

每次在林肯中心听完音乐会，我都会在66街地铁站里再驻足一会儿，听流浪艺人的弹奏。其实纽约流浪艺人的水平都很高，66街地铁站更是纽约流浪艺人的巅峰舞台。旋律在他们滑动的指尖中流转，他们面容闲适，休息时会有路人和他们真诚地探讨技艺。

但这不叫美国梦。我很欣赏他们我行我素的态度和随遇而安的生活方式，但美国梦是很势利的，只有走进林肯中心殿堂才叫实现美国梦，只有登上《纽约时报》才叫实现美国梦，只有真金白银将身份量化成数字了才叫实现美国梦。

后来回想，追求美国梦的途径很多，但万变不离其宗。美国梦的基本思路就是：在两难的选择面前，永远选择那个和自己过不去的。

《北京人在纽约》里有句台词说：“美国既不是地狱，也不是天堂，是战场。”在美国奋斗，意味着不断摒弃舒适圈，不断和自己的内心唱反调。

性格决定选择，选择决定命运。后来我遇到很多在纽约走向职场巅峰的人，无一不在推销着同样的人生观。“人有时要给自己一点恐惧和压力，一旦扛过茫然的阶段，就会进入加速期。”这句话是奥美集团董事长夏兰泽在2016年哥伦比亚大学商学院毕业典礼上说的话。

如今回想，在纽约，每个人都曾经遇到无数机遇和选择。这些选择就像心理测试题，只有选择了A才能跳到C，最终的答案没有优劣对错之分，只是殊途同归地将每个人归位在他原本最适合的生活模式中。

初到美国，中国留学生很快就人以群分，站好了队，而他们的选择早已书写了之后的命运。

第一派是学生气息十足的宅男和乖乖女，每天像连体婴一样抱团在一起，一起合租买菜做饭，一起逛街打牌上自习。他们的圈子牢不可破，别人也休想打进去。他们也有微妙的内部政治，但多年后积攒下的是一生的革命友谊。这些人后来大多读了博士，或者进一间大公司拿一份稳定的薪水，谈不上实现美国梦，但怡然自得。

第二派是“我才不和中国人玩”，以女生居多。从抵达美国那一天起，她们的朋友圈里再没有出现过一个黄色面孔，全都是和白人一起开派对的照片。原本刻板的四线城市姑娘到了美国突然非低胸吊带不穿，朋友圈文字全都变成英文，仿佛她的手机落后得不支持中文输入法一样。这些姑娘很多都一毕业就嫁给了白人，拿到了绿卡，也生了漂亮的混血宝宝。

但往往距离美国梦最远的，恰恰是这些离美国人最近的人。她们终于当上了美国人，却因为花了太多时间在结婚生子照顾老公上，除了烹饪和养花，生活中并无太多亮点。然后她们又突然变得非常具有“中国心”了，偶尔见到老同学，总会极其热情地款待，回忆起故乡的点滴，那些再也回不去的往昔。

第三派可以总结为“我想赢”。他们才不在乎和中国人玩还是和美国人玩这样表面的问题，因为他们根本不需要和谁玩。他们来美国有着明确的职业规划，从选第一个学分开始就充满目标。参加怎样的社交活动，参加什么类型的实习，给哪些公司投简历，他们心中都有清晰的地图。这类人往往特立独行，神出鬼没，经常逃课，但往往他们最终都能得到不错的工作。多年后他们已经是团队领导，偶尔会感叹，在青春道路上只顾奔命，错过了风景。

第四派即少年派，激情四射却漫无目的。这些人仿佛都是射手座，精力充沛，天马行空，没什么明确的奋斗目标，索性对这座新鲜城市带来的各种机会和体验来者不拒。每天除了睡觉，绝不在家待着，各种社团活动和长途旅行中都有他们的身影。几年下来，这类人往往获得了最全面的成长，也逐渐找到了自己的位置和方向。

在我们初到美国的时候，都曾经是这几个流派中某一派的成员。之后随着生活的波浪将我们推向更深的水域，每个人的境遇千差万别，有的人实现了美国梦，有的人实现了中国梦，有的人实现了自己小富即安的梦。

长大后才发现，这世上的梦有很多种，并非只有美国梦。所有的追逐，最终不过是青葱的记忆与成长。

从米其林到朵颐食府

对我而言，纽约绝对是全世界最好吃的城市，因为这里云集了世界各地的顶级厨师，浓缩还原着人类饮食文化的每个流派和细节。

参加工作以后，各种契机让我吃遍了纽约的米其林三星餐厅。我很喜欢 Jean Georges 餐厅的火龙果酱鹅肝，也喜欢 Per Se 餐厅的珍珠牡蛎。但在米其林餐厅吃到的是品位和滋味，不是情怀。

每当我怀念纽约，我想起的是街角墨西哥人的餐车。清晨去上班的路上，去那儿买一个奶油芝士面包圈，配一杯纸杯装的咖啡。如果时间充裕，可以坐在写字楼门前的喷泉沿上把它们吃完，热腾腾的芝士溶化在舌尖，用温度恰到好处的咖啡将那香味冲下喉咙，整个胃都觉得舒适满足。

还有一些独具匠心的小馆，比如布鲁克林的 Peter Luger 牛排店，给人一种置身岛外的乡村味道，从装潢到店员的年龄都显示着深深的沧桑感。亘古不变的菜单极其简单，只有面包、几种牛肉和菠菜，而肉之原汁原味和分量之足，绝非曼哈顿那些精致高冷的牛排馆可以企及。

中国心，中国胃。米其林三星承载着我们奋斗路上的觥筹交错，街角咖啡记录着我们平凡之路的朝乾夕惕，洋气小馆浸泡着我们肆意流浪的青春往事。但还有一种最朴实的去处，就像儿时用被子搭的帐篷，是一种把自己包裹起来的安全和闲适。

在某个无所事事的周日，坐着地铁 7 号线，看着沿途衰败的皇后区风光，从中央车站直达法拉盛。中国人聚居区总有相似的风景：街边最多的是茶餐厅，橱窗里挂着油光灿灿的烧腊；超市里的货源永远是中国城最大的秘密，即使在国内都已经绝版的铁皮盒月饼，在中国城超市都始终有售；沿街展放的肉铺和鱼铺上堆满血腥的生鲜，巷子里除了人参鹿茸店，最多的就是金店。我一直不理解为什么会有人去中国城买首饰。后来去了香港，发现旺角和香港仔的街道上也有很多金店。我想也许这是早期的香港移民试图复制家乡的情愫吧，就像北京的街道上不能缺少沙县小吃一样，是情怀，没理由。

每次去法拉盛，我必光顾的三家店是天仁茗茶、黄金商场和朵颐食府。

天仁茗茶店铺分两部分，一侧是传统的茶叶铺，一侧是奶茶店。奶茶店的珍珠奶绿是茶叶铺的香片茶所制，茶叶奇香，每次我都要额外包二两回去。台湾美女店员会用三花淡奶打成奶泡，加在沏好的香片茶里，用铁罐摇匀，铁罐一开，香气四溢。后来我再也没有喝过那么香的奶茶，来了香港，同样是天仁茗茶的店，却也不是纽约的滋味。不知道是茶叶变了，还是我的口味变刁钻了。

还有黄金商场地下室的肉夹馍店。这家店当年只有一个地下室摊位，到2016年我再去纽约的时候，已经在曼哈顿开了好几家分店，而且店员都是白人，顾客也都是白人，算是中华文化输出特别成功的案例了。店主是一对陕西父子，这对父子一直是我心中真正的社交大神，在纽约的华人提起他们都会说："我和他是朋友啊！"看来实诚的陕西汉子走到哪里都受欢迎。老店主的儿子很帅，是个出生在美国的华裔，汉语都说不地道，肉夹馍却做得娴熟，如今他已经子承父业，以纽约餐饮业新贵的形象出现在了《纽约时报》上。

朵颐食府是一家暴露我年龄的餐厅。也许每个年代都有这样一家有代表性的中餐厅。曾听老华人讲起，20世纪70年代的90街和百老汇大道的交叉口有一家中餐厅，叫新月（New Moon），不知是多少华人的聚会据点。朵颐食府就是我们那个年代的新月，和真正的朋友一起，不用装模作样的时候，便可坐在朵颐食府里点一份夫妻肺片，再来一份水煮牛肉，就着青岛啤酒，大声地用普通话聊天，聊签证和绿卡，聊回国的人才计划，聊一切最关乎现实、属于这个特定人群的庸俗话题，而不用担心被侧目。

后来朵颐食府停业了，听说是因为鼠患。聊及此事，没有人因鼠患感到讶异，全是感觉一个时代轰然倒塌般的痛心疾首。

穿着小黑裙的城市

一座城市对一个人细节的影响是深远的，比如衣着。

我衣柜里最多的就是黑裙子，曾经有人问我："你爱穿黑色是不是因为黑色显瘦？"我一时语塞。可知在纽约冬季的街道上，每个面容清冷的人无一例外地裹着黑色的外套，风尘仆仆。即使是身着深蓝或深棕这样保守的色系，也会被贴上异乡人的标签。

有人说："美国是美国，纽约是纽约。"这话不假。美国人是慵懒和热情的，但纽约人是匆忙和冷漠的。美国是广袤而五光十色的，但纽约是狭长而色系极度单一的。旧褐色的建筑，映衬着用黑色将自己包裹严实的匆匆人群。初到纽约，站在街头或许会有一瞬觉得黯然压抑，觉得在这样一座没有人情味的城市，自己找不到融入的动力，一时间不知何去何从。

但时间久了，渐渐也爱上了黑色。

没有第二种颜色比黑色更自我。表面是千篇一律的，实则是用最极度的简约，让别人彻底忽略外在的粉饰，而将全部注意力都集中在你本身这个个体上。

就像纽约下城那些百年老建筑，表面质朴陈旧，里面却有着全世界最低调奢华的陈设和智慧。古老的窗垣后，藏着的是无限的生机和华丽。

就像祖·玛珑的英国梨和小苍兰香水，任风尘变幻，怡然守得独立和别致。

一个穿小黑裙的女人，远比一个穿粉色套装配珍珠首饰的女人要耐人寻味，不是吗?

在纽约多线程的高速生活模式中，黑色是如影随形的战袍。不假思索地披上，然后一往无前，披荆斩棘。

时至今日，我依然不自觉地收集着所有黑色的服饰。

红色是热烈的，棕色是保守的，灰色是轻松的，粉色是明媚的。

只有穿上黑色，我才是我。

曼哈顿的妹子和皇后区的婶

纽约是一个广义的概念，纽约州包含纽约市，纽约市又包含曼哈顿区、布鲁克林区、皇后区等若干区域，曼哈顿又分为上城、中城和下城。大部分人都在曼哈顿工作，住处却千差万别。

对于在曼哈顿工作的华人而言，最常见的居住地包括曼哈顿岛上、皇后区、新泽西、长岛，或者上州。

常言道，嫁给一个人，其实是嫁给了一种生活方式。选择居所亦然。有个学姐曾经总结道："你选择住在哪儿，就选择了哪儿的人生。"经多年观察，此话不假。

有人选择住在曼哈顿，有人选择住在皇后区。住在曼哈顿的人每月花 3000 美元，只能住在 40 平方米大，还有老鼠乱窜的旧公寓里；而住在皇后区的人只花一半的钱，就可以住宽敞的连体别墅，而且地铁半小时就可以直达曼哈顿市中心，这是多么划算的一个选择。

几年过去，住在皇后区的人越发安逸，每天下班去固定的中餐馆买盒饭，周末去固定的中国超市采购，后来和背景类似的中国人结婚，有了一双儿女，送去皇后区的公立学校，从此有了看得见的安稳的后半生，简单富足，花前篱下。但在曼哈顿居民眼中，这哪里是纽约，明明就是大农村生活嘛。

而住在曼哈顿的人则越来越神出鬼没，朋友圈晒的都是工作和酒会，常常利用一个周末飞趟北京，年近四十依旧面容精致，也依然是夜夜笙歌的单身人士。当然，在皇后区的居民眼中，这是一种过于复杂和疲惫的生活状态。

是否回国的枷锁

其实在纽约生活的人，始终被夹在各种选择当中。

小到是住曼哈顿还是皇后区，大到是回国还是继续在美国混下去。

自从在美国居留的那一刻开始，每个人都被永久地套上一个在中国和美国之间选择的枷锁，"回国会不会更好"是每一个生活在美国的华人脑海中的问题。他们看到国内经济腾飞心痒难耐，看到朋友在北京混得人模狗样也蠢蠢欲动，看到家中父母日渐年迈更是充满不舍。

选择回到国内的人有三种。

第一种是在美国混不下去或者混得不好，想回国图个小富即安的人。

第二种是在国内是富二代、官二代等既有利益所得群体，在美国当平民不如回国享受些许特权。

第三种就是浑身鸡血无处释放，一心要回国淘金，想自己闯出一番天地的热血青年。

剩下那些大部分只求一份好工作、好生活的中产阶层华人便纷纷留在了美国。遗憾的是，第一代移民注定是白手起家的一代，在资本主义社会这个同样讲究人脉背景的地方，新移民要想在主流社会中混得一席之地并非易事。毕业应聘进美国大企业，最后能混到管一个三五人的团队就算很不错了。在美国飞黄腾达的第一代移民，往往还是靠祖国资源，靠自己创业。比如开一家投中概股的对冲基金，或者针对赴美投资的律师事务所，或者向中国客户卖概念的科技产品公司等。当然，这些人也是凤毛麟角，大部分在美国生活的华人都是年薪在 8~20 万美元之间的典型中产阶层，说得好听是富足安稳，说得难听是“一眼望到头”。

对很多华人来说，绿卡似乎就是一个终极理想，虽然他们也不知道，绿卡到底对自己意味着什么。

《北京人在纽约》里的大李死了，到死都没有拿到绿卡。许多朋友聚集于墓前，默默流泪。王启明说，死在这里，他终于可以永远留在美国了。

其实这是一座围城，一座无解的围城。

很多人终于拿到了绿卡，突然就变得茫然没有目标。他们开始羡慕国内的欣欣向荣，仿佛国内的人都夜夜笙歌，每天忙着谈大生意。

有人真的回国了，他们把回国当成退路，结果发现退无可退。在祖国，自己并没有得到额外优待，也不过是苦苦奋斗的芸芸众生中的一个。

生命就在“身份”这个虚无的概念里纠结和蹉跎了。

“我变不成美国人，也早就忘了中国人是什么滋味儿了。”王启明说。

一个朋友奋斗多年，终于帮全家办好了绿卡。后来他的父亲在美国住了半年，受不了了，拍案回国，说：“我不蹲这移民监，我要回家乡。”

那潇洒而去的矍铄身影，每每想起，五味杂陈。

最好的城市，最好的年华

说了这么多，回到我自己。

如前文所述，我除了在机场去学校的路上一直在哭以外，纽约留给我的，全是笑容。

我在纽约上学和工作（做记者），前后四年，经历的人和事简直比其他时间加起来都要多。

曾经在暴风雪里站了三个小时，只为拍摄时任市长布隆伯格点亮洛克菲勒广场的圣诞树。

曾经在海地地震时前往美国难民营，看寻找孩子的黑人母亲眼白里都是无措和绝望。

曾经在报道联合国大会期间连续工作 72 小时，恍惚地看各国领导人在厚实的地毯上撞着我的肩膀走过。

曾经在纽约时装周看怀揣时尚美梦的潮人们终日游荡在秀场门外，期盼着某个镜头能留意到自己，留下一张公之于众的街拍。

曾经看有人抱着纸箱从雷曼兄弟大楼里茫然地离开。

曾经站在发生“9·11”事件的地方附近的楼顶听四面八方的哭泣和默哀。

纽约如成像的小孔，唯有它能浓缩如此丰富的众生百态。我一直坚信，路走得远了，景看得多了，会让人更加睿智。但现在想来，思考者看得越多就能沉淀越多悲天悯人的思想，而没心没肺的人看得越多则会平添越多激情与斗志。

我更多是后者。好奇心可以让人保持好记忆力，大千世界每个角落的苍翠与生机，会一直如烈焰，驱使人不知疲倦地往前走，让人觉得这个世界如此辽阔，无所不能。

我记得很多年前我离开纽约的那个春天的一幕。

我收拾了好几个巨大的箱子，呆站在窗前，看曾经生活过的房间又恢复了最初的空空荡荡。我给心爱的仓鼠添了两个下午茶的萝卜仔，它满足地哼哼，不知道下午就要移居别家。

然后我抱着电脑坐在地上，窗外响起了熟悉的冰激凌车的音乐，一遍又一遍。

窗户半开，春天无比温暖的风吹进来，这仿佛是人生中最安静美丽的场景的回放。

前夜还和朋友喝酒，站在街口伸开双臂大喊：“我觉得我鼻孔里都是北京的味道！”

然后一个人坐在空荡荡的房间里，泪流满面。

我在纽约只哭过两次，一次是初来乍到，一次是别离。

就是这个我一开始觉得全都是树的地方，斗转星移，转眼已过了四年。纽约不是东京，纽约也不是巴拿马城。纽约是特别包容的，在这里，你很快就会觉得自己是个纽约人，很快就有自己要做的事，很快这就成了你最熟悉的地方。

在纽约，你会觉得，每天太阳从曼哈顿的地平线升起，然后你开始忙碌，可能挠头，也可能纸醉金迷，然后看着太阳再从地平线落下。就这样日复一日，仿佛这样的生活真实到永远不会休止。

但又有几个人能真的让那样的生活无限延续。曼哈顿就像一个中央车站，人们拖着行李来了，拖着行李走了。

我很喜欢的一部电影叫《爱在黎明破晓前》。这是一部关于邂逅的电影。在这部电影的续集中，男女主角再次相遇已是九年后，当杰西再次遇到赛琳娜，杰西已经结婚并有一子。当他谈起自己的婚礼，他回忆道：

“我当时坐在车里，一个朋友载我去下城，我凝视窗外，那一刻我以为我看到了你——在距离教堂不远的地方，你正收起雨伞迈入一家杂货商店，一家在 13 街和百老汇大道的交会处的杂货商店。当时我以为我疯了，你知道吗？但现在我想那个人很可能就是你。”

赛琳娜说：“我当时住在 11 街和百老汇大道的交叉口。”

看到这一句，我总会心中一颤。

那些曾经一起欢纵的人，如今再也不会出现在熟悉的地方。

后来每当午夜梦回，我总会梦到那几年遇到的形形色色的人。在梦里，这些可能此生再无缘相见的有趣的故友都聚集在纽约阿姆斯特丹路的街口，仿佛在开一场盛大的派对。他们尖叫，吹口哨，冲我挥手，大喊我的名字。

不知地球另一端的夜里，是否也有人做着同样的梦，梦见一个地方，叫纽约。

待渡香港

这篇文字，承载着我过去近 200 个在这座岛屿上的日日夜夜。

港人寻路

没有一座城市比香港更喧哗，没有一座城市比香港更孤独。

它毕竟只是一座小岛，一座被安排了太多戏份的小岛。

从不安、烦躁到沉默，就像湾仔高楼林立间不可忽略的棚户与油污，香港摩登美学的矛盾性也是彼时香港人复杂心性的隐喻：在悲观中保持遐想，勠力向上但又不知根系。熊熊烈火只能暗烧于巷尾的焚炉中，激烈却无法冲破。曾经看过一个比喻，港人的心犹如面朝维多利亚港的码头，只能待渡，却不能问渡轮将把他们带到何处。

越来越多的内地人来到香港，表面风平浪静，内心却暗流汹涌。不同于白人对黑人的歧视或不歧视，不同于富人对穷人的怜悯或不怜悯。港人（主要是底层百姓）对内地人的心态是极其复杂的，时而将其想象为信德中心大巴车上涌动的小红旗旅游团，时而将其想象为抽雪茄、戴墨镜、一掷千金，不断将香港的财物吸入囊中的横行者。他们对这个群体充满不解、轻蔑和畏惧。

他们的排斥不无道理。随着大量外籍人士的涌入，暴涨的房价和物价让香港平民无处栖身。在中环的写字楼里，港人寥寥。港岛和九龙主要的大型新楼盘里，例如贝沙湾、一号银海、君汇港，鲜见港人踪迹。在远离尘嚣的舒适离岛，例如愉景湾、柏丽湾，则是与港人无关的白人世界。

港人有富有贫，极少数的贵族牢牢把守着自己的“保留地”——深水湾、浅水湾、半山和山顶。这些区域就像北京的四合院、英国的贵族宅邸，尽管年久陈旧，却始终象征尊贵雍容。

而大量的香港普通民众，则居住在密密麻麻的笼屋里。

据香港政府统计处资料显示，香港有超过 20 万人住在笼屋、劏房、板间房等狭窄空间。“劏”字在粤语中有宰杀的意思，是指切开动物肚皮，再去除内脏。顾名思义，“劏房”指的是把一套几十平方米的房子分成几个独立单位。有的“劏房”里住着一家几口，所有的吃喝拉撒就在这几平方米里解决。

我曾经问过一个香港小妹，香港房子这么贵，年轻人结婚怎么买得起。小妹说，租房啊，或者去新界买一套二三百平方尺（合二三十平方米）的老屋。“这样一套老屋通常有两间卧室，很宽敞啦！300 万港元左右，首付只要一成！”

低廉的住房按揭、免费医疗、完善的失业救济和老人补贴，给香港百姓设置了体面的安全线。

但这些能保证的只是生存，不是生活。

这也是每一个超级大都市的“本地人”的纠结：看似出身优渥，实则生来没有退路。除了被汹涌人流挟着往前挣扎，别无选择。

香港人很拼，勤奋是他们的生存技巧。在投资银行里一直眉头紧锁、戴着耳机接电话和加班的永远是香港人。他们知道要在这座拥挤的岛屿胜出有多难。他们没有白人的语言优势，也没有内地人的人际关系优势（香港企业大多面向内地市场），他们除了更努力，别无选择。越来越多金融机构的香港白领努力和内地的客户打成一片，送孩子去普通话教学的学校，也兴冲冲地在内地中产阶层聚居的社区买房，似乎觉得这样更为“主流”。

不是每个港人都能走进中环。大部分香港毕业生只能走进湾仔、尖沙咀的老楼，摇摇欲坠的电梯缓慢而昏暗，办公室墙皮脱落，转椅都没有足够空间旋转。

还有大量的劳动人民。有无数港人依旧从事着延续百年的老业，日日撑船出海捕鱼，然后将捕来的鱼用推车拉进香港仔或西贡的鱼市场。

香港的巴士分官方和私营，私营小巴俗称“亡命小巴”，每日像疯狂的老鼠一般在狭窄的道路上疾行，要下车的人必须大喊“要落唔该”，司机则潇洒地伸一下左手，以示知晓。我曾问过一位司机开了多少年车，他说三十年。他说他想转做出租车司机，但现在香港一个出租车车牌已经被炒到 1000 万港元，开出租车成了他一个遥不可及的梦。

还有无数老无所依的老人被囚禁在囹圄般的养老院中。香港有900多家私营养老院，近6万床位，住在这里的人接近香港总人口数的1%。养老院格局类似。一层楼用木板隔成无数四平方米见方的狭窄空间，只能摆得下一张单人床和一个床头柜，间隔用的木板墙上挂着三两件衣物，抑或是家人的合影。老人们担心自己健忘，却无法阻止被遗忘。

内地移民向钱看

香港是很多元化的，但多元化的是人种、语言、收入，不是价值观。

来了香港，每个人都毫不掩饰地谈论钱。

对移民美国的人来说，“移民美国”本身就是终极目标，至于去美国干什么，不那么重要。阳光、沙滩、住房、教育已经足以构成理由，其他都是附加值。

移民香港的人则不然。没有人是为了来香港而来香港，每个人都是被职业和业务所驱使，聚集在这座拥挤的岛屿上。所以大家的目标简单清晰，那就是赚钱。

大家在乎钱，也确实有钱。和香港本地人的贫富分化不同，在港工作的内地人绝大部分是有着良好教育背景的中产阶层，收入不菲却无法放松。在美国，年薪 10 万美元就可以满足地安度一生了。但在香港，这个收入水平的你就是个不折不扣的穷鬼。

年薪 100 万元的人觉得自己很穷，年薪 1000 万元的人依然觉得自己很穷。不论存折上的数字多大，大家都西装革履地在中环写字楼挑灯夜战，夹着笔记本电脑健步如飞地穿梭于各个客户办公室。

大家觉得工作努力是一种美德，已经忘了停下来的感觉。我问一位年薪千万的领导："你最快乐的事情是什么？"他说："看到客户给予肯定的眼神。"我心想，完了，又是一位被洗脑者。

在激烈的同辈竞争中，怎能不埋头工作，不攒个几百万都不好意思生孩子。在香港的人普遍要孩子晚，幼儿园家长会就像领袖峰会，家长都是 40 岁上下的人，具有儒雅成熟的风范。偶尔遇到 30 岁左右的父母，大家都会围观惊呼："好年轻！"

男人们太拼命，女人们就纷纷退居二线，在家相夫教子。我从未在其他地方见过这么多家庭妇女。随着内地资本外流的热潮，在香港的内地妈妈们卖保险蔚然成风。然而，拿到保险经纪执照者众，真的认真跑业务的却寥寥无几。

一位女邻居在一次夜聊中特别真诚地对我说："我卖保险，一年坐在家里赚 100 万元并不难。但我转念一想，100 万元也干不了什么啊！"我无言以对。

相对于有钱的内地人，还有一批来港的内地人则和电影《甜蜜蜜》里的张曼玉一样，在八九十年代时怀着淘金的梦想来到香港，遗憾的是，时至今日他们的生活状态并不理想。

香港单身汉一度流行去内地“买老婆”，如今有许多福建和广东的内地女人就是二十年前随只见过一面的“港台富商”来到这里的。

“买来的老婆也要疼啊！花钱越多，反而越珍惜！”一位出租车司机给我讲，他当年花了全部积蓄去台山娶了老婆，如今孩子都成年了，老婆却一个人回内地去住了。“她说香港没有她想的好！她宁可抛下孩子也要回去！”

反过来，也有给男人钱的内地女人，只为假结婚来香港。我在足疗店遇到当年假结婚来港的内地女人，她一边熟练地给我搓脚，一边讲：“真结婚又怎样，还不是嫁给香港的泥瓦工！香港这些男人来了内地装成富商，其实个个都是穷鬼！”

“普通话里‘情’和‘钱’的发音是一样的吗？我们分不清。”出租车司机曾这样问我。我说当然不一样。他说：“哦，不一样好。情是情，钱是钱。”

香港的昼与夜

中环是香港现代社会的心脏，它的英文名很直白，就叫 Central（中心）。

白天的中环像一部机器，夜里的中环像个疯子。

我去过世界大部分主要城市，却从未见过哪里比香港更“城市”。冯唐在其文章中描述：建成的高楼仿佛德国造的万宝龙笔，每个细节都在不露声色中被精确地照顾到，每一寸土地都被顶级的建筑师用当时最好的技术和工艺压榨出最大的功效。高楼之间游廊相连，人车全部分流，商务会晤步行可达无须坐车，打雷下雨不用打伞。

每个人都带着早期抑郁症的表情，穿着紧绷到无法喘气的衬衫西装，穿行在钢筋水泥中。如果你衣着宽松，表情明快，那你一定不属于中环，你是游客。

回到办公室，中环人们便瞪着斗鸡眼死盯屏幕。中环大部分写字楼都有着无敌海景。但我在办公室里从未看到任何一个人在任何一个窗前瞭望。碧海蓝天只是背景，千篇一律的曲线图界面屏幕才是真正的风景。

香港的办公室里从没有人闲谈，第一是因为大家都很忙很忙很忙，第二是因为文化如此，第三是因为大家来自世界各地，所以共同语言有限。办公室、厨房的清洁工阿姨是整个公司性格最开朗的人，拥有办公室里最多的熟人，因为只有当人们到厨房倒咖啡，才会短暂地回到人间，有片刻的闲聊时间。

而当夜幕降临，这座城市才睡眼惺忪地苏醒。

炊烟袅袅升起，饥肠辘辘的人们让这座城市突然有了人间气。

人间气也分三六九等。香港人气最旺的餐厅有三类：米其林三星餐厅（通常要提前两周预订），中环的商务餐厅（午餐晚餐时间都人满为患），旺角或香港仔的鱼蛋大排档（摊位前永远人头攒动）。

土豪要和土豪拼手快，中产要和中产抢座位，贫民要和贫民比嗓门。在香港，不论是谁，要轻松吃一顿心满意足的饭都并非易事。

但吃罢，你一定觉得这些努力都值得。香港的每一家米其林餐厅都不是浪得虚名。若是如志魂、柏屋等的日本料理店，定是采用来自日本筑地的食材、新潟的米、鱼腹部最上乘的大脂。若是如 Pierre、L’Atelier de Joel Robuchon 等法国餐厅，定是摆盘如艺术品且不会辜负味蕾，婆罗门参、鱼子酱、芝士和松露，一定是从法国空运而来。若是如龙景轩等粤菜馆，则是地处最昂贵地段的酒店，以银箔天花板衬托壮丽夺目的维多利亚海景，将最寻常的粤菜用最昂贵的食材烹制而成：烧卖用松露烧制，肠粉用石斑鱼灌装，叉烧用扇贝搭配。

鱼蛋大排档也有绝不输米其林餐厅的气势。走在铜锣湾狭窄的街道上，耳畔都是像板船调子一样的吆喝声，两侧的小格子摊位闪烁着温暖的灯光，照亮着热腾腾的鱼蛋、花枝丸、贡丸、章鱼丸……10 港元就可以买到满满一碗，挤上香浓的麻酱、红油、麻辣粉，站在路边迫不及待地送进嘴里，然后不知是因为辣还是烫而龇牙咧嘴。

酒足饭饱，却离回家尚早。

港人和内地人喜欢徜徉在商场里，香港的店铺几乎都开到晚上 10 点。铜锣湾越晚越热闹，在随时可能发生踩踏事故的街道上，竟然还会时不时挤过一只荧光夜巡的杂技团。

但最晚睡觉的是白人。兰桂坊在晚上 10 点以后就成了纽约的布鲁克林。狭窄的道路上挤满了喝酒的白人，一个个满脸通红，兴奋不已，手舞足蹈。街边摁喇叭无法通行的车辆、戴着魔鬼面具到处吓人的小丑，乃至地上横流的污水，都无法干扰他们的雅兴。

我不知道住在香港的白人为什么如此热爱酒精。兴许是因为原本不受约束的种族，却阴错阳差被困在了严肃高压的香港中环，野马没了草原，只能在深夜对酒当歌，释放白天的迷失和压抑。

贵一些的酒吧集中在更高的楼层。在加州大厦的顶层，有熊熊燃烧的假火，还有雾状喷射的冷气。衣着光鲜的人们坐拥着半山的霓虹灯火，优雅地品评赤霞珠红酒、有新鲜薄荷叶的莫吉托，或者朗姆为基酒的加州宾治。那一刻，这夜美好得让人不知身在何处。

长夜长，有人欢笑，亦有人哭泣。

我曾在晚上 11 点在中环的写字楼下遇到一个满身酒气的白人。他把西服甩在空中，大声吼叫："Why I'm fucking on this island!"（为什么我在这个该死的岛上！）就这样吼叫着一路向东，消失在夜色深处。

有多少写字楼的厕所隔间里，不堪重负的实习生号啕大哭，又擦干眼泪回到工位上。

假结婚来香港的女人给最后一位客人洗完脚，忆起二十年前踌躇满志的自己，一声苦笑。

深巷的老人院里，有人望着木板墙上的全家福一声叹息，默然熄灯。

香港的昼与夜，就像《百年孤独》里写的那样，过去都是假的，回忆是一条没有归途的路，以往的一切春天都无法复原，即使最狂热最坚贞的爱情，归根结底也不过是一种瞬息即逝的现实。

唯有孤独永恒。

西七路往事

朋友们看了《西安故城在》和《待渡香港》，说："你写香港写得具体，写西安反倒写意了。"我顿时觉察，那些我自以为清晰如昨的记忆，其实大多只空余一具情绪的骨架，细节已无从追索。

直到前两天，因为自己心情寂寥，突然想到曾有一个极度乐天的女发小已多年未见，于是发微信联系了一下。结果我们一拍即合，当场双双定下机票，相约两周后一起去釜山喝酒。

她说的一些话，突然就让我模糊的记忆清晰了起来。原来这些记忆就在我心里，打开灯，就是亮闪闪的一片。

"咱们去釜山喝死哭死，追忆似水年华去。"我憧憬道。

"相信我，一般喝酒前准备哭死的人，最后往往都是笑到脸抽筋，最先嗨死的。"听上去好有道理，我竟无言以对。

巧嫂米线

“你一定不知道巧嫂米线还有一种吃法，”这位发小突然跟我说，“以前只知道有三鲜和麻辣，却不知道可以单独要一份辣汁，把三鲜米线搿到辣汁里泡着吃。这样既可以吃到麻辣的米线，又可以喝到三鲜的汤。”

“咱俩是十几年前一起吃的，我不知道这种吃法，我觉得你一定也不知道。”发小对自己的惊天发现甚是得意。

巧嫂米线是一家面积不到 100 平方米的米线店，就开在我们中学斜对面。菜单非常简单，口味只有三鲜、微辣和麻辣，和大部分米线店一样，按照配菜盘碟多少分为 12 元、18 元、26 元、36 元几个档位。大部分同学都吃 12 元的；家境殷实的女生会选择多一份鸡肉和鹌鹑蛋的 18 元的；26 元是男生追女生才会吃的；至于 36 元的，我记得只有初中毕业答谢恩师时点过。

巧嫂米线除了味道好，最初也赢在针对我们这些“长尾”的营销策略，一句话：米线可以无限加。这下故事就来了，中学男生中的大胃王不在少数，巧嫂米线就成了男生们比赛饭量的擂台。我记得某同班男生的纪录是加了 11 碗米线，原本的底汤都已经被涮成清水。据传，从此老板不让该男生入内，至今不知真假。

转眼已是多年，当平娃烤肉摊都成了大酒楼，贾永信腊牛肉都上了天猫网站，我想巧嫂一定也是遍地分店的景象吧。

却不然。发小说：“还是那家店，又脏又破人又多，地上油腻腻，走进去就打滑。得和别人拼桌，去买一瓶冰峰汽水，回来位置就被别人占了。”

没有人知道为什么。可能有的人喜欢把梦想变大，而有的人觉得一生守着一件事就很好。

和平电影院

看日剧《东京女子图鉴》，女主在古驰公司面试时说自己的兴趣爱好是看电影，结果被女老板痛斥：“那就等于没有爱好！”

我心想，看电影真的是我曾经最真挚的爱好啊。

我上大学以后加入了电影协会，看了很多诸如《穆赫兰道》《蓝丝绒》等烧脑和压抑的影片，和一群文艺青年在一起写影评，喝啤酒，聊库布里克和基耶斯洛夫斯基；在哥伦比亚大学学传播学的时候，伊朗电影《天堂的孩子》的总顾问是我们的电影课教授，我学了电影中的蒙太奇手法、民粹主义、人文关怀。

了解越深，越觉得电影是理性的艺术，未曾知，我最初关于电影的快乐记忆不过是中学时代坐在和平电影院里看舒淇和黎明罢了。

和平电影院就在西安中学附近，是民国时期的建筑，四周爬满了厚厚实实的爬山虎。在我生活的年代，和平电影院只有一个大放映厅，所以大厅上映什么，我就看什么。一直到高中毕业，学生票价都是 6 元，完全是我可以承受的价格，大厅的电影平均两周一换，好片子我基本从未错过。

坐在漆黑的大厅里，一定是第一排，从荧幕亮起的那一刻开始，我便不再是我，而是另一个世界的旅者。我可以很放心地把我的心交给导演，让他带我在另一个时空里肆意飞行。

我人生中最幸福的记忆之一，就是在一个炎热的暑假，我和三两好友抱着零食和汽水钻进和平电影院，坐在第一排正对着柜式空调的位置，从早到晚，把《玻璃之城》连着看了五遍，也哭了五遍。那是最初也最打动我的爱情电影。舒淇对黎明说过的台词，在我的记忆里至今清晰。

“我希望你记得，我们分开的日子里，你不在我身边，我才是最爱你。”

北大街天桥

我家住在莲湖路，北大街十字路口是我以前每天上学必经的地方，偌大的十字路口，被两座过街天桥连接起来。天桥栏杆每隔两年就会重新粉刷，而且配色总能丑出新高度，比如姜黄和荧光绿。

上小学的时候，我每天和同院子高年级的姐姐一起走路上学，我妈规定必须走天桥，不许横穿马路。我还记得当时我和她犟嘴：“如果天桥塌了呢？”“那你们就踩着废墟过马路！”“那如果废墟被运走了呢？”“那就让拉废墟的卡车载你们去学校！”

最早的北大街天桥连接着的是北大街商场的入口，推开沉重的皮门帘，仿佛至今仍看得到那个生机勃勃的90年代。窗户朝东，太阳光直泻在水磨石地面上，光可鉴人。不同质地的衣料柜台背后站着面若银盆的售货员，手里拿着一节木尺，量布时上下翻飞如同耍棍，来往的持家女人单靠手指一捻便能判断出布料是全毛还是混纺。

长大以后的某日，当我在纽约第五大道的波道夫·古道曼百货（Bergdorf Goodman）里看到周仰杰（Jimmy Choo）和克里斯蒂·卢布坦（Christian Louboutin）设计的高跟鞋被散置在开放的货架上供人随意试穿时，我突然回忆起小时候在北大街商场买白球鞋的场景。售货员戴着白手套打开鞋盒，取出鞋里的填充物，把鞋盒盖子放在地上让我踩在上面，鞋底不能沾上丝毫尘埃。售货员对商品精心呵护的样子印在我心里，影响着我。那个时候的我会蹲在阳台上认真刷洗球鞋，洗完后还要在鞋面上贴一层卫生纸，这样鞋就不会因为日光暴晒而泛黄。而我长大后买过不少名牌高跟鞋，却从未费心擦过一次。

商场门外的天桥上，常年有老太太摆地摊。我每天走过天桥都会忍不住在地摊前逗留，看上面摆满五颜六色的鞋垫、塑料镜子和发饰。最早只有黑色一字卡和橡皮筋，后来有了弹簧夹，有了塑料电线发箍。我见证着这场如同蒸汽机到电力机车的伟大技术革命，在天桥地摊上悄然发生。

时光在北大街十字天桥上流淌，低头看书不看路的我、吃着炸串的我、奔跑欢笑的我、倚着栏杆发呆的我蒙太奇般闪动，转眼已长大。

高三那年，我拿到了英国华威大学的录取通知书，当时这所大学的传媒专业排名全英第一。拿到录取通知书的当天傍晚，我把我暗恋许久的男生叫到北大街天桥上说："我要去英国了，临走前我想让你知道，我一直很喜欢你。"

当时夜幕已垂，灯火阑珊下，看着俊美少年一脸的错愕，我有一种将偶像剧剧情推向高潮的成就感。那晚桥下涌动的车流、耳边的风、脚下略微震动着的熟悉的天桥，让这条我行走了千百回的路，终于有了特殊的意义。

后来我最终放弃了英国，留在了我认为更好的中国的大学。俊美少年陪我在这座天桥上走完高三的暑假，然后搭上去北京的火车，从此未再相见。只听说他在北京有过很低落的时期，曾在寒冬腊月醉在苏州桥下，身上的财物被洗劫一空。不知那时他眼中的苏州桥，可曾令他有一时的恍惚或熟悉?

我曾认为北大街天桥是一个永恒的存在，但其实没有什么是亘古不变的。2008 年某个凌晨，北大街天桥被拆除了。

我当时在美国，没有看到它轰然倒塌的瞬间，没有机会踩着它的废墟再过一次马路，也不知道是怎样的卡车拉走了它的残骸。

恩师

当年的西安中学是西安几所名校里唯一一所位于城墙里的，而且管理宽松，没有校服，没有晚自习。那时的西工大附中和铁一中，在我们眼中都是郊区寒门。

我们毕业后不久，西安中学也迁校城外了，从此城墙内再无名校。富丽堂皇得像大学一般的新校园，却再也没有西七路上的巧嫂米线、和平电影院，学生们也不能闭着眼睛倒退着一路挪到钟楼了。

最近看到新闻报道，说西安中学整治“男女生非正常交往”，据说成立了学生纠察队，看到男女生一起买早餐就带走。我们在校友群里悲叹，为什么时代变迁，环境却越来越不自由。

属于我们的那个年代，西安中学就像一个乌托邦，我就像乌托邦里的旅行家拉斐尔·希斯拉德。

我上学总迟到，同学们叫我“李踩铃”，有一次眼看赶不上晨会升国旗，我把书包塞在教导主任怀里就跑；我去英国旅行三个月，某日突然穿着人字拖、梳着黑人小辫走进寂静的教室，大家一片哗然；高三的课堂上，我突然嗖地站起来对全班大声宣布：“今天我成年了，祝福我吧！”同桌很敬业地举起摄像机，录下了全班同学错愕的表情和稀稀拉拉的掌声。

做出这些离经叛道的行为，在其他中学恐怕会被视为异类，但我却一直是老师最喜欢的学生。在那个乌托邦式的时代，青春原本就是自由的，只要学习成绩好，任何类型的存在都是正确的。

如今回想，那时高大深邃的老师们，其实都是极其简单和善良的人。他们守在中学校园里，用一种少年式的节奏去对待生活。

“你们以后就是钟楼上的巧（鸟）。”初中的数学老师总是操着陕西话这样说。这是一句歇后语，意思是站得高，看得远。

有一次西安发生地震，当时我们的教室在五楼，这位数学老师惊起，就像跳骑马舞一样挥动着双臂大吼：“快刨（跑）！快刨（跑）！”一直哑着嗓子吼到最后一名同学离开教室。当时他滑稽的姿态，成了我们一生珍藏的感动记忆。

大家逃下楼后聚集在操场上，学校广播宣布，初中下午停课，高中继续上课。当时有调皮的男生跑到数学老师那里撒娇说：“我们也是祖国的花朵呀！”数学老师拉下脸说：“你就是个二俅。”

后来我们都纷纷离开学校，渐行渐远。那些和蔼的面孔就留在原地，逐渐幻化成远方的小黑点。

我们高中毕业后，西安中学的老师们随着学校迁址，也都终于告别了 20 平方米的平房宿舍，迁入了新校区附近的单元房。我记得我们去探望高中的班主任，他三室一厅的单元房里一尘不染，每个插座都用花布包了起来，墙上挂着全家福。

“我估计后半生就住在这里了。”他当时这样说，脸上全是满足。的确，至今他依然住在那里。

人都是虚荣的生物。奋斗路上经历酸甜苦辣，日子久了，就会想起最初的恩师，想要坐在恩师的脚边，给他讲大千世界、人世纷争，想要得到恩师的肯定，想要他拍拍自己的肩膀，说一句“孩子你不容易”，然后在恩师家好好哭一场。

我也不免俗。我有班主任的微信，上次写了《待渡香港》反馈不错，便特意发给他，内心希望得到他的表扬。

但他只是回了一句话："我很羡慕你。"

心酸。当时恰逢春节，于是我又发了一个微信红包给他，祝他新年快乐。

但他说："谢谢，我的手机版本低，领不到你的红包。"

我一时不知道自己能再做些什么。

希阿荣博堪布在回忆上师法王如意宝的文章中写道："每一段清净无染的师徒传承都源于殊胜无比的累世因缘。"

如今我却找不到力量，去维系这段累世的因缘。

我的故城，那些让我感到安闲的街道、店铺、天桥、故人，如今都尘封在时光里了。

我们在平行的空间里忙于应付自己眼前的境遇，只是不知今天为之劳碌的人和事，数年之后，是否也值得这样去怀念。

唯愿此生还可以有很多交集。

这篇文章写于南太平洋上空的红眼航班上。我想我是真心喜欢写作的人。比如此刻，大家都在用自己的方式打发着漫长的时光，有人熟睡打鼾，有人抱着平板电脑看电视剧，有人站在机尾的窗前听音乐发呆。但我却选择写作，哪怕是用平板电脑，打每一个字都很慢很慢。

其实，在我动笔前一瞬，我并不知道自己要写什么，但这不重要，因为此刻的写作对我来说是消遣，天马行空，与自己进行漫无目的的开心对话罢了。在我年轻时的奋斗过程中，我无法从工作和数字中出离，但我一直渴望某日能有一段完整的时间，去旅居，写作，我相信我一定能写出动人的文字。

关于我们的公众号，原本就是个随手发只言片语的地方，忙起来可能很久都没空更新，心情好了也许会连着发好几篇。但我们永远不会弃号。

谢谢你们的陪伴。

那些能让我快乐的事

我曾经是一名记者，我遇到过很多人，我喜欢问别人同一个问题："你生活中最快乐的事情是什么？"有点像央视新闻联播的采访，可能这是中国新闻工作者的通病。但我是真的渴望知道答案。

有些人有很明确的答案，但这样的人往往有着不可复制的人生。比如一个滑长板的兄弟，坚信滑板上有整个大千世界，即使提到有同僚就在一次滑长板途中死去，他也只是默哀片刻，依旧仰起头，眼里闪光，说，死得其所。

再比如一个话剧演员，他工作在舞台上，在台下聊的是戏剧，朋友圈晒的是戏剧，晚上和一群人喝到断片儿，嘴里嘟囔的还是戏剧。他说最快乐的事情，就是演戏，攒钱，然后去荷兰艺术节，不睡觉，看遍每一场戏。

而大部分人只是思索片刻，说："这是个好问题，我得好好想想。"我不知道他们后来到底想了还是没想，反正我再也没有得到他们的回答。

还有一些人的答案很抽象，比如"奋斗令我快乐"。我相信他的确是这样想的，但这种快乐很难具体化，当我问他最快乐的瞬间、最快乐的场景，他便无言以对了。

许多人充满责任感、使命感、成就感，但在他们真实的人生中，竟没有一个具体的情境，在那一刻，可以欣喜若狂。

我不奢望狂喜，但我知道，有一些很具体的事情可以让我快乐。也许都是些非常小女人的、肤浅而自我的画面，但我原本就只是一个略带文艺小情怀的凡尘小女子罢了。

假如只有几个小时

我渴望有一位年近九旬的长者给我讲讲他的一生。这位长者头脑和口齿都清晰，对时代和社会没有怨念，豁达客观。从童年的青山绿水讲到成年后的远行和欢纵，讲失败，讲失去，讲失而复得。然后咖啡见底，我陪他笑到流泪。

假如有几天时间

我希望飞去纽约。那是承载了我四年漂泊青春的城市。

白天假装是初访的游客，穿黑色棉布裙子，光腿，黑色球鞋，在唐人街买路边的鸡蛋仔和天仁茗茶的冻奶茶，一路走到 SOHO，遇到一家当地设计师小店，在里面寻到一条一见钟情的连衣裙，当场换上，走出门，快步疾行，裙摆随风扬起，球鞋的橡胶底踩在路边的落叶上，发出柔软的咯吱声。这时，最好恰巧经过街边的卖艺人，他在大声唱着披头士的歌，我穿着新裙子在他身边起舞，他举着吉他与我应和，曲罢，我旁若无人地离去，嘴角上扬。

夜晚我则回归老纽约客的身份，呼朋引伴，将那些我想念的朋友都唤出来，集结在我们熟悉的下城酒吧，放肆痛饮。酒桌上永远有和谐的组合：有一个话痨，永远不会冷场；有一个人一脸懵懂，被大家拿来开玩笑；有一个人喝了酒就傻笑，然后乖乖去呕吐，然后不省人事；还有一个人默默喝到最后，然后开始高唱祖国，怀念故土。大家的智商都暂时降为零，笑点降为零，任何一句话都能让大家笑得背过气去，仿佛积攒了一整年的压抑与毒素，都在这些放肆的笑声中彻底释放了。

假如有一个月时间

我希望去印度的佛学院。每天早上 4 点起床，冥想，做瑜伽，禅修，甚至禁语。吃最简单的素食，汗水浸在轻薄的衣衫上，用清凉油驱赶蚊蝇。每天仿佛什么都不用想，但一个月过去，却什么都想通了。狂妄的心安宁了，有顿悟的狂喜：原来人生的哲学，是举重若轻。

还有一种选择，就是去四川大凉山，当那个把全村的鸡都偷吃掉的角色。

一个月无法洗澡，开始习惯自己的味道。遇到几个自己真心喜欢的孩子，每日和他们嬉闹。遇到几个年龄相仿的女人，叫她们来我住的房间，给每个人画个好看的妆，梳个好看的发型。

试着和男人一起下地干活，蚂蟥钻进小腿，皮肤被晒干裂，这些痛与伤口，让我清醒地意识到自己是天地间的生灵，而不是生来寄居在中环钢筋混凝土中的机械人。

我此后可以每年将一半的薪水寄给他们，让他们建学校。学校不需要写我的名字，但我希望我喜欢的几个孩子可以给我寄信和照片。我清楚我没有多么高尚，我是需要这样的贫穷与真诚来帮自己寻找缺失的幸福感和存在感。我想至少这好于那些用慈善来提高声誉的人，我用我真诚的相待与付出，换回一个更坚强和清醒的自己。

假如奢侈到有整整一年的光阴

我希望去法国南部的格拉斯，租一座有庭院的房子，最好有爬山虎蜿蜒在我卧室的窗前。我很快便和方圆一公里内的居民都混了个脸熟，会一点三脚猫的法语，他们会一点不流利的英语，这让彼此的交谈变得充满想象空间。有时理解了对方六成的意思，另外四成就瞎蒙乱猜。有时对方说一句简单的比喻，加上自说自话，就仿佛变成颇有深意的人生哲理。

每日的行程简单却不乏味。晨起吃一顿早餐，有新鲜的蓝莓酱、可颂面包、现煮的咖啡和鲜牛乳。之后坐在庭院里写作。写身边的街坊邻里，写旧货市场淘到的围裙，写美食，写刚听到的笑话，以及一切美好的东西。

结束了上午的写作，我就去邻居家里看他们打理花园。欧洲人擅长园艺，一边修剪玫瑰藤，一边比画着聊天。工作间歇，一起在花园里的石桌前用画着浮雕的茶具沏一壶热茶，吃一点火腿肉、羊干酪和水果。温暖的红茶顺着喉咙流进胃里，五脏六腑都变得柔软舒适了。

然后我会去崖壁下的海里游泳。我要散开头发，脸上除了防晒霜没有任何妆，身上除了游泳衣没有任何缀饰。海水被阳光照得闪亮剔透，干净得能一眼看到十几米深海底的沙砾和鱼。我从崖上跃入水中，惊走几尾小花鱼，然后重新将头冒出水面，平躺在清凉的水面上，任炙热的阳光直射在我的面孔和肚脐上，皮肤泛出温暖的红色。

晚上我要去当地的小馆子，吃一顿漫长的晚餐。整个餐厅只有两三张桌子，所有客人都认识老板。老板本人就是厨师，没有菜单，老板根据时令和心情安排当晚的菜肴，当然，永远都是惊喜。上几杯当地酒庄的葡萄酒，搭配相应的乳酪芝士。很大的白色盘子中间摆放着精致的布列塔尼虾，配火龙果皮和闪光鲟鱼子酱。黑松露是猪新鲜拱出土的，和小牛肉煎在一起，在舌尖释放出酸甜略带迷迭香的味道。八道菜，八道酒。食到夜深处，客人们开始换桌而坐，席间充满连比带画的法式笑话、爽朗的笑声和尖叫。

假如有一天，一个月，一年，我都可以按照自己最强烈的意愿去度过。

但如果有整个后半生呢？

写到这句，我则瞬间顿笔了。

假如有一个期限，我便可以不顾一切，像迎接世界末日一样，不虚度。

但问题是我不知道这个期限在哪里。生活因为有未来而值得期待，却也因有未来而被未来的责任感所绑架。

我知道怎样让自己快乐，但却不容许自己那样做。我想很多人都是这样。这是一种深度的内在纠结，是自我选择，是因为人类社会现阶段还没有完善到能给我们足够的空间和安全感。

这种纠结就像一幅彩虹图，最左边是自我愉悦，最右边是社会责任。然后每个人都在这幅彩虹图上有一个指针，寻找适合自己的平衡刻度。

关于如何寻找这个刻度，又是一个好大的话题。我的飞机就要抵达了，在太平洋中央的高空中，我就此罢笔吧。

后记

每个人都是星宿，修行于凡尘

第一次写后记，先从我自己说起吧。

离开媒体多年，午夜梦回，我还经常以为自己仍是记者，这份职业太深入我的骨髓。

我一直觉得记者是人生最理想的第一份职业，因为它可以让人接触到跨越年龄的人和事。我从哥伦比亚大学传播系毕业后做了新华社驻美国记者，从采访荷兰王妃到海地难民，从联合国大会到疑似恐怖袭击，每日都是“无知者无畏”和“开眼看世界”的兴奋状态。

后来回到中国，加入刚成立不久的财新传媒，我用几年时间写了500多篇深深浅浅的报道，认识了形形色色的人，看懂了很多事，也看不懂很多事。有成就感，也有挫败感。我一直认为财新是中国最开化的媒体，然而越开化越让人意识到有些东西在现实大环境下是无法打破的。

后来我离开了媒体，转型成为香港美银美林证券的一名股票分析师。同年，我开了一个公众号，叫“二氧花旦”。

开公众号有两个原因：一是无法割舍从事多年的文字工作，希望借此维系和文字的关联；二是我的闺蜜小旦那段时间心情不好，我就建议我们一起写一个公众号，当作一个帮她发泄情绪的出口。

有了公众号，我开始漫无目的地写作。无心插柳柳成荫。随性而至地写了近两年时间，蓦然回首，惊觉已有近十万读者。

写作对我来说是很快乐的。我将写作视为一个出口，一个在闲暇时帮我出离烦琐生活的出口。小的时候我喜欢一个人去西安北大街和平电影院看电影，独自坐在偌大的黑暗空间里，任凭银幕将我带入另一个世界，恍若一段旅程。其实写作给我的感觉和看电影很像。我喜欢一个人猫在飞机上，任凭文字带我进入一种愉悦的思考和飞翔。

写作对我来说也是很痛的。我必须挖掘自己内心的痛，从而代入文中人物的痛。就好比在身上翻出一道伤疤，然后把它血淋淋地剖开，在里面放一颗种子，任凭根须发芽蜿蜒在血肉里。

读者是异常聪明的。他们识别得出哪些文字是用心之作。我的文章少则有几千阅读量，多的有几十万阅读量。我发现点击量和文章长短无关，和话题也无关。唯一有关的，就是这些文字是否真的用心。那些有几十万阅读量的文章，往往也是我在写作过程中真的感到了痛的。

我是个喜欢听故事的人，我对世间百态有着深深的好奇和敬畏。对我而言，最珍贵的时刻莫过于秉酒夜谈，有人把自己最深沉的往事砸碎了念叨给我听，念到欢处喷饭大笑，念到悲处泪流满面。

“在一次温哥华华人圈聚会上，酒过三巡，有人站起来朗诵了一首海子的诗。我的眼泪突然就下来了，甚至控制不住。”在一个饭桌上，一位 87 级的老北大人讲起他在海外的生活。我突然就想刨根问底。人活于世，感动不易。我相信成年人的每滴泪水都事出有因，都值得被记录和祭奠。

在我的书中，每个“我”都有雷同之处：不论是何以生、袁亮、苏菏还是御夏，他们都是三四十岁的年纪，见多识广，物质富足。而在看似无缺的轮廓下，他们又各有各的残缺，内心深处的残缺。

尽管在快乐的凡人和痛苦的哲学家之间，大部分人选择前者。但成长如激流，在将人生不断推向新的高度的同时，也不断将人推向后者。累积了越来越多的智慧和阅历，也累积了越来越多的想不通。度过了万马奔腾，度过了金融海啸，度过了乞力马扎罗，却度不过自己。

痛苦是有价值的，但痛苦不是我们的目的。每个人都是赶路人，赶路去寻找答案，去寻找真实的自己。在这个过程中，每个生命变得与众不同，重如泰山。而这条路的尽头，是与自己的和解，是可以卸下行囊不再赶路的喜乐和平。

喜乐和平，这也是我发现基督教、佛教、心理学共同推崇的最高境界。

也许能够达到。若不能，赶路本身，亦是修行。

有一个视频叫《一个 34 岁的男人去跳海》，转发者颇多，大概是说一个男人去完成了自己从小就有的北极深潜的梦想。视频的结尾问道，你想要跳什么海？我一度认为，我最想跳的海，就是去法国南部居住一段时间，真诚地写一本书。

如今我终于跳了这个海，真诚地写了一本书。只是我至今没有去过法国南部，书中大部分内容都是在飞机上完成的。想想也是，真的简衣素行去法国遁世而居，就不是我了。我就是个入世主义者，是个喜欢在凡尘里打滚儿的人。

在身边的人眼中，现实中的我是一个总在赶飞机的投行民工。

许多阅读过我文字的人都问我："你擅长写作，为什么不做专职作家，而要从事金融工作？"面对这种问题，我总是笑道："我也很擅长做金融啊。"

而我内心真实的答案有二。第一，我很怕，我怕一旦写作成了我的主业，我就需要考虑很多别的东西，就不能像现在这样心无旁骛和纯粹。第二，我同意冯唐老师说的"有些作家长期不干工作，脱离社会太久"。我觉得世上是没有人可以只当作家的。文学的基础是眼界和阅历，是对事实的认知和理解，有了这些才有发言权。

我很感谢我的工作，不论是记者还是投行人，都让我有机会去看到真实的商业社会，以及背后真实的人性。我不能成为一个改变时代的人，至少我可以有一个前台的席位，去注目并记录这个时代。

在这里，我要特别感谢刘墉老师为我作序。我上中学的时候读了他所有的书，深受影响，他堪称我的启蒙导师。他是那种像孩子一样肆意将自己对阳光雨露的热爱铺陈纸上的人，他的文字则可以让人成为更好的自己。而后相识到现在，已经十载有余，每次见面他都会给我中肯的建议和启发。这次我出书，刘墉老师花四个夜晚通读了我的底稿，为我作序。我心中感激涕零，无以言表。这是一个奇妙的轮回：在我的少年时代，他用文字影响了我，如今他又为我的文字背书。这是世间少有的幸运和幸福。

同时也要感谢我的同乡泰斗贾平凹老师，感谢同样游走于金融和文学间的前辈冯唐老师，感谢我一直视其为“想要成为的那种女性”的徐静蕾老师。能获得我最欣赏、仰慕的几位前辈的支持和肯定，我何德何能，三生有幸。

我还要感谢每一个将故事分享给我的人，感谢每一个关注“二氧花旦”公众号的读者，以及支持我写作的家人朋友。没有你们，就没有今天这本书。

我也要感谢中信出版社，感谢李嘉琪编辑为这本书度过的每一个不眠之夜。

记得在美国工作的时候，我怀着孕去位于加州山顶的天文台观星。夜幕降临，大家排队数小时，只为在天文望远镜前观望数十秒。当晚我走出天文台，从山顶看到洛杉矶城的万家灯火，那一刻我突然就动容了。和远在光年之外的外太空相比，眼前的世界那么切近，那么璀璨，满满的人间气。我杵在原地，站了许久，然后对腹中的孩子说，快来啊，快来看看这美丽的大千世界。

人如星宿，修行于凡尘。要经历几亿次草履虫的轮回，才能有机会做一次有名有姓的赶路人。

我希望用我的笔去记录更多赶路人的故事。

我也希望能赶好自己的路，积跬步至千里，不负此生。

李小晓
2019 年 5 月写于香港和北京